Inhalt

Entschuldigung

Man kann nicht auf ewig über das Leben in Kriegszeiten schreiben, selbst wenn der Krieg, wie es bisweilen möglich scheint, die jüngsten von uns überdauert. Ebenso wenig kann man leichthin darüber schreiben, wie das Leben war, bevor der Krieg über uns kam, denn es ist eine seltsame, halb vergessene Sache, die uns zum Weinen bringt. Dies ist eine Erzählung über das Leben nach dem Krieg, denn dort allein gibt es Hoffnung. Sie ist daher zweifellos ungenau, teils zu optimistisch, teils zu pessimistisch, zu albern und zu weit entfernt vom echten Leben, selbst für einen Roman. Es ist ein Schuss ins Blaue, ein Tasten im Dunklen. Doch es ist das Beste, was es unter diesen unglücklichen Umständen geben kann, die jeglicher Form der Wahrheit entgegenstehen, selbst ihrer geringsten, der Genauigkeit. Die Wahrheit scheint in der Tat – neben dem Leben, dem Wohlstand, der Freude, der Muße, der Freiheit und den Bäumen im Wald – eines der Dinge, die auf dem Altar dieses alles verschlingenden Krieges geopfert werden muss, dieses verbitterten, gnadenlosen Gottes, der uns womöglich vor seinem Ende noch alles rauben wird, was wir besitzen, nur nicht die Integrität unserer so glücklich gelegenen Insel, unsere unbeugsame Beharrlichkeit gegen alle Widrigkeiten und die ungezügelte Beredsamkeit unserer Anführer, die uns gewiss allesamt erhalten bleiben werden.

Dieses Buch stellt jedenfalls, sofern es überhaupt etwas über den Versuch, die Verfasserin zu amüsieren, Hinausgehendes ist, eher einen Vorschlag als eine Prophezeiung dar, und viele werden es wahrscheinlich auch noch für einen schlechten Vorschlag halten.

Es schlägt ein mögliches Heilmittel vor für das, was seit jeher das größte Leid des Menschen zu sein scheint und was nach den gegenwärtigen Unruhen wahrscheinlich noch stärker ausgeprägt sein wird. Denn Kriege sind der Intelligenz nicht zuträglich. Vielmehr setzen sie vielen der größten Intellekte, der schärfsten und besten Köpfe, die zu gegebener Zeit die Ruinen der Welt wieder aufgebaut hättenein vorzeitiges Ende. Und von den übriggebliebenen Köpfen sind viele erschüttert und betäubt; die Wege des Denkens sind verschlossen und die Menschen zu müde, zu alt oder zu abgestumpft, um irgendetwas aufzubauen. Und neben den Abgestumpften und Beschädigten gibt es noch die große Masse derer, die keine Katastrophe, kein Gefühl, keine Gewalt, kein Zeitalter und kein anderes Geschöpf abzustumpfen vermag, weil sie nie scharf waren, nie scharfsinnig, weil sie nichts bewirken und keine neuen Wege schlagen können.

Sofern keine drastischen Maßnahmen ergriffen werden, stehen die Aussichten also schlecht.

Dieses Buch empfiehlt eine Lösung für dieses uralte Übel, das einer vermutlich unaufmerksamen und unempfänglichen Regierung kostenlos angeboten wird, einer Regierung, deren eingehendes Studium die Verfasserin zu dem Schluss kommen ließ, dass die Errichtung eines weiteren Ministeriums nicht vollkommen unangemessen wäre.

Man wird bemerken, dass der allgemeine Zustand der Welt und der Gesellschaft in dieser so nahen und doch so unbekannten Zukunft nur am Rande gestreift wird. Dies ist ein unerforschtes Gebiet, zu schwierig für die gegenwärtige Verfasserin, und muss daher den Vorhersagen der besser Informierten überlassen werden.

Ein Hinweis noch zum Titel dieses Buchs, der vage oder gar dumm erscheinen mag. Seine Quelle habe ich genannt. Lebensmittelzuteilungen sind allseits bekannt; *Was nicht alles* wurde vom Benutzer dieses Ausdrucks nicht definiert, bis auf die Bemerkung, dass es das Land in Aufruhr versetzt. Die Vorgänge in dieser Erzählung erfüllen diese Definition; und wenn sie nicht *Was nicht alles* sind, dann weiß ich nicht, was es sonst sein könnte.

April 1918

Anmerkung

Da dieses Buch während des Krieges geschrieben und als prophetisch gedacht war, bedarf sein verspätetes Erscheinen einige Monate nach dem Waffenstillstand einer Erklärung.

Das Buch war im November 1918 bereit zur Veröffentlichung, als sich herausstellte, dass eine kleine Veränderung im Text vonnöten war, um es gegen eines der Gesetze des Reichs abzusichern. Weil die Ausgabe bereits gebunden war, nahm diese Änderung verständlicherweise erhebliche Zeit in Anspruch.

Da jedoch der Zeitpunkt der in *Was nicht alles* beschriebenen Ereignisse unbestimmt bleibt, kann der Roman nach wie vor als prophetisch und noch nicht widerlegt gelten.

R. M., März 1919

1. Kapitel

Das Ministerium

1.

Nach dem Großen Krieg (ich sage jedoch nicht, wie lange danach), als der Tumult und das Geschrei verklungen waren und alle übriggebliebenen Feldherren und Könige sich entweder nach Hause oder an die unbekannten Aufenthaltsorte begeben hatten, die ihnen von den erfolgreicheren Gegenübern zugeteilt worden waren (zur Beschwichtigung beeile ich mich zu erwähnen, dass sich unter den in die unbekannte Ferne Verbannten drei einstige Herrscher befanden), als die Menschhcit, von ihrer langen Pein erlöst, besorgt in eine düster erahnte Zukunft spähte (besorgt und doch neugierig, wie jemand, der nach langer Krankheit gerade erst wieder auf die Beine gekommen ist und noch nichts Sinnvolles mit dem seltsamen, beunruhigenden, beängstigenden und doch bezaubernden Durcheinander anfangen kann, das plötzlich über sein wiedererwachtes Bewusstsein hereinbricht) – während all dies geschah, fuhren die Züge der Bakerloo-Linie weiterhin durch ihre unterirdischen Röhren und brachten die Menschen zu ihrer täglichen Arbeit.

Die Abteile der Untergrundbahnen sind vielfältig und voller Leben – mehr noch als in den oberirdischen Zügen, denn hier unten ist es beengter, es gibt Halteriemen und keinen Klassensnobismus. An benachbarten Halteriemen schwankten nebeneinander eine flotte Stenotypistin, die im *Daily Mirror* »Die Liebe, die er nicht kaufen konnte« las, ein adretter junger Beamter auf dem Weg ins Außenministerium, der die *Times* las, ein Priester, der die *Challenge* las und dabei so aussah, als würde er sich für die »Life-and-Liberty«-Bewegung[1] interessieren, ein anderer Priester, der den *Guardian* las und nicht so aussah, ein älterer Herr, der die *Morning Post* las und patriotisch, aber verbittert schien, als hätte er sich während des Großen Krieges freiwillig gemeldet und wäre enttäuscht worden, ein junger Mann, der die *Post War* las, die wachsame neue Tageszeitung, und ein Bürger mit einem gesetzestreuen Gesicht, der überaus aufmerksam die *Hidden Hand* studierte. Die *Hidden Hand* war die Tageszeitung der Regierung. Eine solche Zeitung hatte lange gefehlt; es ist schwer zu begreifen, warum sie nicht schon viel früher herausgebracht worden war. Alle anderen Zeitungen sind langweilig und unzuverlässig; eine Regierung braucht ein Blatt, auf dessen unbedingte Unterstützung sie sich verlassen kann. Dies war also die *Hidden Hand*, und ihre Leser hatten keine Entschuldigung für ihr Unwissen darüber, wie sie den Wünschen der Regierung entsprechend über deren Handlungen zu denken hatten.

Der Wagen war voller Männer und Frauen, die zu ihren Arbeitsstätten fuhren. Es waren erschöpfte junge Männer, lahme junge Männer, blasse und gezeichnete junge Männer, braungebrannte und gesunde junge Männer, gelangweilte und blasierte junge Männer, muntere und vergnügte junge Männer, und fast alle, unabhängig davon, wie braun oder gesund, blass oder erschöpft, munter oder gelangweilt sie auch sein mochten, trugen, die einen mehr, die anderen weniger, einen eigentümlichen und unverwechselbaren Ausdruck in den Gesichtern, den Augen, der Haltung, auf den Schultern.

Zwischen den Geschäftsmännern und Fräuleins befanden sich auch Frauen, die auf dem Weg zum Einkaufen waren. Teilnahmslos musterten sie die Kleider der anderen und schätzen ihren Wert, ihren Schnitt, ihre Farben ab. Dies ist eine rundum fesselnde Tätigkeit. Wer ihr nachgeht, sitzt vollkommen still, ohne sich zu rühren, zu blinzeln, zu gähnen oder Zeitung zu lesen, und lässt den Blick wandern, von oben nach unten, von den Schuhen bis zum Hut ... Sie sind eine seltsame und wundersame Gattung, diese umherstarrenden Frauen; niemand kann in ihre Köpfe, hinter ihre umherschweifenden Blicke schauen. Im Gegensatz zu allen anderen gesellschaftlichen Gruppen sind sie von politischen Ereignissen kaum berührt. Die Vertreterinnen dieses Typus in der Bakerloo-Linie an jenem Morgen trugen keine sichtbaren Spuren des Großen Krieges. Es bräuchte schon mehr als einen Großen Krieg, mehr sogar als eine Nahrungsmittelkrise, um einen Eindruck in ihren sphinxgleichen, reglosen Mienen zu hinterlassen. Königreiche mögen aufsteigen und fallen, Nationen sich im Todeskampf winden, sie aber sitzen still und schauen, und in ihren Köpfen, inmitten des taumelnden Chaos, formen sich Gedanken, die man sich etwa folgendermaßen vorzustellen hat: »Das sind aber schöne Schuhe. Ob es wohl die von *Swan and Edgar* sind? Sie hat ihren Hut selbst geschmückt, und das nicht einmal besonders gut. Dieser Rock ist doch vom letzten Jahr. So ein hübscher Mantel. Meine Güte, was für Strümpfe! Sie sollte sich schämen.«

Die Frauen umgab nicht die unberührte Vorahnung, das Gefasstsein auf jedes noch so seltsame Ereignis, die in unterschiedlichen Ausprägungen den meisten Menschen dieser Tage anhaftete. Denn dies schien bei vielen die vorherrschende Note zu sein; eine Reihe von Ereignissen, so überraschend, dass sie jeden Sinn für Überraschung abtötet, von Unheil, so entsetzlich, dass es jedes Entsetzen betäubt, war über sie hinweggegangen und hatte diese Unbekümmertheit hinterlassen – und mit ihr eine Art Gier, eine Entschlossenheit, so viel wie möglich vom Leben zu erhaschen, bevor alles wieder zurück ins Chaos taumeln würde. An Lektionen in dem, was Moralisten »Das Beste daraus machen« nennen, hatte es nicht gemangelt in diesen schwindelerregenden Jahren, in denen alles gefallen und immer weiter gefallen war, nacheinander und gleichzeitig: die Zivilisation und die Regierungen, Hoffnungen, Königshäuser und Nationen, Soldaten, Regen, Tränen, Bomben und Gebäude, nur nicht die Preise und die Zeitungen.

Denn wenn alles schon einmal auf diese Weise gefallen war, könnte es auch jetzt wieder auf einen Fall zusteuern (trotz des Völkerbundes und anderer Einrichtungen, die das wackelige Gerüst eines dauerhaften Friedens stützen sollten). Es ging darum, zu bekommen, was man kriegen konnte, und zwar zuerst. Es ging, nach der Auffassung einer Reisenden in dieser Untergrundbahn, darum, eine Schellenkappe zu tragen, nach der Drehorgel durch das Leben zu tanzen, ein närrisches Universum mit seinen eigenen Waffen zu schlagen.

Und stets war da die hintergründige Ahnung eines möglichen großen Unglücks: dass man auf der dünnen Kruste der Welt tanzte, durch die man bereits einmal eingebrochen war und die jederzeit wieder brechen könnte. Ihre Zartheit und Zerbrechlichkeit verliehen dem Tanz eine verzweifelte Fröhlichkeit.

2.

Ivy Delmer (die nicht die oben erwähnte Reisende war und dergleichen nicht bewusst dachte noch empfand) stand mit einer Hand an einen Haltegriff geklammert, in der anderen hielt sie den Roman, den sie in der Mittagspause gegen einen neuen tauschen würde. Ivy Delmer, eine Stenografistin im Ministerium für Verstand, hatte sanfte Gesichtszüge, war jung, unbefangen und naiv und die Tochter eines Vikars aus Buckinghamshire. Ihre beiden liebsten Dinge auf der Welt waren Marzipan und das Theater. Mit unschuldiger Neugier ließ sie ihre großen grauen Augen über die Gesichter im Abteil schweifen und schaute, ob sie ihr gefielen oder nicht. Mit unreifem und unbewusst geschlechtlichem Interesse betrachtete sie männliche Gesichter erwartungsvoller als weibliche. Nicht, dass sie keine Bewunderung gegenüber Personen ihres eigenen Geschlechts empfinden konnte; sie schwärmte für Miss Doris Keane und Miss Teddie Gerard,[2] und im Privaten hegte sie große Hochachtung für Miss Grammont aus dem Ministerium, deren Briefe sie gelegentlich stenotypierte. Doch es ist allgemein bekannt, dass eine größere Zahl von interessanten Gesichtern in Bahnabteilen dem anderen Geschlecht als dem eigenen angehört. Dies zu leugnen wäre zwecklos.

Nachdem sie die Gesichter in ihrem Umkreis ihrem halbbewussten Urteil unterzogen hatte, wandte sich Miss Delmer in Ermangelung einer besseren Beschäftigung den Ankündigungen und Ermahnungen über den Fenstern zu. Zufrieden stellte sie fest, dass sie alle beworbenen Stücke bereits gesehen hatte. Sie studierte vergängliche Grundsätze und ewige Wahrheiten wie »Mr Mustard mischt ihr Bad« oder

»Gott lässt sich nicht verspotten« sowie die furchteinflößenden Instruktionen des Wenn-Möglich-Sicher-Rates: »Die Frage lautet: Ist es sicher? Die Antwort lautet: Nein.« »Um die Sicherheit im Aerobus zu gewährleisten: 1. Steigen Sie erst aus, nachdem der Aerobus gelandet ist. 2. Versuchen Sie nicht, auf einen in der Luft befindlichen Aerobus aufzuspringen.« Dann ein Bild: »A wird sterben, weil er direkt unter einem landenden Aerobus steht. B wird sterben, weil er und andere den Piloten ablenken.« Die Ermahnungen ließen keinen Zweifel daran, dass Sicherheit weder im Inneren noch in der Nähe eines Aerobusses gewährleistet werden kann. Das war wahrscheinlich beabsichtigt. In früheren Zeiten hatten die Prinzen der Untergrundwelt auf diese Weise den Autobus zu einem Schreckgespenst verfemt. Heute wie damals trugen die Bemühungen Früchte, und in den Untergrundbahnen drängten sich verängstigte Menschenmassen.

Als Ivy Delmer sich auf einen freien Platz setzte, entdeckte sie Miss Grammont am anderen Ende des Waggons. Miss Grammont hatte den *New Statesman* und den *Tatler*[3] dabei und las in einem davon. Sie neigte beiden zu, was als bezeichnend für ihre Lebenseinstellung gelten kann. Sie gehörte zu jenen Menschen, die nicht einsehen wollen, warum eine verständige Anteilnahme an den Angelegenheiten der Welt nicht mit einem Sinn für Unterhaltung einhergehen sollte. Ihr gefielen klassische Konzerte ebenso wie neue Revuen. Man könnte sie als gebildeten Weltmenschen bezeichnen. Ivy Delmer war gegenüber Miss Grammont, deren Auftreten bisweilen hochmütig war, die als gescheit galt und zudem im Ministerium Ivy höhergestellt war, recht scheu. Ihre Kleidung hingegen fand sie vertrauenerweckend, sie zeugte von Kennerschaft und Interesse und hatte nicht den nachlässigen Gestus einiger Studierter, der auf normale Menschen befremdend wirkt.

Kitty Grammont, ein wenig elegante Lebefrau, ein wenig Straßenmädchen, ein wenig Abenteurerin, ein wenig Gelehrte, hatte unschuldige Bernsteinaugen, die scharfsinnig unter langen dunklen Wimpern hervorschauten, einen leicht spöttischen Mund, ein weiches, rundes Kindergesicht, ein weltgewandtes Auftreten und einen ausgezeichneten Verstand und war, sofern man das von einem Menschen überhaupt sagen kann, für die Angelegenheiten des Lebens hinlänglich gerüstet. Sie hatte in ihrer Vergangenheit, die wechselhaft, doch nicht ohne Freuden gewesen war, einiges erlebt, wollte in einer Zukunft, die sie nicht deutlich vor Augen hatte, die jedoch ihrer würdig sein sollte, noch viel mehr erleben und erlebte genug, um die Gegenwart zu genießen, die sie zwar bisweilen tödlich langweilte (sie langweilte sich schnell), aber im Großen und Ganzen überwiegend unterhaltsam war.

Ivy Delmer beobachtete sie über das Abteil hinweg – mit einiger Überraschung, da sie an diesem Morgen entgegen ihrer Gewohnheit beinahe pünktlich war. Sie bewunderte Miss Grammont sehr. Sie dachte daran, wie klug sie war, wie präzise sie ihre Sätze beim Diktat formulierte, wie sie mit ihrer kühlen, hellen, leicht schleppenden Stimme ihr Thema, so kompliziert es auch sein mochte, durchdrang, wie eine scharfe Klinge durch Eis dringt, im Gegensatz zu anderen, die abschweiften, sich verbesserten, streichen ließen, zögerten, unbestimmt und unscharf, so dass man das Geschriebene ständig abändern musste, was ein Durcheinander auf dem Papier zur Folge hatte, die sich Teile laut vorlesen ließen, um zu hören, wie es nun klingt, was ein Ärgernis ist, weil nicht immer darauf Verlass ist, dass die eigene Kurzschrift ohne weiteres flüssig lesbar ist. Darüber hinaus – und das berührte Ivys Herz – trug Miss Grammont grundsätzlich bezaubernde Schuhe. Sie rauchte auch ausgesprochen hübsche Zigaretten und hatte oft köstliche Schokolade dabei, und sie war mit beidem freigiebig.

Umso bedauerlicher fand Ivy Delmer, dass Miss Grammonts Bruder und dessen Familie, die in der Pfarrgemeinde ihres Vaters lebten und bei denen Miss Grammont häufig zu Besuch war, nicht zu billigen waren. Auf die Gründe hierfür wird in dieser Erzählung an passenderer Stelle noch einzugehen sein.

3.

Oxford Circus. Der Nabel der Welt, wo auf dem Bahnsteig der wallende Pöbel kämpft wie wilde Tiere. Piccadilly Circus. Glücklich, dachte Ivy Delmer, wer hier aussteigt, wo die Bühnen und Theater sind. Trafalgar Square. Hier stiegen die Seeoffiziere aus, um die Admiralität oder die Nelson-Statue zu besuchen. Charing Cross. Hier waren die Menschen während des Großen Krieges ausgestiegen, um im Kriegsministerium oder dem Ministerium für Munition den Betrieb aufrechtzuerhalten. So viel Tatkraft, so viele Amtsgebäude … Und heute waren es mehr denn je, denn es gab viel zu tun, und Amtsgebäude sind die Mittel, die der Himmel uns dafür gegeben hat.

Am Charing Cross stiegen Ivy Delmer und Kitty Grammont aus, denn es darf, ohne das Gebäude näher zu bestimmen, in dem das Ministerium für Verstand seiner Arbeit nachging, so viel verraten werden, dass es sich in Laufweite von Charing Cross befand.

Dorthin liefen sie also, Miss Delmer eiligen Schritts weit voraus, weil es ihr schon spät erschien, Miss Grammont schlendernd hinter ihr, denn sie fand es unnötig früh. Der Arbeitstag im Ministerium begann um halb zehn, und es war gerade erst neun Uhr vierzig.

Der Sommermorgen glitzerte auf dem Fluss wie Gelächter. Es schien unsinnig, an einem solchen Sommermorgen in ein Regierungsgebäude zu gehen, sich an einen Regierungstisch zu setzen, der voll beladen war mit Regierungsakten, einen Regierungsstift zur Hand zu nehmen (was nie eine Erleichterung war, sondern immer nur ein Nicht-so-ganz) und Pamphlete zu schreiben oder Briefe zu beantworten, die sich, wenn man sie nur lange genug liegen ließe, bestimmt von selbst beantworten würden, wie es bei Briefen nun einmal ist, und das alles, um den Verstand des Landes zu steigern. Zum Kuckuck mit dem Verstand des Landes, dachte Miss Grammont, nur dass sie ein stärkeres Wort benutzte, wie es in ihrer von Miss Delmer so genannten bedauernswerten Familie üblich war.

Zuweilen befiel sie dunkler Zweifel, weniger an der Wirksamkeit der Arbeit ihrer Abteilung, sondern vielmehr daran, ob es erstrebenswert sei, dass diese jemals vollendet würde. War Verstand denn überhaupt so wichtig? Waren die Klugen glücklicher als die Einfältigen? Miss Grammont, deren Universitätslaufbahn ein glanzvolles intellektuelles Abenteuer gewesen war, fühlte sich befugt, für beide Menschentypen zu sprechen. Sie wusste, dass sie selbst glücklicher war, wenn sie sich dumm stellte, als wenn sie ihren hochausgebildeten Verstand gebrauchte; der Gestus des Wahnsinns erfreute sie mehr als der der

Gelehrtheit, und ihre Bildung trug sie wie eine Narrenkappe. Doch Dummheit war natürlich ein Verdruss. Sie musste natürlich nach Möglichkeit gemindert werden. Und überhaupt war das Ziel des Ministeriums für Verstand nicht, die Menschen glücklich zu machen (das konnte man getrost der Abteilung für Unterhaltung überlassen), und auch nicht, sie gut zu machen (das war Aufgabe der Kirche, die nun, zu beider Gewinn, vom Staat getrennt war), sondern den gesellschaftlichen Fortschritt voranzutreiben und einen weiteren Großen Krieg zu verhindern.

Miss Grammont gähnte, weil der Tag noch so jung war, und folgte Miss Delmer die Stufen des Ministeriums empor.

4.

Das Ministerium für Verstand war eine mächtige Organisation mit vielen Abteilungen. Es gab die Propagandaabteilung, die Pamphlete verfasste und Vorträge und Filmvorführungen organisierte (Miss Grammont war von ihrer Abteilung vorübergehend dorthin ausgeliehen worden); es gab die Unterrichtsabteilungen für Männer, für Frauen und für Kinder, die Abteilung, die für die Verstandsprüfungen und -beurteilungen, für Zeugnisse und Tribunale zuständig war, sowie die Abteilung, die sich mit der Steuerung des Intellekts der Großen Ungeborenen befasste. Dieser Abteilung gehörte Ivy Delmer an, und als Mr Delmer davon erfuhr, war er nicht ganz sicher, ob es zu ihrem Wohl war.

»Sie kann doch gar nicht wissen, ob sie welchen haben«, hatte er zu seiner Frau gesagt, die gerade Unkraut jätete und geistesabwesend antwortete: »Ob sie was haben, Liebling? Und wer?«

»Intellekt«, sagte der Vikar. »Die Ungeborenen. Sie haben übrigens keinen.« Er verzog das Gesicht und rupfte mithilfe eines Unkrautstechers den Löwenzahn aus dem Rasen.

»Ach, darum geht es doch gar nicht, Liebling«, beruhigte ihn Mrs Delmer vage. »Nicht um die gerade noch nicht Geborenen, weißt du. Sondern um – um die noch lange nicht Geborenen. Diese ganzen Anordnungen, wer wen heiraten soll. Das Ganze ist natürlich ziemlich lächerlich, aber insofern auch kein Schaden für Ivy. Sie darf ruhig wissen, dass Kinder oft den Verstand ihrer Eltern erben.«

Der Vikar gab zu, dass darin selbst für ihre teure und sehr junge Ivy kein großer Schaden bestand.

Die fragliche Abteilung befasste sich, wie Mrs Delmer richtig bemerkt hatte, mit der Förderung und Verhinderung von Eheschließungen, entsprechend deren Eignung, in der nachfolgenden Generation Intelligenz hervorzubringen. Es gab zahlreiche und komplizierte Regularien zu diesem Zweck, der sich natürlich nicht erzwingen ließ; das Ministerium arbeitete mit Anreizen, mit Belohnungen und Bestrafungen, nicht mit Zwang. Für die Geburt von Kindern, deren Eltern den Regularien entsprachen, gab es Prämien, für unregulierten Nachwuchs hingegen Strafsteuern, die sich proportional zur Schamlosigkeit der ungehorsamen Eltern erhöhten, so dass die Kinder von Eltern von sehr niedrigem geistigem Kaliber deren finanziellen Ruin bedeuteten. Jeder Bürger und jede Bürgerin besaß ein Formular des Ministeriums für Verstand, auf dem seine oder ihre offiziell bestimmte und registrierte geistige Kategorie vermerkt war. Wer als A klassifiziert war, besaß ausweislich einen Verstand von höchster Güte, und es wurde empfohlen, einen Ehegatten der Kategorie B2 oder B3 zu wählen (diese waren durchaus intelligent). Eine Verbindung mit einem anderen A oder B1 galt als Verschwendung, da von ihnen nicht genug im Umlauf waren, und für die aus der Verbindung entstehenden Kinder würde eine weitaus geringere Prämie gezahlt werden. Wer als C1, C2 oder C3 klassifiziert war, dessen Kinder wurden nicht gefördert, es sei denn ihre Beschränktheit wurde durch ein Elternteil der Kategorie A abgemildert. Wer sich als C dennoch zur Vereinigung mit einem anderen C entschloss, dessen Kinder wurden mit einer hohen Geldstrafe belegt, für den Nachwuchs aller Personen unterhalb von C3 (d. h. unzertifiziert) waren die Strafen noch höher, ungeachtet aller Abmilderung durch wen oder was auch immer, und für das dritte und alle folgenden Kinder, die unter solchen Bedingungen geboren wurden, kam man ins Gefängnis. (Nur dass das Ministerium noch nicht lange genug in Betrieb war, als dass jemanden dieses Schicksal ereilt hätte. Die Kinder, die vor dem Gesetz zum geistigen Fortschritt empfangen worden waren, waren gegenwärtig noch von den Bestimmungen ausgenommen.) Familiengründungen innerhalb der unteren Kategorien und zwischen Unzertifizierten wurden somit drastisch unterbunden. Als unzertifiziert für die Eheschließung galt nicht nur, wer besonders dumm war, sondern auch, wer bei eigener herausragender Geisteskraft Fälle von Geistesschwäche in der engeren Familie hatte. In solchen Fällen wies das Formular aus: »A (Geistesschwäche)«.

Und so weiter: Die Details der Regularien, ihre Feinheiten und Verwicklungen, die endlosen und komplizierten Sonderregelungen für verschiedene

Personengruppen und -kategorien kann man sich leicht ausmalen oder auch (weniger leicht, wegen des unzulänglichen Inhaltsverzeichnisses) in den vielbändigen Vorschriften des Ministeriums für Verstand nachschlagen.

Jedenfalls: Ins Zimmer 13, eines der vielen Zimmer, in denen man sich mit diesem ausgedehnten und komplexen Thema befasste, wurde Ivy Delmer an jenem Montagmorgen bestellt, um einen Brief von Vernon Prideaux aufzunehmen.

5.

Vernon Prideaux war ein hübscher, schlanker, blonder, bebrillter Mann; seine Erscheinung und seine Manieren entsprachen Ivy Delmers Ansprüchen und seine Fähigkeiten denen seiner Vorgesetzten. Seine intellektuelle Kategorie war A; er war ungestüm, schlagfertig und besaß eine beträchtliche Macht über Papier (eine wichtige Gabe, über die nicht alle Beamten verfügen). Er war einfallsreich in Notfällen, kompetent im Umgang mit Menschen wie Situationen und entschieden charmant. Er war der Sohn eines unserer bekannteren Politiker und hatte den größten Teil des Krieges mit Malaria an der Struma-Front zugebracht, mit einer interessanten Unterbrechung, als er von seiner früheren Abteilung zurück nach England beordert wurde, um bei der Ausarbeitung eines neuen Gesetzes zu helfen, das sich mit einem Gegenstand befasste, für den er Experte war. Nach all dem war er nun erst dreißig Jahre alt, weshalb er allen Grund zu der Annahme hatte, dass er es in dieser Welt zu etwas bringen würde, bevor er sie wieder verlassen würde. Er war in die Tätigkeiten des neuen Ministeriums hineingesogen worden wie so viele andere fähige junge

Männer und Frauen und fand es unterhaltsam und nicht frei von Aussichten für seine Talente.

Ivy Delmer bewunderte ihn gehörig. Sie saß mit Stift und Notizblock an seiner Seite, ihr weicher, breiter Mund leicht geöffnet, und wartete darauf, dass er anfing. Prideaux blätterte ungeduldig in einigen Papieren. Er war ziemlich schlecht gelaunt wegen seiner neuen Sekretärin, von der er nicht viel mehr verlangte als ein wenig gesunden Menschenverstand, und nicht einmal den bekam er. Er würde sie also loswerden müssen, was jedes Mal ein mühsames Prozedere war. Nichts konnte er ihr anvertrauen, und sei es noch so simpel; sie vermasselte einfach alles und füllte die Lücken in ihrer Erinnerung dessen, was er ihr aufgetragen hatte – die beträchtlich waren –, mit ihren eigenen Vorstellungen – die es nicht waren. Am Samstag hatte er ihr einige Vordrucke zum Ausfüllen gegeben, Standardvordrucke, die stets als Antwort auf eine bestimmte Art von Briefen aus der Bevölkerung verschickt wurden. Darin sollte lediglich stehen: »Bezüglich Ihres Schreibens betreffs Ihrer Stellungnahme in Hinsicht auf die Steuer [oder den Bonus] für Ihr zukünftiges [oder potenzielles oder existierendes] Kind teile ich Ihnen mit, dass Ihr Fall von den gemäß dem Gesetz zum geistigen Fortschritt eingerichteten lokalen Tribunalen zu entscheiden ist und an die Ihr Antrag hätte gerichtet werden müssen.« Miss Pomfrey, die jung war und voller Eifer für die Sache (sie wünschte zu Recht, das Gesetz zum geistigen Fortschritt hätte bereits vor der Hochzeit ihrer eigenen Eltern bestanden), hatte einem dieser Briefe auf eigene Faust hinzugefügt: »Es war die Dummheit von Menschen wie Ihnen, die den Großen Krieg verursacht hat«, und diesen am Morgen zusammen mit den anderen Briefen auf Prideaux' Tisch zur Unterschrift gelegt. Prideaux, der gegen eine – wie er wusste – unverhältnismäßige Wut auf sie ankämpfen musste, hatte sie gefragt, ob sie es denn wirklich immer noch nicht besser wisse und glaube, dass derartige Briefe tatsächlich verschickt würden? Miss Pomfrey hatte geseufzt. Sie wusste es immer noch nicht besser. Sie wusste eigentlich kaum etwas. Sie war nicht intelligent, nicht einmal für eine B3. In Wirklichkeit war ihre Kategorisierung vermutlich falsch. Ihre Kinder, falls sie jemals welche haben sollte, wären von einem geistigen Kaliber, das sich jeder Vorstellung entzog. Wahrscheinlich würden sie einen weiteren Großen Krieg verursachen.

Prideaux, der nebenbei noch andere Sorgen hatte, war also schlecht gelaunt.

»Entschuldigen Sie, Miss Delmer ... Ah, hier ist es.« Er blätterte in einer Akte und fing dann an, in seiner eiligen, hohen, stakkatoartigen Stimme, einen Brief zu diktieren. Ivy, die rosafarbene Zungenspitze zwischen die Zähne geklemmt, beeilte sich, ihm zu folgen.

»Sehr geehrter Herr,

in Bezug auf Ihr Schreiben vom 26. Mai betreffs der Besteuerung der Kinder Ihrer Angestellten und deren sich daraus ergebenden Forderung nach einer Lohnerhöhung teile ich Ihnen im Namen des Ministers für Verstand mit, dass er diesen Punkt sorgfältig prüft, unter Berücksichtigung der allgemeinen wirtschaftlichen Frage, die in den Bestimmungen der Anweisung des Ministeriums für Verstand 743, Absatz 3 ...«

Prideaux hielt inne und warf einen missbilligenden Blick auf seine Sekretärin, die an seinem Telefon ein erfolgloses Gespräch führte – eine Beschäftigung, bei der sie nicht glänzte.

»Hallo ... ja ... ich kann Sie nicht gut hören ... wer sind Sie, bitte? ... Ach ... ja, er ist hier ... aber sehr beschäftigt, wissen Sie ... Beim Diktat ... Ja, Diktat ... Wer wollte ihn sprechen, sagen Sie? Ach ... ich verstehe ...«

»Was gibt es, Miss Pomfrey?«, unterbrach Prideaux sie, worauf sie zusammenzuckte.

»Es ist der Sekretär des Ministers«, erklärte sie, ohne den Hörer abzudecken. »Er sagt, Sie sollen zum Minister kommen. Eine Delegation ist da – von Bischöfen, hat er gesagt, glaube ich. Wegen der neuen Anordnung über die Kinder von Geistlichen ... Aber ich sagte, Sie sind beim Diktat ...«

Prideaux war ungehalten aufgesprungen und bereits an der Tür.

»Schreiben Sie sich das auf: Ich bin nie beschäftigt, weder mit Diktieren noch mit irgendetwas anderem, wenn der Minister nach mir schickt«, warf er ihr noch zu, bevor er das Zimmer verließ.

»Und jetzt ist er sauer«, murmelte Miss Pomfrey traurig.

»Ich würde sagen, er ärgert sich nur, weil er unterbrochen wurde«, sage Ivy Delmer, die die gleiche Sekretärinnenschule wie Miss Pomfrey besucht hatte und ahnte, dass deren Tage im Ministerium für Verstand gezählt waren.

»Ständig ist er sauer auf mich«, bemerkte Miss Pomfrey, akzeptierte sodann diese Tatsache resignierend als eine der traurigen Unabwendbarkeiten des Lebens und wandte sich wieder ihrem Verzeichnis zu. Ihr war aufgetragen worden, ein Verzeichnis sämtlicher Anweisungen des Ministeriums für Verstand zu erstellen, die in jenem Monat herausgekommen waren. Bis jetzt war sie nur bis zum 11. des Monats gekommen. Der Luftzug wirbelte die Seiten auf. Ivy Delmer sah zu, wie die Anweisungen im Wind umherflatterten – Nummer 801: Landwirte, 798: Verweigerer aus Gewissensgründen, 897: Einwohner von Irland, 674: Eltern von mehr als drei Kindern ... Wie viele es waren, dachte Ivy, während sie ihnen nachsah. Wie klug die Menschen sein mussten, die sich mit diesen Dingen befassten. Sie dachte an das Dorf ihres Vaters und dessen Bewohner, an die Bauern, an die Eltern von mehr als drei Kindern, an all die kleinen Lebensgemeinschaften, die von dieser oder jener Anweisung direkt betroffen waren, und die umherflatternden Papiere erhoben sich aus dem nüchternen Reich, in das Ivy und ihresgleichen Drucksachen und Vorstellungen verbannten, und nahmen die Form menschlichen Lebens an. Es bedeutete etwas, dieses ganze komplizierte Gefüge aus Vorschriften und Regeln und Vereinbarungen und Maßnahmen; es berührte die Lebenswelt, die sie kannte – die flirtenden Jungen und Mädchen auf den Stiegen und in den Gassen von Buckinghamshire, Emmeline, das Hausmädchen im Pfarrhaus, die letzten Monat Sid Dean geheiratet hatte, Mr und Mrs White auf dem Bauernhof, die ganze dumme, gefühlsduselige, gekränkte Öffentlichkeit, deren fein säuberlich abgeheftete Briefe jeden Tisch im Ministerium bedeckten und ihrer Beantwortung harrten, deren Handschrift und Rechtschreibung jedes Herz erweichen mussten, nur nicht das eines Beamten ...

Ivy besann sich einen Augenblick, in dem sie hoffte, dass man im Ministerium sehr sorgsam und gewissenhaft mit dieser Angelegenheit umging, und wandte sich anschließend wieder der Frage zu, ob ihr die Farbe gefiel, in der Miss Pomfrey ihre Strickjacke gefärbt hatte.

Nachdem sie beschlossen hatte, dass dem nicht so war und dass es außerdem besser wäre, woanders darauf zu warten, dass Mr Prideaux wieder nach ihr schicken würde, ging sie hinaus.

Vernon Prideaux, der den Minister in der Frage des dritten Absatzes der neuen Anweisung zu den Kindern von Geistlichen beraten hatte, verließ den Minister und die Deputation und kehrte zurück in sein Zimmer. Auf dem Weg besuchte er die Propagandaabteilung, um Miss Grammont zu bitten, an diesem Abend mit ihm zu speisen. Er und Kitty Grammont kannten sich bereits seit einigen Jahren. Sie hatten sich in Cambridge kennengelernt, wo Prideaux zwei Jahre über ihr studiert hatte, und seither eine lockere Bekanntschaft gepflegt, die sich, seit sie beide im Ministerium arbeiteten, zu einer Freundschaft entwickelt hatte.

Prideaux fand Kitty beim Schreiben eines Pamphlets. In dieser Literaturform war sie ziemlich gut. Sie hatte einen prägnanten und klaren Stil und ein Gefühl dafür, bei welchem Wort man aufhören sollte. Nicht alle Pamphletschreiber beherrschen diese Kunst: Sie fügen noch ein oder zwei Sätze hinzu und machen damit die ganze Wirkung zunichte. Das Pamphlet, an dem Miss Grammont gerade saß, war für die berufstätige Frau gedacht und trug den plauderhaften Titel »Das Land interessiert sich für Ihre Angelegenheiten: Wollen Sie sich nicht auch für die Angelegenheiten des Landes interessieren?«. Was, wie Miss Grammont fand, ziemlich langwierig auszusprechen, aber vielleicht lohnenswert war.

»Mit dir zu Abend essen? Liebend gerne. Wann und wo?«

»Bei mir zu Hause, um acht. Meine Eltern und der Minister werden auch da sein.«

»Oh, der Minister.«

»Macht es dir etwas aus?«

»Nein, es ist mir eine Ehre, ihn zu treffen. Ich habe ihn noch nie beim Essen getroffen, sozusagen, nur offiziell. Ich bewundere unseren Chester jeden Tag mehr, du nicht auch? Ihn schuf Natur und brach die Form entzwei.«[4]

»Ein großartiger Mann«, stimmte Prideaux zu. »Eine außergewöhnliche Erscheinung ... Und ein glückliches Händchen mit den Bischöfen hat er obendrein. Das hat er zweifellos von zu Hause; sein Vater ist auch einer. Ihn mögen, das ist natürlich eine andere Sache ... Übrigens, weißt du, was seine Kategorie ist? Na, wie auch immer, das ist nur Gerede. Ich muss zurück und nachsehen, was meine Sekretärin inzwischen wieder verbrochen hat. Dann also bis heute Abend.«

Er verließ das Zimmer. Kitty Grammont bemerkte mit Genugtuung – denn sie war in solchen Dingen durchaus kritisch – wie gut seine Kleidung saß, fragte sich, was er ihr beinahe über die Kategorie des Ministers gesagt hatte, stellte ihr Pamphlet fertig und schickte es zum Tippen. Sie ahnte, dass dieses Pamphlet womöglich die Zensur nicht passieren würde, und wollte sehen, ob sie Recht hatte. Denn der Zensor war bei Pamphleten äußerst wachsam und meinte weise, man könne nie vorsichtig genug sein. Pamphlete können sich mit gefährlichen oder unanständigen Themen befassen, wie etwa der Zukunft, und oft tun sie das auch. Wenn sie gefährlich und unanständig genug sind, werden sie zu Flugblättern und gleich bei der Sichtung zurückgehalten. Gegen gefährliche und explosive Worte wie ›Frieden‹, ›Krieg‹ und ›Freiheit‹ ging der Zensor drastisch vor. Die Gefährlichkeit des Wortes ›Frieden‹ ging natürlich auf die Zeit zurück, in der es noch keinen Frieden gab und daher das Sprechen darüber unangebracht war, so wie das Sprechen über ein ungeborenes Kind. Als er dann schließlich da war, war seine Verbannung in den Bereich der *Dinge, die wir nicht erwähnen* bereits zu einer Gewohnheit geworden, die sich nicht einfach ablegen ließ, so dass dem Pamphlet des Ministeriums für Verstand mit dem Titel *Der Frieden der Narren* noch vor der Geburt der Garaus gemacht wurde, weil der Zensor sich natürlich nicht vorstellen konnte, dass es sich nicht in irgendeiner geheimnisvollen Weise auf die Verhandlungen bezog, die den Feindseligkeiten ein Ende gesetzt hatten, während es in Wirklichkeit um die närrische Zufriedenheit dummer Menschen ging und wie diese sich weiterhin irgendwelchen Krankheiten ergaben, die mit ein wenig intelligentem Denken hätten verhindert werden können. Wegen derselben Vorsicht des Zensors und, wie man annehmen muss, wegen des schlechten Gewissens der Regierung, war auch ein von den Herren Mowbray herausgegebenes Büchlein im purpurfarbenen Papierumschlag mit einem goldenen Kreuz darauf unter dem Titel *Der Frieden, der die Erkenntnis übersteiget* verschwunden, ganz zu schweigen von einer Neuausgabe von Burkes *Briefe über einen Königsmordfrieden* sowie ein oder zwei andere Werke, bei denen der Zensor, dessen Lektüre sich wohl hauptsächlich auf die Literatur des zwanzigsten Jahrhunderts beschränkte, die Datierung missverstand. Und weil

Abhandlungen über den Frieden dank der Macht der Gewohnheit verdächtig waren, wurde auch Werken über den Krieg entgegengewirkt, gemäß dem soliden britischen Prinzip, dass man unter dem Druck eines großen Friedens nicht vom Krieg spreche; wir müssen uns zuerst mit dem Frieden befassen, dann können wir über den Krieg nachdenken, aber *Immer schön eins nach dem anderen*, und wir wollen doch nicht Krieg! Krieg! rufen, wo gar kein Krieg ist. Doch vielleicht, so wandten die Pamphletschreiber ein, könnte es eines Tages einen geben, und wäre es nicht gut, sich gedanklich darauf vorzubereiten? Worauf die Antwort ganz richtig lautete: Nein; Briten schauen nicht voraus. Sondern sie halten durch. Und überhaupt war es Verrat an denen, die ihre Kräfte auf diesen gerechten Frieden verwandten, voreilig über einen Krieg zu diskutieren, der weder gerecht noch von Dauer sein konnte.

Ein anderes unpassendes Thema war natürlich die Freiheit. Dies bedarf keiner weiteren Erklärung; in wohlgeordneten Ländern war das Thema seit jeher anstößig, wie Eugenik oder die Armen, und wurde von der Obrigkeit nicht gefördert. Dennoch wurden schon in der Vergangenheit so viele anstößige Werke in jeder erdenklichen Form darüber verfasst, dass die Zensoren eigens eine Sekretärin einstellen mussten, die gerade einen erstklassigen Abschluss in englischer Literatur in Oxford gemacht hatte und der daher Bücher und Pamphlete aller Epochen noch frisch im Gedächtnis waren, damit sie deren Recherchen überprüfte und sie darauf hinwies, wenn ihre Anstrengungen überflüssig waren. Nicht, dass alle Bücher aus früheren Jahrhunderten zu diesem Thema grundsätzlich erwünscht gewesen wären, denn schließlich gleicht manche Epoche in mancher Hinsicht einer anderen, und die gleichen Überlegungen sind seltsamerweise für beide von Belang. Als daher die literaturbewanderte Sekretärin eine Anzeige für eine neue, billige Ausgabe von Robert Halls *Sentiments proper to the present crisis*[5] sah und sich an die Tendenz seiner Werke erinnerte, ließ sie sich natürlich eines davon kommen (ihr eigenes Exemplar hatte sie nach ihrem Abschluss bei Blackwell's verkauft) und las dann Bemerkungen wie: »Die Freiheit, vom gesamten Kontinent vertrieben, hat in einem Land Asyl gesucht, das ihr schon immer der liebste Ort war, doch selbst hier ist sie verfolgt und von Vernichtung bedroht ... Es liegt an euch, zu entscheiden, ob diese Freiheit überleben oder in ein Leichentuch gehüllt in ewiger Finsternis enden soll ...« – worauf sie ganz richtig die Angelegenheit dem Hauptquartier meldete und die Billigausgabe eingezogen wurde.

Ebenso naturgemäß verschwanden (ohne das Zutun der literarischen Sekretärin, die zur Beurteilung von Literatur des zwanzigsten Jahrhunderts nicht herangezogen wurde) verschiedene Sammlungen freier Verse, die bei einer Durchsuchung des Poetry Bookshop[6] erfolgreich sichergestellt wurden, ein Traktat von der Sorte, wie sie in Eisenbahnzügen ausgelegt wird, herausgegeben von der Evangelikalen Traktatsgesellschaft mit dem Titel *Werft ab eure Ketten!*, die Schrift *Bürger einer freien Stadt*, die bei Mowbray's entdeckt wurde und auf dem Titelblatt die Aussage »Jerusalem ... ist frei« trug (eine offensichtliche und aufrührerische Unwahrheit, da wir Jerusalem natürlich nur treuhänderisch für die Juden verwalten) und viele andere Werke von ähnlicher Tendenz, wie etwa solche über Freie Bühnen, Freitod,

Freibäder, freie Liebe, Gedankenfreiheit und Arbeit in Ketten. Selbst Belletristik war verdächtig. Ein Roman mit dem Titel *Doras Drahtseilakte* des bekannten Autors von *Wilmas Wagnisse* und *Ginas Gefahren* wurde zurückgehalten, trotz der eigentlich ermutigenden Tatsache, dass Dora, wie Wilma und Gina vor ihr, alle ihre Feinde triumphal besiegt und auf der letzten Seite unversehrt und lächelnd zum Vorschein kommt.[7] Es war bekannt, dass Verleger auf die Änderung eines Titels drängten, wenn der Name Dora darin vorkam, so überaus respekteinflößend waren die Methoden des Zensors.

Es ist daher nur verständlich, dass selbst Regierungsstellen in dieser Angelegenheit behutsam vorgehen mussten.

Für den Minister für Verstand war die Pamphlet-Propaganda von äußerster Wichtigkeit. Vor einer Woche hatte er die Mitarbeiter aus der Propagandaabteilung einbestellt und persönlich befragt. Diese Begegnung hatte erstaunlicherweise Miss Grammonts allzu verantwortungslose Leichtfertigkeit vorübergehend gedämpft, ihre bisweilen zynische Abgeklärtheit besänftigt, ja, ihr sogar fast etwas wie Eifer verliehen. Das war so eine Sache mit dem Minister – er konnte Menschen begeistern. Eine andere waren seine Manieren, die schlecht, doch unvorhersehbar waren, und die dritte, dass er aussah wie eine Mischung aus Mr Alexander Kerenski, einem Angehörigen der Geddes-Familie und Mr Nelson Keys.[8]

So ungefähr charakterisierte zumindest Miss Grammont in Gedanken den Minister für Verstand, während sie nachdenklich eine Cyprus-Zigarette rauchte.

2. Kapitel

Little Chantreys

1.

Am folgenden Samstagnachmittag fuhr Ivy Delmer, nach einer Matinee und Tee in der Stadt, zurück nach Little Chantreys, im gleichen Zug, doch nicht im gleichen Abteil wie Kitty Grammont und Vernon Prideaux, die vermutlich das Wochenende im End House verbringen wollten. Ivy fuhr jeden Abend in der Woche nach Hause. Miss Grammont hatte eine Wohnung in der Stadt, verbrachte aber, sofern sie nichts anderes vorhatte, die Wochenenden bei ihrem Bruder in Chantreys, was Ivy peinlich fand.

Als Ivy aus dem Zug ausstieg, sah sie auf dem Bahnsteig Miss Grammonts Bruder und die Dame, die man wohl kaum als ihre Schwägerin bezeichnen konnte, in Begleitung eines seltsam aussehenden Mannes um die Vierzig, dessen Ohren an die eines Fauns erinnerten. Jeder, dachte Ivy, hätte erraten können, wo in Little Chantreys er wohnte. Die Leute, die am Wochenende ins End House kamen, unterschieden sich innerlich wie äußerlich stark voneinander;. manche sahen klug oder hübsch aus, andere nicht, einige waren zu gut gekleidet, andere zu nachlässig, manche, wie Miss Grammont und ihre Brüder, gerade richtig; es gab musikalische Menschen, sportliche, literarische oder künstlerische Menschen, Bühnenmenschen (letztere waren die Freunde von Miss Pansy Ponsonby, die nicht Miss Grammonts Schwägerin war), ungewöhnliche und gewöhnliche Menschen; doch sie alle hatten, dachte Ivy Delmer, zwei Dinge gemeinsam – sie sahen erstens so aus, als würden sie mit Mr und Mrs Delmer nicht besonders gut auskommen, und zweitens, als würden sie nicht die Bibel lesen.

Beim zweiten Punkt gab es abermals unterschiedliche Typen. Einige (wie dieser Mann heute) sahen aus, als würden sie sie nicht lesen, weil sie so untrennbar mit volkstümlichem Aberglauben und einer unmöglichen Religion verbunden war, dass es sie anwiderte. Einige, wie Miss Grammont und ihr Bruder Anthony, sahen aus, als würden sie sie nicht lesen, weil sie sie bereits gut genug kannten, um sich nach Lust und Laune darüber lustig zu machen; andere, wie Miss Pansy Ponsonby, sahen aus, als hätten sie es einmal ernsthaft versucht, hätten sie aber für zu trocken befunden und die weitere Lektüre auf eine Zeit verschoben, in der sie im Sterben lägen und etwas zugunsten ihres künftigen Zustands unternehmen wollen. Und Miss Grammonts Bruder Cyril sah aus, als wäre es ein protestantisches Buch und ziemlich gewöhnlich. Einige wiederum sahen unschuldig aus, als hätten sie noch nie davon gehört, andere schuldbewusst, als wollten sie nie wieder davon hören.

Ivy Delmer ging nach Hause zum Pfarrhaus und hoffte inständig, dass die Bewohnerinnen und Bewohner des End House morgen nicht zur Kirche kommen würden. Denn unerklärlicherweise wurden sie von Zeit zu Zeit von einer entsprechenden Anwandlung heimgesucht, was Ivy unangenehm war. Ob sie nun kamen, um zu beten oder nicht, konnte Ivy sich des unguten Verdachts nicht erwehren, dass sie blieben, um zu spotten.

2.

»Hallo, meine Liebe«, dröhnte Miss Pansy Ponsonby mit der ihr eigenen schleppenden Stimme, als Kitty und ihr Begleiter aus dem Bahnhof kamen. »Da wären wir ja alle wieder. Und Cheeper auch. Er wird ein großer Junge, unser Cheeper: Er hat schon wieder zugenommen. Kommt nach mir: Wenn ich meine Übungen nicht mache und nicht aufpasse, nehme ich auch zu. Stimmt's, Tony? Sie müssen Mr Prideaux sein. Wie geht's Ihnen, Mr Prideaux? Freut mich sehr, dass Sie gekommen sind. Sie kennen Mr Amherst, nicht wahr? Ihr cleveren Leute kennt euch doch alle.« Miss Ponsonby war zwar keine Amerikanerin, doch sie war einst mit der gleichen Truppe aufgetreten wie Miss Lee White[9] und hatte dabei die eine oder andere Redeweise aufgeschnappt. Mit der Genugtuung einer gastfreundlichen Wirtin betrachtete sie die kleine Gruppe und wiederholte: »Da wären wir also alle. Wie nett.«

Es war in der Tat keine unangenehme Gruppe. Sie wurde dominiert von Miss Ponsonby, die sehr groß, sehr schön und sehr gelenkig war (erst vor einem Jahr hatte sie zuletzt ihren gefeierten Aaltanz in »Hallo, Frieden!« aufgeführt), mit hübschen, veilchenblauen Augen und von besten Schönheitswassern gepflegtem Teint, geschmackvoll, aber überflüssigerweise mit rosa Farbe, weißem Puder, scharlachrotem Lippenstift und dunkler Wimperntusche verziert. Dies war nur der Gewohnheit geschuldet: Miss Ponsonby war von selbst ganz ausreichend rosa, weiß, rot und schwarz. Doch wenn man, dachte Kitty, vom Himmel schon mit einem dermaßen absurden Ding wie einem menschlichen Gesicht beschenkt war, was sollte man da anderes tun, als es durch das Hinzufügen derartiger Albernheiten noch absurder zu machen? Man kann ein Gesicht einfach nicht ernst nehmen; es ist eine Kapriole der Natur, und am besten behandelt man es wie der Clown und der Pierrot die ihren. Das war zumindest Kittys Auffassung; Pansy hatte keine, nur Gewohnheiten.

Pansy lenkte einen motorbetriebenen Kinderwagen, in dem der vier Monate alte Cheeper lag (er hatte keinen Taufnamen, da er bislang sowohl dem Standesbeamten als auch dem Taufbecken entkommen war, und vermutlich auch keinen Nachnamen, was auf die besonderen Umstände seiner Eltern zurückzuführen war). Cheepers Vater, Anthony Grammont, war ein blonder, gutaussehender, blasser und recht erschöpft wirkender junger Mann von siebenundzwanzig Jahren mit einer leicht wehleidigen Stimme; er sah aus, als teile er, nur mit weniger Elan, Miss Ponsonbys gelassene und einnehmende Freude an der Welt. Während des europäischen Krieges war er in einer der heißesten Ecken von Frankreich gewesen und daraus als gelangweilter und unambitionierter Oberst hervorgegangen, taub auf einem Ohr, geschmückt mit einem Verdienstorden und entschlossen, sich für den Verlust von all der Zeit, Kraft und Gesundheit zu entschädigen, indem er die fünfzig oder sechzig Jahre, die ihm, wie er andächtig hoffte, noch blieben, in vollen Zügen genoss. Was er nun auch tat. Sein Berufsleben verbrachte er an der Börse.

Mr Leslie Amherst, der faungleiche Mann, der bei ihm zu Besuch war, war ein alter Freund der Familie Grammont. Er war Schriftsteller und gehörte der Redaktion einer Wochenzeitschrift an. Gerade arbeitete er an einer Artikelserie über die *Finsteren Mächte im finstersten Europa*. Bisher hatte er 1. Die Legislative, 2. Kapitalismus, 3. Industrialismus, 4. Nationalismus, 5. Militarismus, 6. Die Presse fertiggestellt, und diese Woche schrieb er 7. Organisierte Religion. (Es wird einige Leserinnen und Leser zweifellos schockieren, dass diese Mächte, trotz der ernsthaften Hoffnungen, die so lange schon in deren Überwindung gesetzt wurden, nicht alle überwunden waren; doch muss ich der Wahrheit zuliebe vermerken, dass dem so war.) Obwohl Amherst wie ein Zyniker sprach und einige Allüren hatte, war er ein ernsthafter Denker und strapazierte damit mitunter seinen Gastgeber, der keiner war und der zudem aus den Jahren seines kontinentalen Aufenthalts eine ausgeprägte Abneigung gegen jedwede weitere Erörterung der Probleme des *Finstersten Europas* zurückbehalten hatte. Amherst besaß in dieser Hinsicht den Vorteil, dass er den Kriegsdienst aus Gewissensgründen verweigert hatte, so dass er nicht vom Krieg zermürbt war und sich für den heimischen Gebrauch die Energie und Angriffslust erhalten hatte, die viele seiner Landsleute im Ausland vollständig aufgebraucht hatten.

Die End-House-Gruppe wurde komplettiert durch Kitty Grammont, mit ihren runden, langwimprigen Augen und ihrer Aura einer unbefangenen Bohemienne, und Vernon Prideaux, lebhaft, adrett und klug. Da wären sie also alle: wie nett.

Kitty küsste ihren Bruder und Miss Ponsonby zur Begrüßung und kniff Cheeper in die Rippen, wie er es gernhatte. Sie war ihnen allen sehr zugeneigt und fand Miss Ponsonby unermesslich unterhaltsam. Nie hätte sie sich damals, als sie Miss Pansy Ponsonby entzückt dabei zugesehen hatte, wie sie über die Bühne wirbelte und hopste und mit ihrer trägen Altstimme faszinierende Sinnlosigkeiten zum Besten gab, träumen lassen, dass sie beide irgendwann auf so ungewöhnliche Weise verbunden sein würden. Natürlich hatte sie gewusst, dass ihr Bruder Anthony Miss Ponsonby Blumen, Schokolade, Diners, Wochenendausflüge und Flugreisen zu ihren flinken Füßen legte (deren Zehen sich bis zum Gelenk verbiegen ließen), doch Anthony war bekannt dafür, dass er diese Dinge auch anderen Damen zu Füßen legte. Gewiss hatte Kitty nie erwartet, dass er dieses entzückende und teure Wesen in ein richtiges Haus einsetzen, mit ihr ein richtiges Kind haben und richtig sesshaft werden würde, wenngleich in Buckinghamshire gesellschaftlich geächtet, weil sie nicht richtig verheiratet waren (was an Miss Ponsonbys Ehemann, Mr Jimmie Jenks, lag, der sich, obwohl er sie selbst nicht mehr wollte, egoistisch weigerte, ihre Verbindung unwiderruflich zu lösen).

»Was gibt's Neues heute Nachmittag?«, erkundigte sich Mr Amherst, als sie zum Dorf hinaufliefen.

»Ich habe seit einer halben Stunde keine Zeitung mehr gesehen«, entgegnete Mr Prideaux, der das Ohr am Puls des Landes hatte und stets gerne auf dem neuesten Stand war. »Aber ich habe zwei Fünf-Uhr-Blätter dabei. Der Streik in Leeds ist wohl eher schlimmer, der in Sheffield eher besser. Die Aerobusleute wollen am Montag streiken. Gefährliche Unruhen bei den Schäfern in Sussex und den Kuhhirten in Cotswold.« (Die landwirtschaftliche Arbeit befand sich nun unter staatlicher Kontrolle.) »Lord Blackwoods hat sich vor seinen Wählern gegen den Gesetzentwurf zum Entzug der Bürgerrechte für Opponenten des Gesetzes zum geistigen Fortschritt ausgesprochen. Eine durch und durch aufrührerische Rede, versteht sich. Der

Arme, sein ältester Sohn hat sich gerade verlobt, und jetzt gibt es eine neue Familie von Blackwoods-Kindern, die es nicht geben dürfte. Es wird sie finanziell schwer treffen ... Und die internationale Polizei hat in der Nähe von München schon wieder eine geheime Waffenfabrik gefunden, unter einem Musikpavillon. Und es steht jetzt fest, dass der gute Tommy Jackson Getränkekontrolleur wird.«

»Noch ein guter Butler verschwendet«, bemerkte Anthony Grammont. »Er war wirklich mal ein famos guter Butler. Und er wird ein famos schlechter Getränkekontrolleur.«

»Der gute, alte Tommy«, murmelte Miss Ponsonby abwesend, während sie Cheeper mit starker Hand aus seinem Motorwagen hob und ihn auf ihren breiten Schultern balancierte. »Er war ausgesprochen freundlich zu mir, damals in der guten alten Zeit, als ich manchmal an den Wochenenden in Surrey Towers war. Er hat mir immer Benimm-Ratschläge gegeben. Ich habe sie zwar nicht beachtet; gutes Benehmen war nicht das, was die Leute von mir erwarteten; aber ich war Tommy trotzdem dankbar.«

»Sollte es irgendein Mitglied einer Regierungsabteilung geben«, sagte Anthony, »einer bestehenden, ehemaligen oder zukünftigen, das in der guten alten Zeit nicht ausgesprochen freundlich zu dir war, meine liebe Pansy, dann wüsste ich gerne seinen Namen.«

»Aber doch, natürlich«, antwortete Pansy bereitwillig und heiter, »Nicky Chester, der Verstandsminister, der so rundum und unendlich unerfreulich ist, er weiß nicht einmal, dass ich existiere, und wenn er es wüsste, wäre er wohl der Meinung, ich hätte kein Recht dazu.«

»Da irrst du dich, Pansy«, sagte Kitty. »Er findet, dass alle ein Existenzrecht haben, die etwas so gut können wie du deine Sache. Du bist doch ein A-Stern, oder?«

»Ich habe diesen albernen Wisch irgendwie verloren«, sagte Pansy gleichmütig, »aber so stand es da wohl, glaube ich.« A-Stern hieß (gemäß der offiziellen Definition) erstklassige Fähigkeiten in einem Arbeitsbereich, der nicht als wertvoller Beitrag zur allgemeinen Leistungsfähigkeit des Staates galt. Cheeper als Kind einer A-Stern-Mutter und eines B3-Vaters (Anthonys Verstand war durch das Leben im Schützengraben geschwächt, er war in Oxford noch durchaus intelligent gewesen) unterlag weder einem Bonus noch einer Steuer.

»Jedenfalls«, fuhr Pansy entzückend und breit grinsend fort, »kann ich mir richtig vorstellen, wie Nicky Chester mir nach einem Auftritt Blumen oder Geschenke schickt! Er hat mich schon mal gesehen, wisst ihr: Am ersten Abend von ›Hallo, Frieden!‹ saß er in einer Loge. Über die politischen Anspielungen hat er gelacht, aber meine Kunststücke haben ihn kaltgelassen; wahrscheinlich waren sie ihm nicht geistreich genug.« Sie warf Cheeper in die Luft und fing ihn mühelos und sicher wieder auf. »Wenn wir jetzt schon seine Gelenkigkeit trainieren, dann kann er mit sechs Jahren schon ein gefeierter Kinderturner sein, der in Revuen auftritt. Er kommt ganz nach mir. Er schafft es sogar schon, sich beide große Zehen gleichzeitig in den Mund zu stecken.«

»Sehr ungewöhnlich, gewiss«, bemerkte Mr Amherst und inspizierte Cheeper durch seinen Kneifer, als wäre er ein Insekt unter dem Mikroskop. Mr Amherst, der in Oxford lehrte und sich akademisch trug, war noch nicht ganz an Pansy gewöhnt, ein Typ, der in seinen bisherigen Studien nicht vorgekommen war, und er würde sich nie wirklich an jemanden gewöhnen, der jünger als 18 Jahre, geschweige denn sechs Monate alt war. Möglicherweise war es das, was seine Vorgesetzten meinten, wenn sie sagten, es mangele ihm an Gespür für das Menschliche.

Seine Aufmerksamkeit wurde von Cheeper auf die Pfarrkirche gelenkt, die er mit der gleichen angewiderten Neugier inspizierte.

»Organisierte Religion, nehme ich an«, kommentierte er. »Wenn du nichts dagegen hast, Anthony, würde ich morgen früh gerne den Gottesdienst hier besuchen. Vielleicht liefert er mir wertvolles Material für meinen Artikel.«

»Wir gehen alle zusammen«, sagte Kitty. »Das End House soll dem Dorf ein gutes Beispiel sein. Cyril nehmen wir auch mit. Er kann sich einen Dispens besorgen. Es ist Verstandssonntag, wisst ihr, und alle patriotischen Priester werden darüber predigen. Vernon und ich sind offiziell zur Teilnahme verpflichtet.«

»Besonders amüsant wird es wohl nicht werden«, sagte Anthony. »Aber wenn ihr alle geht, kommen wir auch mit.«

»In die Kirche ...« Pansy betrachtete nachdenklich den frühgotischen Kirchturm. »Ich war einmal sonntags dort.« Sie hielt sich erinnernd inne und fügte dann ohne Groll hinzu: »Der Vikar hat mich wieder weggeschickt.«

»Er hatte wohl kaum eine andere Wahl«, sagte Mr Amherst höflich. »Ihre Position wird von der Organisierten Religion gegenwärtig nicht anerkannt.«

»Oh, anerkannt hat er sie schon«, erklärte Pansy. »Das war ja genau das Problem; sie gefiel ihm nur nicht … Er ist kein schlechter Kerl. Später kam er zu mir und hat mir alles erklärt. Er war ziemlich aufgebracht. Und ich auch, nicht wahr, alter Knabe?«

»Nicht im Geringsten«, erwiderte Anthony gelassen.

»Ich wollte nur das Richtige tun«, fuhr Pansy in ihrer einzigartig schönen Stimme unbeirrt fort. »Ich bin dazu erzogen worden, gelegentlich in die Kirche zu gehen. Ich bin sogar konfirmiert. Ich tue gerne das Richtige. Es ist nur recht gegenüber Cheeper, dass er so aufwächst, wie es sich gehört. Ich will nicht, dass er ein Heide wird wie ihr alle. Aber Mr Delmer sagte, mein Lebenswandel wäre zu ambivalent, um mit dem Kirchbesuch vereinbar zu sein. Ein hübsches Wort, findet ihr nicht? Weil er eigentlich gar nicht ambivalent ist, wisst ihr, nicht mal ein bisschen, fürchte ich … Als Cheeper kam, schien es mir, als wäre er vielleicht auch ein wenig ambivalent, und deshalb habe ich noch keinen kleinen Christen aus ihm gemacht. Der Vikar sagt, er kann das schon alles regeln – genau genommen kam er vorbei, um mir das zu sagen – aber irgendwie sind wir noch nicht dazu gekommen, nicht wahr, Liebling? Tottie O'Clare hat mir versprochen, dass sie seine Taufpatin wird, wenn ich es irgendwann machen lasse …«

»Pansy«, sagte Anthony, »du langweilst Amherst und Prideaux. Sie interessieren sich nicht für Babys oder Taufen oder Tottie O'Clare.«

Pansy strahlte sie aus ihren heiteren veilchenblauen Augen an. Sie sah aus wie eine stattliche, geschmeidige Aphrodite; wäre da nicht der zarte Hauch von Puder und überroten Lippen, hätte sie auch als Madonna Modell sitzen können.

»Pansy«, sagte Kitty, »es ist die Sixtinische Madonna, der du ähnlich siehst; endlich habe ich es. Du bist so der göttliche Typ. Als kämst du geradewegs aus dem Himmel. Immer bist du so entspannt. Wir alle wirbeln und schwirren umher, wollen etwas schaffen und klug und geschäftig und effizient sein – aber du, du *bist* einfach. Du passierst, wie der Frühling oder wie Musik. Du bist kein bisschen wie Chester, aber dafür umso wichtiger, nicht wahr, Vernon?«

»Sie sind beide«, sagte Prideaux taktvoll, »von enormer Wichtigkeit. Und gewiss haben sie, wie du sagst, nicht die geringste Ähnlichkeit miteinander. Chester ist weder wie der Frühling noch wie Musik, und entspannt würde ihn sicher auch niemand nennen. Und ich wäre doch überrascht zu hören, dass der Himmel der Ort ist, an dem er seine Laufbahn entweder begonnen hat oder beenden wird … Aber ich bitte euch, seht euch das an.«

Sie kamen gerade an dem kleinen Rathaus vorbei, das am Marktplatz des Dorfes stand. An seiner Fassade prangte ein riesiges Plakat, das Prideaux und Kitty mit Besitzerstolz betrachteten, Amherst mit zynischer Amüsiertheit, Anthony mit gelangweilter Resignation und Pansy und Cheeper mit gelassenem Staunen über die Torheit der Welt.

»Was haben wir doch für eine wunderbare Regierung«, stellte Kitty fest. »Und was sind wir doch für ein wunderbares Ministerium. Stellt euch nur vor, diese Plakate hängen überall in den Dörfern, in ganz England … Ich glaube nicht, dass Chester lacht, wenn er das sieht, Vernon. Bestimmt ist er stolz, wie ein feierlicher, ernster kleiner Junge.«

»Und das zu Recht«, sagte Prideaux und klemmte sein Monokel ein, um besser lesen zu können. Denn es handelte sich um das neueste Plakat des Ministeriums für Verstand; von dieser Woche. Darauf stand in großen Lettern: »Verbessern Sie Ihren Verstand! Besuchen Sie die staatliche Verstandsschulung! Zu Ihrem eigenen Wohl, zum Wohl Ihres Landes, zum Wohl der Nachwelt. Das Alter kommt gewiss. Doch es muss kein tatteriges Alter sein. Bauen Sie Ihre geistigen Fähigkeiten aus und machen Sie Ihren Lebensabend zu einer erfüllten und glücklichen Zeit. Die Verstandsschulungen haben schon vielen geholfen. Sie können auch Ihnen helfen!«

Darunter stand in kleinerer Schrift: »All diese Menschen haben von der Verstandsschulung profitiert.

Ein berühmter Finanzier: Seit Beginn der Schulung habe ich mein Einkommen verdoppelt und die von 750 anderen halbiert. Ich hoffe, dass ich bis zum Abschluss des Kurses doppelt so viele Existenzen ruiniert haben werde.

Ein Minister im Kabinett: Dank der Verstandsschulung bin ich nun schon seit über sechs Wochen im Amt. Ich hoffe, dass ich noch mindestens drei weitere schaffe.

Ein Zeitungsverleger: Seit ich die Verstandsschulungen besuche, habe ich acht neue Zeitschriften gegründet, drei Regierungen gestürzt, vier internationale Krisen ausgelöst und Großbritannien erfolgreich bei den Eingeborenen der Pazifischen Inseln vertreten.

Der Herausgeber einer bekannten Wochenzeitung: Ich habe die Schulung besucht, weil mir schien, als verlöre ich das unvergleichliche Gespür, das meine Zeitung, wenn ich so sagen darf, zu dem macht, was sie ist. Seitdem ist meine alte Kraft mehr als zurückgekehrt, so dass ich neun prominente Personen verleumdet und sechs Verleumdungsklagen erfolgreich juristisch abgewehrt habe. Die Verstandsschulung lehrt uns, das Leben in Bestform zu leben.

Ein Beamter: Jedes Mal, wenn eine neue Regierungsabteilung ins Leben gerufen wird, trete ich dort ein, denn dank der Verstandsschulung bin ich befähigt, höchste Leitungspositionen zu besetzen. Wenn die Abteilung eingeht, verlasse ich sie unbeschadet.

Ein Verleger: Meine Urteilskraft wurde von dem Kurs derart angeregt, dass ich, seit ich ihn besucht habe, fünf Romane veröffentlich habe, die allesamt derart unerfreulich sind, dass die Leserbriefspalten des *Spectator* noch immer schäumen, und die daraufhin zehn Auflagen erreicht haben. Der Kurs lehrt uns, warum manche erfolgreich sind und andere scheitern.

Eine Journalistin: Ich verwende die Worte ›sanktionieren‹, ›scheinbar‹, ›Klientel‹ und ›Proletariat‹ jetzt nur noch entsprechend ihrer Bedeutung im Wörterbuch, das Wort ›Pazifismus‹ höchstens noch drei Mal am Tag, und ›äußerst essenziell‹ oder ›ziemlich einzigartig‹ überhaupt nicht mehr.

Ein bekannter Theologe: Vor meiner Schulung war ich Bischof einer aufgelösten Kirche. Jetzt ist mein Verstand klar, meine Augen geöffnet und ich bin ein Anführer des Kommenden Glaubens. Der Kurs lehrt uns den Sinn des Lebens.

Ein ehemaliger Staatssekretär: Seit ich den Kurs belegt habe, weiß ich, wie wichtig es ist, stets über die öffentlichen Angelegenheiten informiert zu sein. Heute erwähne ich in meinen öffentlichen Ansprachen nie die Rede eines anderen Politikers, ohne vorher eine Zusammenfassung davon gelesen zu haben.

Eine Dichterin: Ich finde jetzt Reime für fast alle meine Verse. Die altmodische Angewohnheit freier Verse, der ich seit 1912 verfallen war, habe ich aufgegeben. Ich kenne jetzt sogar einen Reim auf ›Indemnität‹, außerdem einen auf ›Krieg‹, der nicht ›Sieg‹, ›lüg‹ oder ›flieg‹ ist.

Ein unverbesserlicher Leserbriefschreiber: Ich mache das nicht mehr.

Eine Bürgerin: Ich war verlobt. Jetzt bin ich es nicht mehr.«

Dann wieder in großen Lettern:

»So erging es Anderen! Warum sollte es Ihnen nicht so ergehen? Retten Sie sich selbst, retten Sie Ihr Land, retten Sie die Welt! ›Wo will man aber die Weisheit finden? Und wo ist die Stätte der Einsicht?‹, fragten die Prediger der alten Welt und fanden keine Antwort, denn es gab keine. Doch nun gibt es sie. Weisheit findet man in der staatlichen Verstandsschulung – der S.V.S., wie Tausende Männer und Frauen, die von ihr profitieren, sie liebevoll nennen. Melden Sie sich heute noch an. Für weiterführende Informationen wenden Sie sich an die Abteilung für Verstandsschulung im Ministerium für Verstand, London, S.W.1.«

Oberhalb des Textes befand ich sich ein Bild von zwei jungen Männern, die mit »Vorher« und »Nachher« betitelt waren. »Vorher« hatte den leeren Blick eines Dorftrottels, »Nachher« die triumphierende Schläue eines Wahnsinnigen. Die Verstandsschulung hatte offensichtlich einen ehemals unbeleckten, wenn nicht unzulänglichen Verstand vollkommen umgekrempelt.

»Wie lange«, erkundigte sich Amherst in bester Oxford-Manier, »gebt ihr euch? Das frage ich, als

Mitglied der Öffentlichkeit, euch als Angestellte einer Regierung, die zu solchen Maßnahmen imstande ist.«

»Wir sind nun schon seit über sechs Monaten im Amt«, sagte Kitty, »und hoffen, dass wir noch mindestens drei weitere schaffen … Doch wir sollten vielmehr dich als Mitglied der Öffentlichkeit fragen, wie lange du uns noch geben willst. Ich persönlich staune jeden Tag aufs Neue, dass unsere Büros nicht gestürmt und verwüstet werden. Ich weiß auch nicht, warum die Aerobusgesellschaft während des Streiks nicht über uns fliegt und Bomben abwirft. Das zeigt doch, dass wir beliebter sind, als wir verdienen. Es beweist, dass die Leute sich gerne zu Verbesserungen zwingen lassen. Sie wissen, dass sie es nötig haben. Schaut euch nur die Menschen hier im Dorf an; schaut in ihre Gesichter. Sie sind wie ›Vorher‹. Seht ihr den Polizisten dort an der Tür, der nur halb angezogen ist? Er sieht aus wie ein Gott; die Figur einer griechischen Statue und der Verstand eines Dr. Watson. Er wird nie einen Dieb fangen. Jetzt schaut er zu uns und hält uns wahrscheinlich für Diebe, nur weil wir ambivalent aussehen. So einen Verstand hat er. Und dort, der Doktor, in seinem absurden kleinen Ford. Was, meint ihr, weiß er darüber, wie man Menschen heilt, was weiß er über die Wissenschaft vom Körper? Er biegt sie irgendwie wieder hin mit Tabletten und Medikamenten … Aber immerhin hat er uns nicht geschnitten, Tony. Warum eigentlich nicht?«

»Er und der Vikar machen das nicht«, erklärte Anthony. »Von Amts wegen. Da ist ja auch der Vikar, dort vor dem Häuschen. Seht ihr, er winkt uns.«

Er erwiderte den Gruß mit einigem Stolz, und Pansy nickte artig.

Amherst musterte den Vikar, der klein und stämmig war und ein freundliches Gesicht hatte. Als sie an ihm vorbei waren, schüttelte er den Kopf.

»Nicht annähernd klug genug für die Rolle«, verkündete er. »Um Religion zu organisieren, braucht ein Mensch die Talente des Teufels oder zumindest die des intelligenten Beamten. Prideaux könnte es ganz gut; oder Chester; außer dass Chester den Leuten vielleicht zu unberechenbar ist. Kein Wunder, dass das Christentum in diesem Land so erfolglos ist, wenn es Repräsentanten wie ihm überlassen ist. Dieser Mann kann überhaupt nichts organisieren; ich wette, nicht einmal seine Schulspeisung funktioniert – zu wenig Brötchen oder so. Darin liegt die Hoffnung für die Welt: in der Ineffizienz der meisten religiösen Amtsträger; deshalb wird das Volk diese ganze Bande bald entmachten, noch bevor das Parlament und die britische Autokratie gestürzt werden, die immerhin noch einen Hauch scharfsinniger sind. Von meinem Standpunkt aus hat die Dummheit des Vikars nur Gutes. Wenn er morgen so predigt, wie es das Verstandsministerium will – und so loyal und patriotisch, wie er aussieht, wird er es wahrscheinlich versuchen – dann predigt er gegen seine eigenen Interessen. Aber das macht ihr Verstandsleute ja alle, versteht sich. Was ihr offenbar nicht seht: Wenn ihr es jemals schaffen solltet, die Menschen halbwegs intelligent zu machen, dann wäre es vorbei mit euch; ihr könntet euch dann keine Minute länger halten. Ihr sägt an dem Ast, auf dem ihr sitzt. Ihr habt nur das Glück, dass eure Säge nicht besonders scharf ist.«

»Chester würde genauso weitermachen, selbst wenn er es sehen würde«, sagte Kitty. »Wahrscheinlich sieht er es sogar. Er ist zwar ein Idealist, aber mit einem klaren Blick für Tatsachen. Er fände es lohnenswert, für eine gute Sache unterzugehen.«

»Tatsache ist doch aber«, sagte Prideaux, »dass er niemals untergehen würde, selbst wenn der Ast abfällt; er würde ganz schnell auf einen anderen klettern und als Retter des Volkes dastehen. Unser Nicky geht nicht unter.«

3.

So kamen sie zum End House, über das es wenig zu sagen gibt, außer dass es abseits der versprengten Häuser des Dorfes lag, dass es geräumig, gemütlich und unordentlich war und voller Hunde, die allesamt nach Revuesternchen benannt waren. Die Einrichtungs- und Kunstgegenstände bestanden aus einer interessanten Mixtur des Grammont-Geschmacks – des Geschmacks kluger Menschen, darunter einige Künstler – und Pansys Geschmack, was sich kurz und eindrücklich illustrieren lässt durch den Hinweis, dass man überrascht wäre, wenn man zuerst das Haus und dann Pansy sehen würde, doch andersherum nicht. Auf dem Fußboden im Wohnzimmer waren große, bunte Kissen verstreut, offenbar nicht aus Versehen, sondern als Sitzgelegenheiten. Das brachte den Vikar und seine Frau jedes Mal ganz aus der Fassung, wenn sie zu Besuch kamen, es war, wie Mrs Delmer bemerkte, so überaus orientalisch und ließ auf andere Gewohnheiten schließen, die demselben zwielichtigen Erdteil angehörten und von denen man annehmen konnte, dass einige von ihnen ebenfalls übernommen worden waren. Noch schlimmer war der Kaminsims, denn er war mit Fotografien von Pansys Freunden geschmückt – »in Liebe, Deine Tottie«; »Dein für immer, Guy«; »herzlich, Phyllis und

Harry«; und so weiter. (Es gab sogar »Dein Jimmie«, was Mrs Delmer, wenn sie etwas mehr über Pansys Umstände gewusst hätte, als von recht fragwürdigem Geschmack empfunden hätte.) Einige dieser Damen und Herren hatten sich glücklicherweise dazu entschlossen, Porträtaufnahmen machen zu lassen, auf denen nur der Kopf und die Schultern zu sehen waren (und von letzteren recht viel, fand Mrs Delmer, die sich fragte, wie weit unterhalb der Fotografie die Kleidung der Damen wohl anfing), andere zeigten die ganze Figur. (»Allerdings!«, hatte Mrs Delmer bei ihrem ersten Besuch gesagt und hektisch den Rückzug vom Kaminsims angetreten. Es sollte vielleicht erwähnt werden, dass Mrs Delmer keine Revuen zu besuchen pflegte und daher einen sittsameren Bekleidungsstil gewohnt war. Diese Dinge sind wie so vieles eine Frage der Gewohnheit.)

Diese Fotografien sowie das vortreffliche Gemälde von Pansy bei ihrem Aaltanz gehörten zu den nebensächlicheren Gründen, aus denen es Ivy Delmer nicht gestattet war, das End House zu betreten. Ihre Eltern taten es dennoch, und zwar aus drei Gründen: Sie mochten zwar dumm sein, doch waren sie auch außerordentlich tugendhaft und konnten es nicht ertragen, die Sünde sich selbst zu überlassen, zumindest nicht in ihrer eigenen Gemeinde, wo sie ein derart unglückliches Beispiel abgab und sich unter ausreichender Anstrengung womöglich zur Rechtschaffenheit bekehren ließe; außerdem waren sie gütig und weichherzig und konnten Pansy schlechterdings nicht den ganzen Tag mit ihrem kleinen Sohn und den beiden Dienern, die bekanntermaßen die ungezogensten im ganzen Dorf waren, alleine lassen; und zu guter Letzt glaubten sie als Christen, dass die Lehre ihrer Religion in Bezug auf den Umgang mit Sündern eindeutig war. Also schluckten sie ihren peinlichen Widerwillen hinunter und besuchten das End House, wie andere vielleicht ein Krankenhaus besuchen würden, doch ihre Kinder hielten sie davon fern, denn es war ein Krankenhaus, dessen Patienten möglicherweise ansteckend waren.

In dieses Haus, das gastfreundlich und mit offenen Türen im Maiabend stand, traten also sein Besitzer und dessen Freunde ein. Es berührte sie in unterschiedlicher Weise. Anthony Grammont war stolz auf sein Haus und den Garten, auf seine Pansy und Cheeper. Jung wie er war, schmeichelte die Tatsache, dass er einem – wenngleich ambivalenten – Haushalt vorstand, seiner Eitelkeit, und natürlich wäre jeder stolz auf die schillernde und weithin bekannte Pansy, deren Name auf den Anzeigeplakaten der Revuen, in denen sie auftrat, grundsätzlich einer der beiden großgedruckten war (so gut war sie nämlich); von seinem Leben der vergangenen Jahre, den Unannehmlichkeiten, der Heimatlosigkeit, der Unfreiheit, der schmerzhaften Unnatürlichkeit, war er körperlich wie geistig so erschöpft, dass er sich mit Erleichterung in Pansys exotische Kissen und alles, wofür sie standen, sinken ließ.

Kitty fand das Haus und den Haushalt ungemein erheiternd und unterhaltsam; der schiere Anblick von Pansys Wohnzimmer war imstande, sie aus jeder Verstimmung zu erwecken.

Vernon Prideaux erschauderte ein wenig beim Anblick der Fotografien – er verabscheute Fotografien auf Kaminsimsen – und der Blumenmuster der Sesselbezüge, er teilte Kittys Neigung zum Komischen keineswegs, stattdessen besaß er einen männlichen Sinn für Anstand und guten Geschmack und sah Revuesternchen lieber auf der Bühne als anderswo. Nichtsdestotrotz war er sehr tolerant gegenüber den Geschmäckern anderer und freute sich für Tony Grammont, dass er sein häusliches Glück gefunden hatte.

Amhersts Gedanken ließen sich kurz und bündig so zusammenfassen: »Die Mächte des Dunkels – Nummer 8: Das teure, gewissen- und gedankenlose Weib.«

Pansy ging nach oben, um Cheeper ins Bett zu bringen, und Kitty begleitete sie, um mit anzusehen, wie ihr Neffe sich beim Baden beide große Zehen in den Mund steckte.

Das einzige weitere wichtige Ereignis vor dem Abendessen war die Ankunft von Cyril Grammont, Anthonys Bruder und ein Studienfreund von Prideaux aus Cambridge, römisch-katholisch, Autor epigrammatischer Essays und leichter Lyrik sowie angehender Verleger. Er und Pansy lagen meist im Clinch.

Er hatte den Krieg als Mitglied der Saloniki-Truppen teilweise in Mazedonien verbracht, wo er in Amphipolis und den anderen Ruinenstädten dieser Gegend Skulpturenfragmente ausgrub und dem, wie er damals meinte, schädlichen Einfluss des heiligen Paulus anhand eines Taschenatlas von dessen Reisen sowie dem offenkundig üblen Charakter und Brauchtum der Städte, in denen dieser gewirkt hatte, nachging, und teilweise in Palästina, wo er eine so starke Abneigung sowohl gegen Türken als auch gegen Juden entwickelt hatte, dass er zu der Überzeugung gelangt war, dass beide in allem, worauf es ankam, so falsch lagen, dass die Christen recht haben mussten, worauf er umgehend vom Atheisten zum Christentum bekehrt wurde.

Seiner Meinung nach war die Zeit des Krieges keine Zeit für Christen, da es für sie so viel zu erklären oder opponieren gab, oder gar beides gleichzeitig, deshalb hatte er gewartet, bis der Krieg vorbei war, um dann zwischen den verschiedenen Formen, in die sich das Christentum entwickelt hatte (anfangs erschienen sie ihm alle etwas befremdlich), seine Wahl zu treffen. Ein unparteiischer Freund, mit dem er das Thema besprach, meinte, dass der Katholizismus mit seinem präzisen, klaren und lateinischen Verstand Cyril wohl am besten entspräche, vorausgesetzt es gelänge ihm, jeden Kontakt mit den üppigeren Formen der katholischen Frömmigkeit zu vermeiden, die ihn, wie er warnte, ebenso abstoßen würde wie Patschuli oder Carlo Dolci.[10] »Und außerdem«, hatte sein Freund, vermutlich irrigerweise, hinzugefügt, »wird der Katholizismus bei all seinem Obskurantismus die anderen Kirchen überdauern. Wenn du also gut laufendes Geschäft suchst, dann tritt bei.«

Folglich informierte sich Cyril über den Katholizismus und stellte fest, dass dieser mit seinen schönsten Kathedralen seinen künstlerischen Sinn und mit seinen klaren Dogmen sein Gefühl für präzise Formen befriedigte (sein Kunstsinn empörte sich heftig über die Nachkriegsschule, dieses Durcheinander von fauler, nachlässiger und unintellektueller Formlosigkeit), also befand er den aus einem so bemerkenswert ungleichen Samen gewachsenen Baum für nicht befremdlicher als die anderen Auswüchse einer befremdlich sprießenden Welt und ließ sich auf seinen Ästen nieder, ungeachtet der überraschten Missbilligung der meisten seiner Freunde, die nicht glauben wollten, dass irgendeine Organisierte Religion ein gut laufendes Geschäft genannt werden könne, außer in dem Sinne, dass es auf den Untergang hinauslief.

Das war also Cyril, der zum Sonntag ins End House gekommen war, adrett und gutaussehend, scharfsinnig, überheblich und sehr von sich eingenommen, ganz anders als das End House mit seiner liederlichen Großartigkeit, den kläffenden Hunden, seinen Absurditäten, der ausufernden Zusammenhangslosigkeit, den Kissen und der Ambivalenz.

Am Abend tanzte Pansy für die Gäste ihren Weidentanz. Ihre Frisur löste sich, und sie sah nicht mehr aus wie die Sixtinische Madonna, sondern eher wie eine junge Bacchantin. Einige ihrer Witze waren vulgär (manchmal muss man in Revuen eben vulgär sein, und dann legt man die Angewohnheit nicht einfach ab, wenn man von der Bühne tritt), und Amherst, der kultiviert war, zeigte sich schockiert. Dann stritt sie sich mit Cyril, weil er mit heiterer und sachlicher Endgültigkeit bemerkte, dass Cheeper, wenn er nicht getauft würde, selbstverständlich in die Hölle käme. Auf ihren heftigen Widerspruch hin meinte er nur, dass es ihm leid tue, doch so stünden die Tatsachen nun einmal und er könne sie nicht ändern, nur um ihr eine Freude zu machen. Er sagte das zum Teil, um Pansy zu ärgern, weil es ihn amüsierte, wenn sie sich aufregte, und zum Teil wegen des Vergnügens, bei der Erwähnung des Worts ›Hölle‹ heimlich Amhersts Gesichtsausduck zu beobachten.

Um also die Gesellschaft wieder zu versöhnen, schlug Kitty vor, dass sie gemeinsam das neue Kartenspiel »Völkerbund« spielen sollten, bei dem das Ziel war, Karten zu sammeln und auszusteigen, während man dabei den Anschein erweckte, überhaupt nichts zu tun.

So verlief der Abend harmonisch und ausgelassen, bis man schließlich auch im End House, wie überall in Little Chantreys, nur viel später, zu Bett ging.

4.
Rund um den Marktplatz mit dem Plakat des Ministeriums für Verstand schlief Little Chantreys unter dem Maimond.

Der Doktor schlief den tiefen Schlaf jener, die die unermessliche Kluft zwischen dem, was sie sind, und dem, was sie sein sollten, nicht kennen.

Die Kranken, seine Patienten, schliefen oder wachten, wälzten sich unruhig hin und her, die Fenster trotz der lauen Mailuft geschlossen. Ab und zu standen sie auf, um ihre Medizin zu nehmen, aus Ungeduld oder Verzweiflung, aus schlichtem Glauben oder stumpfem Gehorsam, und hofften vergebens auf eine Besserung ihres Zustands. Die, die sich für gesund hielten, ohne dass sie je erfahren hätten, was Gesundheit wirklich war, schliefen ebenfalls in ihren stickigen, luftdicht verschlossenen Zimmern, gepeinigt vom Wimmern der Babys, die nie gelernt hatten, laut zu schreien, vom Hüpfen der Flöhe, die sie weder zu fangen noch zu zähmen vermochten, vom Tanz der Mäuse, die nie in die allzu offensichtlichen Fallen gingen, die sie missbilligend auf ihren Wegen vorfanden, vom Gedränge ihrer Kinder, die zu dicht um sie herum waren, als dass sie sie vergessen oder ignorieren konnten, vom belastenden Gewicht des unzulänglichen, unvollendeten Gestern und des unzulänglichen, noch nicht begonnenen Morgen.

Das Pfarrhaus schlief. Der Vikar runzelte im Schlaf verwundert die Stirn, als wäre er vom Leben überfordert, als ringe er mit Kräften, die über seinen Verstand und sein Vorstellungsvermögen hinausgingen, Kräfte, die Little Chantreys hätten revolutionieren sollen, doch es unter seinen Händen nicht würden. Die Frau des Pfarrers schlief unruhig, und wenn sie aufwachte, machte sie sich Sorgen über die neue Köchin, deren Backkunst unzumutbar war. Sie war zu dumm, um zu wissen, dass man nicht auf diese unnütze, verschwenderische Weise in jedem Haushalt einzeln kochen, sondern gemeinschaftlich, in einer Dorfküche, und das Gebäck von einer Gebäckmaschine herstellen lassen sollte. Mrs Delmer hatte zwar von dieser Idee gehört, lehnte sie aber ab, weil sie neu war. Sie war nicht stark, und sie würde eines Tages sterben, zermürbt von Haushaltssorgen, die so vermeidbar gewesen wären …

Die jungen Delmers schliefen. Das taten sie immer. Die meisten von ihnen hätten nie geboren werden sollen; bis auf Ivy, die halbwegs intelligent war, waren sie alle unterhalb der Norm. Sie schliefen den Schlaf der Nicht-Denkenden.

Das Pfarrmädchen schlief. Sie würde auch noch einige Zeit weiterschlafen, denn ihr Wecker lag unter einem Kissen begraben; was von mehr Verstand ihrerseits zeugte, als bei den anderen Bewohnern des Pfarrhauses zu finden war.

Little Chantreys schlief also, und die Welt schlief, die Regierungen und die Regierten, die Mächte der Finsternis und die Mächte des Lichts, die Traurigen und die Heiteren; armselige, ungebildete Kinder des Augenblicks, die weder zurück noch voraus blickten.

Das Licht des Morgens, das sich matt entfaltete wie eine pastellfarbene Blume, erhellte die große rote Schrift des Plakats auf dem Marktplatz von Little Chantreys. »VERBESSERT EUREN VERSTAND!«

So dämmerte der Verstandssonntag herauf, über einer Welt, die ihn in der Tat bitter nötig zu haben schien.

3. Kapitel

Verstandssonntag

1.

Ivy Delmer hatte mit ihrer Vorahnung recht gehabt. Die Bewohner des End House waren zur Matinee (dem Gottesdienst am Sonntagmittag, der in Little Chantreys, wo man altmodisch war, noch abgehalten wurde) in die Kirche gekommen. Ivy betrachtete sie, wie sie in einer der vorderen Reihen saßen. Mr Anthony Grammont und Miss Ponsonby saßen nebeneinander und unterhielten sich flüsternd. Miss Ponsonby war in rosafarbenen Ginghamstoff gekleidet, und davon nicht allzu reichlich (es war nicht in Mode, aufwändige Kleidung oder luxuriöse Stoffe zu tragen, wenn man nicht als jemand gelten wollte, der vom Krieg profitiert hatte; selbst wer dies getan hatte, verbarg es, so gut es ging, und was sich nicht verbergen ließ, das nannte man Zinsen auf Kriegsanleihen). Miss Ponsonby, heiter lächelnd, sah geduldig, gelassen und sehr lieb und gut aus. Neben ihr saß Miss Grammont, die mit ihrer bunt zusammengewürfelten Kleidung durchaus gesittet wirkte, und neben ihr wiederum Mr Prideaux, der ungeduldig und rastlos schien, als brüte er über irgendeinem Ärgernis in seiner Abteilung oder als hielte er den Kirchenbesuch für eine alberne Idee, oder beides. Am Ende der Bank saßen Mr Amherst, der die Kirche, die Gemeinde und den Gottesdienst durch sein Monokel begutachtete und Material für seinen Aufsatz sammelte, und Mr Cyril Grammont, der aussah wie ein Katholik, der mit einem Dispens eine protestantische Kirche besuchte. (Dieses Aussehen lässt sich nicht beschreiben, doch wer es sieht, wird es erkennen.)

Ivy sah von der End-House-Gesellschaft zu ihrem Vater, der im Talar am Pult stand und den für den Verstandssonntag vorgesehenen Abschnitt las, Sprüche 8 und 9. »Ruft nicht die Weisheit, und lässt nicht die Klugheit sich hören? Öffentlich am Wege steht sie und an der Kreuzung der Straßen; an den Toren am Ausgang der Stadt und am Eingang der Pforte ruft sie … Merkt, ihr Unverständigen, auf Klugheit, und ihr Toren, nehmt Verstand an! … Die Weisheit hat ihr Haus gebaut und ihre sieben Säulen behauen« (das musste das Ministerium sein, dachte Ivy) »… Sie sandte ihre Mägde aus, zu rufen oben auf den Höhen der Stadt« (an den Wänden des Rathauses von Little Chantreys). »Wer noch unverständig ist, der kehre hier ein! … Verlasst die Torheit, so werdet ihr leben, und geht auf dem Wege der Klugheit … Gib dem Weisen, so wird er noch weiser werden; lehre den Gerechten, so wird er in der Lehre zunehmen … Der Weisheit Anfang ist die Furcht des Herrn, und den Heiligen erkennen, das ist Verstand …« Das brachte Ivy ein wenig ins Grübeln, denn sie hielt ihre Eltern für heilig, oder zumindest für sehr, sehr gut, und dennoch … Aber vielleicht besaßen sie wenigstens den Anfang der Weisheit und nur noch nicht ihre Mitte und ihr Ende, falls die Weisheit überhaupt ein Ende hatte. Sie blickte von ihrem Vater, der die große Bibel bedächtig zuklappte und erklärte, dass hiermit die erste Lesung beendet war, zu ihrer Mutter, die bedächtig ihre kleine Bibel zuklappte (denn sie gehörte zu denen, die der Lesung im Buch folgen); ihre Mutter, die so wunderbar gut und freundlich und selbstlos war, die vom Alter nicht verschont bleiben würde und sich deshalb mit einer Verstandsschulung darauf vorbereiten sollte, doch immer sagte, sie hätte keine Zeit dafür, sie wäre zu beschäftigt mit dem Haushalt und dem Garten und der Gemeinde. Dabei sollte, wenn es nach dem Ministerium ging, die Hälfte dessen, was sie im Haushalt oder im Garten tat oder beaufsichtigte, von Maschinen oder gemeinschaftlich oder sonstwie erledigt werden. So würde es besser erledigt und die Delmers und ihre Gemeindemitglieder hätten überdies mehr Zeit. Die nächste Frage wäre aber, mehr Zeit wofür? »Sparen Sie sich die Zeit, die Sie heute auf die bloßen Geschäfte des Lebens verwenden, und nutzen Sie sie für Besseres«, hieß es in den Pamphleten des Ministeriums. Lesen, nahm Ivy an, nachdenken, sich unterhalten, sich mit den Dingen der Welt befassen. Doch Mrs Delmer brachte weiterhin jedem neuen Hausmädchen bei, wie man Kuchen bäckt (keines der Hausmädchen im Pfarrhaus schien je in ihrer vorherigen Karriere die Kunst des Backens zu Mrs Delmers Zufriedenheit erlernt zu haben) – Kuchen, die eine Kuchenmaschine am laufenden Band herstellen könnte; sie zupfte weiterhin Halm für Halm das Unkraut, dem eigentlich durch Stromstöße, wie bei störenden Haaren, oder mit Dynamit, wie bei den Fischen im Fluss, der Garaus gemacht werden sollte … Doch als Mrs Delmer von diesen neuen und intelligenten zeitsparenden Geräten hörte, sträubte sie sich dagegen wie alle guten, dummen Frauen in den Bauernhäusern. Es war ein Jammer, weil die Kirche eigentlich mit gutem Beispiel vorangehen sollte; was sie nun, da sie vom Staat befreit war, auch häufig tat.

Mit nachdenklichem Blick, der an diesem Morgen ungewöhnlicherweise eher auf die Menschen als auf deren Kleidung gerichtet war, betrachtete Ivy den Rest der Gemeinde, allen voran ihre Brüder und Schwestern. Die jungen Delmers waren reich an der Zahl; da war Betty, die gerade die Schule abgeschlossen hatte und deren Tätigkeiten sich darauf beschränkten, sich zu frisieren, die Blumen zu arrangieren und gelegentlich die Lampen anzuzünden. Den Rest der Zeit verbrachte sie damit, Tennisturniere und Hockey für Buckinghamshire zu spielen, Teekränzchen zu besuchen und im Zweifelsfall ihre Kleidung zu färben oder die Hunde zu baden. Dann gab es Charlie, der in Cambridge studierte. Charlie gehörte zu denen, für die der Große Krieg an die Stelle der Halbjahrsprüfungen getreten war, was in seinem Fall ein Glück war, weil er ersteren überstanden hatte, letztere aber vermutlich unter keinen Umständen geschafft hätte. Und dann war da Reggie, der keines von beiden überstanden hatte, sondern im November 1917 in Cambrai gefallen war. Außerdem gab es noch die Kleinen, Jane und John, zwölf und elf Jahre alt, die es, obwohl man sie einen Platz auseinander gesetzt hatte, fertigbrachten, sich per Morsezeichen miteinander zu unterhalten, und Jelly, der nach einem einst berühmten Admiral benannt war und dessen Alter sich nicht genauer bestimmen ließ. Jelly, klein und stämmig, saß zwischen seiner Mutter und Ivy, glotzte seinen Vater im Chorgestühl an und erhob von Zeit zu Zeit die Stimme, um zu lachen, als wäre er im Kasperletheater.

Insgesamt eine recht annehmbare Familie voll der besten Absichten (obwohl Ivy und Betty sich unablässig stritten und einander gegenseitig bestahlen), die jedoch sicherlich zu jenen schlichteren Gemütern zählten, denen man dringend nahelegte, verständiger zu werden. Würden sie es jemals werden? Das war die Frage, sowohl für sie als auch für die hier versammelte Gemeinde, vom kleinsten, schmuddeligsten Schulkind, das heimlich Bonbons lutschte und die klebrigen Hände am Rock der Lehrerin abwischte, bis hin zum Pfarrer auf der Kanzel, der seinen Text vortrug.

»Die Toren sprechen in ihrem Herzen: Es ist kein Gott«,[11] so lautete der Text. Ivy sah ein leises Lächeln über Amhersts gescheites und überhebliches Gesicht huschen. Erwartungsvoll setzte er sich zurecht, um sich unterhalten zu lassen. Er hatte Glück, fand er. Denn Mr Amherst, der selbst in seinem Herzen niemals gesprochen hätte, dass es keinen Gott gibt, weil er selbst in seinem Herzen die Zustimmung zum Offensichtlichen als unwürdig ablehnte, gehörte zu denen, die alle Mitglieder der christlichen Kirche für Toren hielten (anders als Mr Arnold Bennett,[12] der es immerhin versucht und scheitert, versuchte er nicht einmal, sie als intellektuell ebenbürtig zu betrachten), weshalb er die Begegnung mit klugen Christen tunlichst vermied und die Beweise mangelnden Intellekts begrüßte, wann immer sie ihm begegneten. Er erwartete also eine dumme Predigt, die nicht nur alle amüsieren, sondern ihm obendrein bei seinem Artikel über die Organisierte Religion weiterhelfen würde.

Ivy konnte nicht umhin, die Gesellschaft des End House zu beobachten. Irgendwie ahnte sie, wie die Predigt auf sie wirken musste. Wenngleich Ivy selbst sie nicht lustig fand, vermutete sie, dass die anderen es täten. Ihr Vater war nicht so klug wie die Besucher vom End House; deshalb konnte er nichts sagen, was sie nicht entweder langweilig oder komisch finden würden. Schon wieder dieser Verstand. Wie wichtig er doch war. Geistliche sollten Verstand haben; das schien sehr wichtig. Sie sollten wissen, wie man Reiche und Arme, Hohe und Niedere, Weise und Einfältige anspricht. Diese seltsame Sache namens Religion (seltsam fand Ivy sie erst neuerdings und ausnahmsweise, seit sie sie mit den Augen der Bewohner des End House sah, für die, bis auf Miss Ponsonby und vermutlich Cyril, Religion wie Märchen, wie griechische Mythologie, wie mittelalterlicher, archaischer Unsinn war) – diese seltsame Überlieferung also und die noch seltsamere Macht dahinter, sie lagen (wie alles andere) überwiegend in den Händen von Stümpern, waren sie nun Kleriker oder Laien, die sie selbst nicht verstanden und anderen auch nicht dabei helfen konnten, sie zu verstehen. Sie wurstelten irgendwie vor sich hin, wie Miss Pomfrey bei ihrer Arbeit im Büro … Es wäre nicht überraschend, wenn diese Macht sie alle plötzlich zerstören würde wie ein Blitz …

Doch derartige Spekulationen lagen Ivy eigentlich fern, und so verwarf sie sie bald wieder, während sie den Hut von Mrs Peterson, der Frau des Lebensmittelhändlers, betrachtete, der in seiner übertriebenen Schlichtheit – seine Verzierung bestand vollständig aus selbst angebautem Gemüse – so bemerkenswert war, als wolle er die Betrachter davon überzeugen, dass Mr Peterson nicht, wie einige fälschlicherweise behaupteten, während des Krieges ein Vermögen mit dem Horten von Margarine gemacht hatte.

2.

Mr Delmer sprach von der schlimmsten Form der Unweisheit – dem Atheismus; ein für ihn grauenvolles Thema, das er, angesichts der heute ungewöhnlich gut besetzten Kirchbänke vor ihm, mit Zurückhaltung und Entschlossenheit anging.

»Es ist kaum zu fassen«, sagte er, »dass es Menschen gibt, die tatsächlich die Existenz Gottes leugnen. Dabei müssen wir doch nur an die unermesslichen Weiten des Universums denken – an die Entfernungen, die Er zwischen ein Ding und ein anderes gesetzt hat ... Es heißt, dass Kaiser Napoleon, als er eines Nachts zu den Sternen hinaufsah, bemerkte ...« Ivy, die von dieser Bemerkung Napoleons schon gehört hatte, ließ ihre Aufmerksamkeit wieder zu den Hüten von Mrs Peterson und anderen Damen schweifen. Als sie wieder zuhörte, hatte der Vikar Napoleon hinter sich gelassen, befasste sich aber weiterhin mit den Himmelskörpern.

»Wenn ein Schnellzug mit sechzig Meilen pro Stunde von unserem Planeten zum Mond aufbrechen würde – wenn so etwas überhaupt vorstellbar wäre, was es selbstverständlich nicht ist – und seine Reise ohne Halt fortsetzte, dann würde er, den Berechnungen von Wissenschaftlern zufolge, sein Ziel in exakt einem Jahr, acht Monaten und 26 Tagen erreichen.« (Ivy, deren Schulzeit noch nicht allzu weit zurücklag und die sich noch erinnern konnte, welche Entfernung der Schöpfer zwischen die Erde und den Mond gesetzt hatte, fing im Kopf an nachzurechnen; sie glaubte, dass ihr Vater da irgendetwas falsch verstanden haben musste.) »Und doch gibt es Menschen, die angesichts dessen immer noch behaupten, dass Gott nicht existiert. Noch ein Gedanke, der noch wunderbarer ist. Wenn der gleiche Zug in der gleichen Geschwindigkeit die Erde nochmals verließe und diesmal zur Sonne führe, würde er für diese Strecke – ich bitte Sie, meine lieben Freunde, sich das einmal vorzustellen, wenn Sie können – nicht weniger als 175 Jahre, eine Woche und sechs Tage brauchen ...« (Ivy gab auf; ohne Stift und Papier war es zu schwierig.) »Wie ist es möglich, dass es trotz dieses Wissens immer noch Menschen gibt, die an Gott zweifeln? Und nochmals. Stellen Sie sich, wenn Sie können, vor, dass dieser Zug ein weiteres Mal losfährt, diesmal zum Planeten Jupiter. Wissenschaftler sagen uns, und wir müssen es glauben« (Na gut, dachte Ivy erleichtert, er hatte es wohl aus einem Buch), »dass eine solche Reise zu einem Zeitpunkt, da der Jupiter am weitesten von der Erde entfernt ist, etwas mehr als 1097 Jahre, neun Monate, zwei Wochen, fünf Tage und zehn Stunden dauern würde. Kann es wirklich sein, dass es angesichts der schwindelerregenden Vorstellung dieser schier unglaublich langen Reisen von einem Himmelskörper zum anderen nach wie vor Männer und Frauen gibt, die das Universum dem blinden Walten der von ihnen gerne so genannten Kräften der Natur zuschreiben? Ich bitte Sie, ernsthaft darüber nachzudenken, ob irgendeine andere Macht als Gott derartige Entfernungen zu ersinnen und erschaffen vermöchte. Und Jupiter, meine Freunde, ist noch vergleichsweise nah. Nehmen Sie stattdessen einen dieser kleinen (doch nur scheinbar kleinen) namenlosen Sterne, die am Firmament funkeln. Stellen Sie sich vor, unser Zug bricht noch einmal in den Weltraum auf …«

Ivy konnte sich das nicht vorstellen; ihre Aufmerksamkeit war von der Bank des End House eingenommen. Die letzte Reise des Zuges war für die schwindende Selbstbeherrschung der Familie Grammont und Vernon Prideaux zu viel gewesen (Mr Amhersts Selbstbeherrschung war durch nichts zu brechen, und Pansy war mit ihren Gedanken woanders). Prideaux hatte den Kopf in die Hand gestützt, als wäre er in

Gedanken versunken; Kitty und Anthony zitterten, unauffällig, aber unverkennbar, und Cyrils feines, hochmütiges Kinn bebte angespannt. Schon seit seiner Kindheit hatte Cyril mehr Selbstbeherrschung besessen als die anderen beiden, und diese wurde nun noch gefestigt durch seine Überzeugung, dass es undenkbar schlechtes Verhalten für einen Katholiken wäre, einen protestantischen Gottesdienst zu besuchen und öffentlich darüber zu lachen.

Die Leute sollten, dachte Ivy indigniert, nicht über die Predigt ihres Vaters lachen, wenn er es nicht lustig meinte. Wenn er das sähe, wäre er gekränkt. Man sollte in der Kirche überhaupt nicht lachen, das wussten sogar Jane und John. Diese Leute waren keinen Deut besser als Jelly.

»Dieser Sonntag«, erklärte der Vikar, nachdem er seine letzte Sternenreise wohlbehalten zu Ende gebracht hatte, »ist in unserem Land den Gebeten und Predigten im Zusammenhang mit der geplanten Steigerung der nationalen Verstandsleistung gewidmet. Dies ist in der Tat auch bitter nötig: Doch wir wollen von der festen Grundlage der Religion aus beginnen. Was ist die Weisheit ohne sie? Nichts als Eitelkeit und Leere. Was ist der kluge, gottlose Mensch vom Standpunkt der Ewigkeit aus, denn ein Narr? Was ist der fromme Narr, denn ein himmlischer Erfolg?« (»Jetzt wird er aufrührerisch«, flüsterte Kitty Prideaux zu. »Er hätte lieber bei den Eisenbahnen bleiben sollen.«)

Am besten sei es natürlich, führte der Vikar aus, wenn Tugend und Intelligenz miteinander einhergingen. Das hat es schon gegeben. Man denke nur an Darwin. Des Weiteren General Gordon, der heilige Paulus und Lord Roberts,[13] der mit seinem letzten

aber mit der Zuordnung oft seine Schwierigkeiten hatte.)[15]

Er werde jetzt etwas Kühnes sagen, verkündete der Vikar; wenn es ihn in die Nähe des Gesetzeswidrigen rücke, könne er es nicht ändern. Er sei der Meinung, dass wir alle in dieser Angelegenheit sogenannte Verweigerer aus Gewissensgründen werden sollten; wir sollten gegen diese Einmischung protestieren und uns weigern, die Steuern auf die weniger intelligenten Kinder zu zahlen, die der Himmel uns schenkt. Er sage das nicht leichthin, er habe lange darüber nachgedacht und gebetet, und natürlich sei es für jeden eine Sache des eigenen Gewissens, doch er sehe sich gezwungen, in dieser Frage Zeugnis abzulegen.

Ivy war schockiert. Sie hatte nicht gewusst, dass ihr Vater an diesem Morgen Zeugnis ablegen würde. Mit einiger Sorge beobachtete sie Prideaux' Gesicht. Sie bewunderte und fürchtete Prideaux und stellte sich vor, dass er sehr verärgert sein musste. Nicht so Miss Grammont; Miss Grammont nahm diese Dinge nicht ernst genug, um sich zu ärgern. Manchmal hatte Ivy sogar den Verdacht, dass die ganze Arbeit des Ministeriums für Verstand, und eigentlich die jedes anderen Ministeriums, für sie nur ein einziger Scherz war.

Zu Ivys Erleichterung beendete ihr Vater seine Predigt mit einer loyaleren Bemerkung, nämlich mit einer dringenden Ermahnung an alle, die Verstandsschulungen zu besuchen. Wir dürfen nicht dabei zurückstehen, sagte er, unserem Land in dieser gerechten Sache zu gehorchen. Er für seinen Teil habe die Absicht, gemeinsam mit seiner Familie daran teilzunehmen (Mrs Delmer blickte ergeben, doch ein wenig besorgt drein, als versuche sie in Gedanken die Verstandsschulung neben all ihren anderen Pflichten unterzubringen, was ihr kaum gelang), und er hoffe, dass alle in der Gemeinde das gleiche tun würden. Ivy sah, wie Prideaux' Profil wohlwollender wurde. Vielleicht hatte ihr Vater seinen Ruf als Patriot doch noch retten können. Jedenfalls standen an dieser Stelle alle auf, um zu singen (das offizielle Kirchenlied, komponiert und herausgegeben vom Ministerium für Verstand), sammelten für die Kollekte (für die Ausbildung von Schwachsinnigen), sprachen ein Gebet für die Erleuchtung dunkler Seelen (was möglicherweise das gleiche bedeutete) und marschierten aus der Kirche.

3.

»Man müsste ihn natürlich«, sagte Prideaux beim Mittagessen, »wegen Propaganda gegen nationale Interessen anzeigen und belangen. Aber wir werden ihn nicht melden; schließlich hat er es durch den patriotischen Schluss wiedergutgemacht.«

»Er hat alles auf ewig wiedergutgemacht mit seinem Schnellzug«, sagte Kitty.

»Ein äußerst lehrreicher Morgen«, sagte Amherst.

»Protestanten sind einfach wunderbare Menschen«, sagte Cyril.

»Ich habe es ja schon immer gesagt, dieser Mann ist ein wahres Lämmchen«, sagte Pansy. »Und wie mutig er war! Wie er über diese lächerliche Babysteuer hergezogen ist, während ihr zwei Regierungsvertreter vor ihm sitzt und ihn mit euren Blicken tötet. Vielleicht werde ich Cheeper doch bei Gelegenheit taufen lassen, nur um ihm eine Freude zu machen, was meinst du, mein Guter?«

Der so angesprochene Anthony sagte: »Sobald und so oft du willst, mein Liebling. Lass dich von mir nicht aufhalten. Aber du weißt schon, dass du dir dann einen Namen für ihn überlegen musst – Sidney oder Bert oder Lloyd George oder sonstwas.«

»Montmorency«, sagte Pansy prompt. »Abgekürzt natürlich Monty. Das wird sich in der Revue ungeheuer gut machen.«

Man kann Mr Delmer also zugutehalten, dass seine Predigt, ob sie nun viele seiner Gemeindemitglieder den Verstandsschulungen zuführen würde oder nicht, immerhin (sofern es Pansy nicht wieder vergaß) eine kleine Seele der christlichen Kirche zugeführt hatte.

4.

»Jetzt wo es Vater so angekündigt hat, müssen wir wohl alle mitmachen, mein Liebes«, sagte Mrs Delmer zu Ivy. »Ich weiß bloß nicht, woher ich die Zeit dafür nehmen soll, vor allem jetzt, wo wir den neuen Burschen haben, der so unzuverlässig ist, wenn er die Hühner füttert und ihnen kein neues Wasser gibt und die Knochen nicht richtig kleinmacht. Vielleicht wird es besser, wenn er den Kurs besucht hat. Aber ich kann mir vorstellen, dass es bei ihm weniger Dummheit ist, sondern eher Ungezogenheit ... Nun ja, wenn Vater es wünscht, dann müssen wir wohl.«

Jane, die beim Laufen Steine vor sich her trat, fragte: »Werde ich Klassenbeste, wenn ich den Kurs gemacht habe, Mutter? Werde ich dann die Beste, Mutter? Und John auch? John war letzte Woche schlechter als ich. Werden wir die Besten, Mutter?«

Mrs Delmer bemerkte vernünftigerweise, dass wenn alle Kinder in der Gemeinde vorschriftsgemäß die Schulung besuchen würden, ihre relativen Fähigkeiten unverändert blieben. »Aber wenn du und John euch mit euren Hausaufgaben ein bisschen mehr Mühe gebt, Jane …«, fügte sie gelegenheitshalber hinzu, woraufhin Jane natürlich das Thema wechselte.

Bettys Beitrag war: »*Verstand!* Dauernd dieses alberne Getue darum. Wer braucht schon Verstand?«

Was in der Tat eine sehr treffende Frage war, und zwar eine, die Nicholas Chester sich mitunter selbst stellte.

Wer brauchte ihn schon?

4. Kapitel

Unsere Woche

1.

Die Verstandswoche (oder auch »Unsere Woche«, wie sie von den Damen, die die Wimpel dafür verkauften, genannt wurde), florierte nach dieser verheißungsvollen Eröffnung wie ein Wanderzirkus, der die Leute zum Staunen und Kaufen herbeilockt, wie ein Panzer, der die Leute zum Zeichnen von Kriegsanleihen animieren soll, wie das Kriegsministerium vor der Einführung der Wehrpflicht, wie das Ernährungsministerium vor der Zwangsrationierung. Tatsächlich war die Woche für höhere Intelligenz der letzte große Appell an die Freiwilligkeit; sollte er fehlschlagen, würde man Zwang anwenden. Viele Menschen fanden, dass in jedem Fall Zwang angewendet werden sollte; denn wozu war eine Regierung schließlich da, wenn nicht, um Zwang auszuüben? Wenn der Große Krieg sie das nicht gelehrt hatte, dann hatte er sie nicht viel gelehrt. Diese Ansicht wurde von vielen führenden Zeitschriften vertreten; andere, die ein freies England lieber sahen als ein kluges England, setzten sich mit Nachdruck für das System der Freiwilligkeit ein, in der Hoffnung, nach Möglichkeit beides zu erhalten.

Es war eine Woche des kräftezehrenden Umwerbens vonseiten der Regierung und ihrer Helfer. In jedem Kino liefen Filme über die unterschiedlichen Schicksale der Klugen und der Dummen. In jedem bekannten Geschäft standen Propaganda- und Informationsstände. Der Trafalgar-Square war übersät mit Plakaten, eine regelrechte Blumenwiese. Die Künstler des Ministeriums für Verstand hatten wahrlich ihr Bestes gegeben. Bildpropaganda prangte an jeder Hauswand; »Vorher und Nachher«, »Der Reiche und der Arme« (der Reiche, in makellosem Pelzmantel, der zum Armen in geflickten Lumpen sagt: »Ja, ich war in der Schule immer schlechter als du, nicht wahr? Aber jetzt habe ich die Verstandsschulung absolviert, und seitdem rollt der Taler. Es tut mir leid, dass du kein Glück hast, alter Knabe, aber warum machst du es nicht wie ich?«) und ein besonderes Plakat für die Untergrundbahn, auf denen die Opfer der gefahrvollen Straßen abgebildet waren – »A ist sicher, weil er die Verstandsschulung absolviert hat und deshalb den Verkehr beachtet. B hat sich geweigert, seinen Verstand zu verbessern und ist deshalb in der falschen Richtung aus dem Autobus ausgestiegen, mit dem Rücken zum Gegenverkehr. Er wird zudem von einem Aerobus zerquetscht, weil er mit seinem dummen Verhalten den Flieger abgelenkt hat. B wird daher elend zugrunde gehen, UND ER HAT ES NICHT ANDERS VERDIENT.«

Ferner gab es Bilder von zwischenmenschlicher Liebe, dem rührendsten aller künstlerischen Motive. »Ja, Liebling, ich liebe dich. Aber wir sind beide C2« (sie sahen auch so aus). »Wir können nicht heiraten; wir müssen uns auf ewig trennen. Du musst Miss Schlau-Kopff heiraten, die kaum Zähne hat und schielt, und ich muss den Antrag von Mr Brillantine annehmen, der sich immer viel zu viel Pommade in die Haare schmiert. Denn Schönheit ist nur oberflächlich, doch Weisheit währt ewig. Wir müssen AN DIE NACHWELT DENKEN.«

Auch der Handel stand in der Sache nicht zurück. Jede Tageszeitung enthielt Anzeigen bekannter Kaufhäuser, wie etwa »Holen Sie sich ihre Karten für den S.V.S.-Kurs bei Selfswank's. Alle Teilnehmer erhalten ein Los für unsere große 1000-Pfund-Lotterie. Die Gewinner werden in zwei Wochen von der Frau des ehemaligen Premierministers gezogen.« (Zur Beruhigung aller besorgten Gemüter sei angemerkt, dass der ehemalige Premierminister nicht verstorben, sondern nur des Amtes enthoben war; das Land wurde nun von einem Vereinigten Rat regiert: fünf Köpfe, ein Gedanke – wenn überhaupt.) »Mit der Teilnahme nützen Sie sich selbst, Sie nützen der Nachwelt, nützen Ihrem Land und haben überdies noch die Chance, einen GELDPREIS zu gewinnen.«

Und jede patriotische Reklame für Kleidung, Pelze, Schmuck, Lebensmittel und andere Waren warb mit dem Zusatz »Holen Sie sich diese Woche eine Karte für den S.V.S.-Kurs.« Und jeder patriotische Briefeschreiber kaufte eine Verstandsmarke und beklebte seine Umschläge mit der Losung »Verbessern Sie jetzt Ihren Verstand.«

Die Bahnhofsbuchhandlungen waren voll von Literatur zum Thema. Die *Queen*, die *Gentlewoman*, die *Sketch* und ähnliche Zeitschriften, die, wie man sich denken kann, eher an die schlichteren unter den weiblichen Gemütern appellierten, brachten Artikel wie »Warum altert eine Frau schneller als ein Mann?« (die Antwort: weil Männer zwar meist dumm, Frauen aber oft noch dümmer sind und sich noch weniger Mühe geben, ihren Verstand zu verbessern), »Pflegen Sie Ihren Verstand – und Ihre Haut pflegt sich von selbst«, »Erheben Sie sich in die Kategorie A und erweitern Sie Ihre Heiratsmöglichkeiten«, »So trainieren Sie den Intellekt Ihres Babys«, und so weiter. Neben diesen Zeitschriften lag die aktuelle Ausgabe des *Cambridge Magazine* mit dem Aufmacher: »Kurzer Prozess mit Dummköpfen; Pogrom der Alten Männer. Jeder über Vierzig wird erschossen.« »Wir haben es schon immer gesagt«, begann der Artikel unter dieser Überschrift, »und scheuen uns nicht, es zu wiederholen: Die einzige Möglichkeit für jedes Land, zu einer intelligenten Regierung und einer intelligenten Bevölkerung zu gelangen, besteht darin, sich der Alten und Mittelalten bestimmt, aber keineswegs freundlich zu entledigen und den Weg freizumachen für die Jungen. Nur so vermeiden wir künftig entsetzliche Irrtümer wie die, mit denen die Diplomatie der Tattergreise die Welt in den vergangenen Jahrhunderten immer wieder zugrunde gerichtet hat.«

In der *Evening News* gab es jeden Tag Karikaturen über »Das Auskämmen der Dummen«, die vorzugsweise Algie und Dolly hießen. Der *New Witness* hingegen schlug einen anderen Ton an und erklärte, es sei schließlich die althergebrachte christlich-heidnische Dummheit gewesen, die England zu dem gemacht habe, was es war; die Eingeborenen des Guten Alten England hätten immer schon den übermäßigen Scharfsinn abgelehnt, den die Hebräer im Vergleich zu ihnen an den Tag gelegt hätten. Der *Herald* jubelte in großen Lettern »Offene Tore für die Arbeiterklasse«; die *Church Times* berichtete von den Verstandssonntags-Predigten (in den meisten davon klang der Protest des Vikars von Little Chantreys gegen die Einmischung in häusliche Angelegenheiten an; die Kirche würde in dieser Hinsicht ganz offensichtlich zum Problem werden), und die anderen Zeitschriften, von der *Hidden Hand* bis zum *Home Chat* unterstützten die Sache in unterschiedlichem Maß und in ihrem jeweils eigenen Ton.

Dazwischen lagen auch die Pamphlete des Ministeriums für Verstand aus, »Verstand. Wie man ihn gewinnt und behält«, »Die Kultivierung des Verstands« und so weiter. Zwischen den Büchern und Zeitschriften hing die Plakatreihe »Große Gedanken Großer Denker« – Porträts bedeutender Persönlichkeiten, unter denen jeweils deren berühmtestes Zitat zum Thema zu lesen war. »Es ist die Pflicht jedes Mannes, jeder Frau und jedes Kindes in diesem Land, in dieser Friedenskrise ihr Leben so einzurichten, dass es die geringstmöglichen Ansprüche an die Intelligenz der anderen stellt. Es ist daher notwendig, selbst intelligent zu sein.« (Ein bedeutender Minister) »Ich hatte nie andere Hilfe als meinen Verstand. Durch ihn bin ich, was ich bin. Was das ist, müssen andere beurteilen.« (Eine große Journalistin) »Es war der Mangel an Verstand (ich sage nicht, wessen, doch es geschah vor der ersten Koalitionsregierung, wohlgemerkt), der Europa in den Großen Krieg stürzte. Der Verstand – wohlgemerkt sage ich wieder nicht, wessen – muss den Großen Frieden schaffen und bewahren.« (Einer unserer ehemaligen Premierminister) »Ich habe mir immer gewünscht, ich hätte welchen.« (Eine royale Persönlichkeit) »Ich muss auf jeden Fall in Liberia ein Ministerium für Verstand einrichten.« (Der Botschafter von Liberia)

Nach weiteren Bemerkungen von Shakespeare, Emerson, Carlyle, R. L. Campbell, Henry James, Präsident Wilson, Marc Aurel, König Salomon, Jesus Sirach (»Was ist schwerer als Blei? Wie könnte es anders heißen als: der Tor?«) und Miss Ella Wilcox[16] schloss die Porträtgalerie mit der Bemerkung von Mr Nicholas Chester, dem Minister für Verstand, der wie ein verbitterter Humorist aussah: »Es ist eine verdammt einfältige Welt.«

2.

»Das kannst du laut sagen«, sagte Miss Kitty Grammont, die, nachdem sie am Bücherstand die *Truth* gekauft hatte, kurz innehielt und feierlich in die desillusionierten Augen des Ministers blickte. »Und sie wäre auch verdammt langweilig, wenn es anders wäre.« Sie schlenderte aus der U-Bahn-Station Charing Cross und stieg in die Embankment-Straßenbahn. Es war der Montagmorgen nach der Woche des Verstands.

Das Ministerium musste sich der Tatsache stellen, dass die Woche des Verstands sich als enttäuschend erwiesen hatte. Die Öffentlichkeit hatte nicht so mitgespielt wie erwartet.

»Wir waren schon immer der Meinung«, schrieb die *Times* (und nahm damit die Position der *Hidden Hand* voraus, die sich noch nicht geäußert hatte), »dass die Regierung in dieser Angelegenheit Stärke zeigen muss. Sie darf sich nicht auf Freiwilligkeit verlassen; wir sagen – und glauben, dass wir damit wie immer die vernünftigste Meinung im Land vertreten – dass die Regierung die Maßnahmen, die sie nach reiflicher Überlegung zum Wohle des Landes beschlossen hat, jetzt auch umsetzen muss. Obwohl wir den kürzlich erfolgten großen Aufruf zur Freiwilligkeit in jeder Hinsicht unterstützt haben, müssen wir wahrheitsgemäß feststellen, dass die Ergebnisse sich als enttäuschend erwiesen haben. Nun müssen Zwangsmaßnahmen folgen, und je eher die Regierung sich dazu entschließt, diese Tatsache zu akzeptieren, desto besser ist sie beraten. Das vielleicht Wichtigste, das der Große Krieg uns gelehrt hat (und er hat uns allerhand gelehrt), ist, dass Zwänge nicht Tyrannei und Gesetze nicht Unterdrückung bedeuten. Wenn die Regierung, die schon zu lange gezaudert hat, handelt, und zwar schnell handelt, dann wird sie eine empfängliche und dankbare Nation vorfinden, die bereit ist, zu gehorchen.«

So die *Times*, und ähnlich, wenngleich in weniger gediegener Wortwahl, viele weniger bedeutende Organe. Worauf der *Herald* düster erwiderte: »Wenn die Regierung das wirklich versucht, sollte sie auf der Hut sein.«

»Es wird so kommen müssen«, sagte Vernon Prideaux beim Mittagessen zu Kitty Grammont. Sie speisten in einem dieser unterirdischen Lokale, bei denen man, wie Kitty sagte, nie wusste, denn einige waren wohlanständig und andere nicht. Kitty, mit ihren langen, flaumigen Wimpern und dem sittsamen Gesichtsausdruck, fühlte sich offensichtlich pudelwohl zwischen den zweisitzigen Sofas, den Paravants, den gepuderten Kellnerinnen und dem Schummerlicht; sie hatte Prideaux zu ihrem eigenen Vergnügen hierher gebracht, weil er in dieser Umgebung ungelenk und verwöhnt wirkte, wie ein Fremder, ein Pilger, der in die Welt dort oben gehörte. Kitty studierte ihre Freunde gerne in unterschiedlichem Licht, auch in schummrigem, und insbesondere jemanden, der nicht nur ihr Freund, sondern nebenbei noch ihr Abteilungsleiter war, ein emporstrebender, ja, emporgestrebter junger Mann von außergewöhnlicher Brillanz, der eines Tages vielleicht sogar das Land regieren würde.

»Wenn das so ist«, sagte Kitty, »dann müssen wir abtreten, etwas anderes gibt es nicht. Mehr Zwang ist gegenwärtig nicht zu ertragen. Nur ein weiterer Krieg, mit einer Militärdiktatur und Kriegsrecht, kann uns retten.«

»Wir haben die Schulpflicht ertragen, ohne dass Krieg war«, sagte Prideaux. »Wir haben Impfungen ertragen, Steuern, jede nur denkbare Form der Einmischung in das, was wir so gerne unsere Freiheit nennen. Das hier ist auch nicht schlimmer; es ist das logische Ergebnis des vom Staat regierten Individuums. So etwas entsteht Stück für Stück, Vorschrift für Vorschrift, Zeile für Zeile, bis wir ein Staat von Leibeigenen sind, ohne es gemerkt zu haben ... Und warum auch nicht? Was die meisten Menschen unter Freiheit verstehen, wäre ein abscheulicher Zustand; die Freiheit, sich wie Tiere oder Irre aufzuführen, sich gegenseitig und dem Staat zu schaden. Wo liegt der Sinn darin? Die Menschen sind zur Freiheit nicht in der Lage, so ist es nun einmal.«

»Da bin ich ganz deiner Meinung«, sagte Kitty. »Der Schwachpunkt dabei ist nur, dass auch kaum ein Mensch in der Lage ist, gute Gesetze für die anderen zu machen. Wir werden mit diesem Gesetz über die Verstandsschulungen kräftig auf die Nase fallen, wenn wir es überhaupt durchbekommen; es wird voller Fallstricke sein, wie das Gesetz zum geistigen Fortschritt. Wir werden eine zusätzliche Abteilung brauchen, die sich nur mit den Ausnahmen beschäftigt. Chester ist klug, aber er ist nicht klug genug, um ein gutes Gesetz zu machen. So klug ist niemand ... Übrigens, Vernon, du hättest mir neulich fast etwas über Chesters Kategorie erzählt. Du könntest es mir jetzt sagen, wo wir im Luftschutzkeller sind und nicht im Büro.«

»Habe ich das? Ich habe nur gehört, dass er nicht für die Ehe zertifiziert ist. Er hat einen Bruder und eine Zwillingsschwester, die beide schwachsinnig sind. Anscheinend hat er sich den ganzen Verstand, den es in der Familie gab, unter den Nagel gerissen.«

»Das passt zu ihm. Er ist ein Egoist.«

»Ich weiß nicht«, zweifelte Prideaux. »Wenn man einen Visionär und Idealisten denn egoistisch nennen kann.«

»Visionäre und Idealisten sind immer Egoisten. Denk nur an Napoleon und Wilhelm II, wie Mr Delmer sagen würde. Visionen und Ideale sind das Egoistischste überhaupt. Die Leute hüllen sich darin ein und wärmen sich damit, und darüber vergessen sie dann, dass andere Menschen gewöhnliche Kleidung brauchen ... Soso, der Minister ist also unzertifiziert ... Naja, ich gehe jetzt hoch zur Regent Street, ich will Pansy noch ein Geburtstagsgeschenk und mir Zigaretten kaufen.«

»Ich muss auch zurück«, sagte Prideaux. »Um halb drei kommt eine Abordnung von Fabrikanten aus Leeds, um mit mir über die Löhne ihrer Angestellten zu sprechen. Die Arbeiter in Leeds sind vom Gesetz zum Geistigen Fortschritt anscheinend völlig unbeeindruckt; sie machen einfach weiter mit ihren unzertifizierten Ehen, und dann streiken sie für höhere Löhne, wegen der Steuern auf die Familien, die sie gründen wollen. Die Kerle, die heute kommen, haben Wind von der neuen Vereinbarung mit den Messerschmieden bekommen und wollen auch so eine. Ich muss sie mir irgendwie vom Leib halten.«

Er stieg aus dem Untergrund empor, wo er wieder freier atmen konnte, und ging forschen Schritts zurück zum Ministerium. Kitty ging zur Regent

Street und kam erst um viertel nach drei wieder ins Büro.

3.

Kitty war vor Kurzem von der Propagandaabteilung zurück in ihre Abteilung für Ausnahmen versetzt worden. Weil sie spät dran war, schlüpfte sie unauffällig an ihren Platz. Ihre Ablage war voller Akten, die bearbeitet werden mussten. Kitty fing an, sie durchzusehen und die weniger ansprechenden nach unten zu sortieren, wo sie warten konnten, bis sie nichts Besseres zu tun hatte, als sich mit ihnen zu beschäftigen. Heute gab es sehr viele Briefe vom Volk, die folgendermaßen begannen: »Sehr geehrter Herr, Mr Wilkinson sagte am Dienstag im Parlament, dass die Babysteuer Familien nicht in den Ruin treiben dürfen …« Das sah Mr Wilkinson (dem parlamentarischen Sekretär des Ministeriums für Verstand) ähnlich. Jedes Mal, wenn er gedankenlos diese dramatischen, wirklichkeitsfremden *obiter dicta* fallenließ, was fast in jeder seiner Reden der Fall war, gab es Ärger. Die arglose Öffentlichkeit hing an seinen Lippen und wartete nur darauf, seine Worte aufzugreifen und sie in Briefen an das Ministerium zu verschicken. Diese Briefe kamen nach unten in die Ablage. Für sie reichte üblicherweise ein standardisiertes Antwortschreiben, das die Antragsteller an ihr zuständiges Tribunal verwies. Nach einer ganzen Reihe derartiger Schreiben öffnete Kitty eine Akte, die aus einer anderen Abteilung, der Abteilung M.V.4, kam. Angeheftet waren zwei Blätter mit Anmerkungen, die verschiedene Bearbeiter zum betreffenden Fall ausgetauscht hatten; die letzte Notiz richtete sich an die Abteilung M.V.3 und lautete: »Weitergeleitet zur Kenntnisnahme und mit der Bitte um Durchführung der erforderlichen Maßnahmen.« Es war eine herzergreifende Geschichte eines unglücklichen Bürgers über dessen Kind, das mit einer hohen Steuer belegt war, und obwohl das Kind, noch bevor es zwei Stunden alt war, beim Waschen von seiner Tante ertränkt worden war, bestanden die Behörden auf der Zahlung der Steuer. Kitty, die die Hilflosigkeit von M.V.4 lästig fand, notierte knapp: »Es scheinen weder Kenntnisnahme noch Handeln unsererseits erforderlich«, löschte es dann aber wieder, weil es unhöflich aussah, und schrieb stattdessen, etwas gnädiger: »Dankend zur Kenntnis genommen. Der Fall scheint durch M.V.I. 187 abgedeckt, sodass die Besteuerung wohl rechtens und kein anderes Handeln möglich ist. Wir sehen keinen Grund, weshalb wir uns mit dem Fall befassen sollten.«

Es ist schwer, in diesen Mitteilungen jederzeit höflich zu bleiben, da Spott so wenig kostet und die eigenen Gefühle entlastet; dennoch kann und sollte man sich zurückhalten; so beweist ein Beamter die gute Zucht.

Als nächstes beantwortete Kitty einen Brief der Admiralität zu den Kindern von Seemännern (deren Familienverhältnisse natürlich kompliziert sind, da sie in jedem Hafen eine Frau haben). Die Admiralität teilte mit, dass Unsere Lords Commissioner[17] den letzten Brief des Ministers (d. h. von Kitty) zu dieser Sache mit einigem Erstaunen gelesen hatten. Die Fähigkeit der Admiralität zu staunen war unerschöpflich und schien sich jeden Tag zu erneuern, wie ein Segen. Der Minister für Verstand weckte sie fast jedes Mal, wenn er, durch die Feder seiner Angestellten, an sie schrieb. Unsere Lords Commissioner nähmen die Haltung des Ministers in dieser Sache mit aufrechter Besorgnis zur Kenntnis und hofften, dass er sie noch einmal überdenken werde. (Unsere Lords schrieben von sich stets in der dritten Person Plural, als wären sie Götter.) Kitty entwarf eine Antwort auf den Brief und legte sie beiseite, um sich mit Prideaux darüber zu beraten. Sie lag mit Unseren Lords in chronischem Zwist, zweifellos zu beiderseitiger Genugtuung.

Durch diese Begegnung besänftigt und animiert, war sie umso besser gewappnet, als sie eine Akte öffnete, in der eine umfangreiche Korrespondenz über zwei Männer namens Stephen Williams von einem arglosen Mitarbeiter der Registratur zusammengeheftet worden waren, dem solche Kleinigkeiten wie die Tatsache, dass der eine Stephen Williams ein Zahnarzthelfer war und der andere ein junger Mann im diplomatischen Dienst, nichts als verachtenswerte Widersprüche waren, die einfach hingenommen werden mussten. Die Korrespondenz in dieser Akte war ein einziges Aneinandervorbeireden und dadurch außerordentlich unterhaltsam. Nachdem sie sie durchgelesen hatte, schickte Kitty, betrübt, dass sie dieses glücklich verbundene Paar auseinanderreißen musste, die Akte zurück in die Registratur, mit dem bedauernden Vermerk »Diese beiden Fälle haben nichts miteinander zu tun und sollten getrennt registriert werden«, worauf sie nicht zum ersten Mal über die Angestellten der Registratur ins Grübeln geriet, die, inmitten der Prüfungen, von denen sie heimgesucht wurden, der Sorgen, die sie ertragen mussten, und den mannigfaltigen Verwirrungen und Versuchungen ihres trübseligen Lebens erstaunlicherweise oft Recht hatten. Sie arbeiteten im Untergeschoss, wie Zwerge in einer Höhle, öffneten Briefe, registrierten und hefteten sie ab, um sie dann nach oben zu schicken, und zwar verblüffend oft sogar in der Akte, in die sie gehörten. Doch hauptsächlich suchten sie irgendwelche Papiere und fanden sie nicht und schrieben »keine Spur«, »nicht auffindbar« auf Zettel, als wären die Papiere wilde Tiere, die ausgebrochen waren und aufgestöbert werden mussten. Ein seltsames Leben, stets suchend, wühlend, unbefriedigt, unterirdisch ... Kein Wunder, dass sie manchmal Fehler machten.

Nun öffnete Kitty eine neue Akte – eine verbitterte Beschwerde, die an M.V.5 hätte gehen sollen, von jemandem, der fand, dass er falsch kategorisiert worden war. »Mein Herr«, hieß es da, »wenn ich Ihnen mitteile, dass ich in der Leamington High School zwei Preise gewonnen habe (für Geografie und Rezitation) und zwei Mal Klassenvierter war, dass ich nach dem Schulabgang zu großer Zufriedenheit (wie man mir sagte) als Anwaltsgehilfe gearbeitet habe, so dass sogar von einer Gehaltserhöhung die Rede war, werden Sie vielleicht überrascht sein, dass die kommunale Intelligenzbehörde mich in die Kategorie C1 eingestuft hat. Ich habe bei der Bezirksbehörde Einspruch eingelegt, worauf ich (aufgrund hiesiger Befindlichkeiten und Missgunst, wie ich weiß) als C2 kategorisiert wurde. Mein Herr, ich bitte Sie um eine Sonderprüfung durch die zentrale Intelligenzbehörde. Ich sollte gut und gerne in der Kategorie B sein. Es laufen bei uns in der Stadt einige herum, die in der Kategorie B1 und 2 sind, was hier zu einigen Gefühlen Anlass gibt, weil alle, die sie kennen, sich wundern, dass sie so hoch eingestuft wurden. Meines Wissens können einige dieser Leute nicht einmal richtig Kopfrechnen, und man hält es für sehr befremdlich, dass sie auf die

Intelligenz-Mitarbeiter einen solchen Eindruck gemacht haben, obwohl man die Gründe dafür nicht lange suchen muss und eine Untersuchung dazu angebracht wäre …«

Ein fröhlicher und gewinnender junger Mann mit einem Holzbein (sein eigenes Bein hatte er 1914 verloren, worauf er während des restlichen Krieges im Kriegsministerium gearbeitet und sich die heitere Ausstrahlung des Generalquartierstabs[18] bewahrt hatte) kam aus der Abteilung M.V.5 hereinspaziert, während Kitty diesen Brief las, und sie reichte diesen an ihn weiter. Er warf einen Blick darauf.

»Wir werden vielleicht überrascht sein … Wahrscheinlich … Die Leute überschätzen immer unsere Fähigkeit, überrascht zu sein. Sie müssen erst noch lernen, dass das einzige, das uns im Ministerium für Verstand überraschen könnte, wäre, jemanden zu finden, der korrekt klassifiziert wurde … Ich werde ihm sagen, dass ich selbst A2 bin, obwohl ich in meinem Leben noch nie einen Preis für Geografie oder Rezitation gewonnen habe und nicht die Bohne Kopfrechnen kann. Ich sollte ungefähr B3 sein; alle, die mich kennen, wundern sich … Weshalb ich aber eigentlich hier bin: Will jemand von euch einen todsicheren Tipp für die Oaks? Ich habe nämlich einen. Silly Blighter; ja, ihr denkt sicher, er wäre ein absoluter Außenseiter, nicht wahr, das denken alle; aber das ist er nicht. Nimm den Tipp, er ist gut, aus erster Hand. Nein, nicht der Rede wert, ich tue M.V.3 immer gerne einen Gefallen, aber ich würde es nicht für jeden tun … Na, ich muss los, bin fürchterlich beschäftigt … Hast du übrigens schon das Neueste von Chester gehört? Jemand hat die Wheeldon-Nummer bei ihm versucht – hat ihm per Sonderkurier ein Paket mit einem vergifteten Stachel geschickt, ›nur vom Minister persönlich zu öffnen‹. Jervis-Browne hat es natürlich aufgemacht und hätte sich fast gestochen. Als er das Paket zu Chester brachte, machte der einen auf Sherlock Holmes und sagte, er kennt den Stachel, er kommt von einem Strauch aus Zentralafrika oder aus dem botanischen Garten in Kew oder sonstwo. Ich glaube, er kannte auch das Gift, er wollte, dass Jervis-Browne den Stachel ableckt, um sicher zu sein, aber J.-B. wollte nicht, und selbst wollte Chester es natürlich auch nicht riskieren. Sein kleiner Privatsekretär hätte es sofort gemacht, aber sie dachten, das wäre ein Unglück für die Familie des armen Burschen. Und während sie noch darüber diskutieren, sticht sich Chester aus Versehen mit dem Ding in den Finger. J.-B. steht daneben und sieht zu, wie er anschwillt und schwarz wird, und hat Angst, dass er ihm den Finger aussaugen muss (er denkt, dass Chester ihn nicht genügend wertschätzt, weißt du), da holt Chester sein Taschenmesser raus und säbelt sich eine dicke Scheibe aus dem Finger, so wie man Käse schneidet, rund um den Stich. Er wurde kreidebleich, sagt J.-B., hat aber nicht geschrien, sondern nur kurz geflucht. Und als er fertig war, ließ er die Stenotypistin aus J.-B.s Zimmer kommen, damit sie ihn verbindet, und dann fing er an zu kichern – du weißt schon, dieses traurige, zynische Kichern, das ernsthafte Leute immer so aus der Fassung bringt – und sagte, er würde die brutale Waffe säubern lassen und zu Hause rahmen, zusammen mit den anderen Erinnerungsstücken an den Hass des Volkes … Aber ich rede und rede und verschwende eure Zeit, nicht wahr? Und meine auch; beziehungsweise: die Zeit der Regierung. Ich bin dann mal weg.«

»Ulkiger Knabe«, murmelte Kitty ihrer Nachbarin zu, als er ging. »Er blüht im Büro wie eine Orchidee in einem Mülleimer. Und auch so freundlich. Ich weiß noch, als ich so jung war, war ich fast genauso aufgeweckt; obwohl ich zu meiner Schande gestehen muss, dass ich nie im Generalquartierstab war. Eine wunderbare Abteilung ist das.«

Daraufhin warf sie ihre Zigarette fort, schrieb fünf Briefe in außergewöhnlicher Geschwindigkeit und für die Abteilung untypischer stilistischer Präzision und ging zum Tee in die Kantine.

4.

Der Minister war auch gerade beim Tee. Er sah noch blasser aus als gewöhnlich und trug die linke Hand in einer Schlinge. Kitty setzte ihre Brille auf und betrachtete ihn mit gesteigertem Interesse. Für einen Minister war er jedenfalls eine interessante Erscheinung; das hatte sie schon immer gefunden. Ihr gefiel die paradoxe Kombination aus Gerissenheit und Idealismus, Mürrischkeit und Humor in seinem bleichen, klugen Gesicht mit den schwarzen Augenbrauen. Er sah aus, als sei er geduldig, aber nur notgedrungen, als müsse er seine natürliche Ungeduld unablässig im Zaum halten. Er sah aus, als kenne er den verzweifelten Ernst, doch ziehe es vor, ihn sich mit Scherzen vom Leib zu halten; seine Ernsthaftigkeit wäre zu düster und heftig, um ihm ein leichter und natürlicher Begleiter zu sein. Er sah aus, als würde er, wenn er schwer verletzt würde, sich die Verletzung mit der kalten Entschlossenheit eines Chirurgen herausschneiden und fortwerfen. Er war noch keine vierzig, sah aber älter aus, vielleicht weil er sich einer schlechten Gesundheit erfreute. Gerade aß er ein Kriegsbrötchen und unterhielt sich mit Vernon Prideaux. Was sie unterschied, war, dass Prideaux intelligent und erfolgreich aussah, wie ein Beamter oder ein aufstrebender Anwalt oder ein Parlamentsabgeordneter, während Chester aussah wie ein brillanter Versager, wie ein irischer Separatist oder ein Bolschewik. Oder eigentlich auch wie keines von beiden, denn er sah nicht aus wie ein Stümper. Er würde vielleicht untergehen, doch seine Revolutionen nicht. Kitty, die Stümper von Herzen verachtete, erkannte den Unterschied durchaus. Sie hatte einen Freund, dessen Revolutionen, die reich an der Zahl waren, immer untergingen …

Es ging von dem Minister eine seltsame, ungestüme Kraft aus.

Doch wenn er lächelte, war es, als hätte jemand eine Fackel an düsteren Klippen entzündet und sie in außergewöhnlicher, elfengleicher Schönheit erleuchtet. Dass er geistreich sein konnte, wusste Kitty bereits; jetzt erkannte sie plötzlich, dass er auch lieb sein konnte – ein schlimmes Wort, aber es schien kein anderes zu geben.

Der Minister aß ein weiteres steinhartes Brötchen, und dann noch eins. Es waren allerdings nur kleine Brötchen. Sein Blick fiel auf Kitty, die ein Marmeladensandwich aß. Doch er war mit seinen Gedanken woanders.

»Ja, ich musste ihn verbinden«, sagte Ivy Delmer gerade zu einer anderen Stenotypistin. »Zum Glück habe ich mal einen Erste-Hilfe-Kurs gemacht. Aber ich wäre fast in Ohnmacht gefallen … Das ganze *Blut* … Ich kann ihn nicht leiden, weißt du; er verhält sich seltsam und seine Diktate sind schwer; aber ich muss sagen, ich bewundere seinen Schneid … Er hat sich nie bei mir bedankt oder so – das würde er natürlich nicht machen. Nicht, dass es mir etwas ausgemacht hätte …«

5.

Als Kitty an diesem Abend zurück in ihre Wohnung kam, fand sie den Bumerang auf dem Fußboden. (Er lag dort in Ermangelung eines Briefkastens.) Der Bumerang war ein Brief von ihr, der an Neil Desmond, Esq. adressiert war, und sie schrieb und verschickte ihn alle paar Monate, immer dann, wenn sie gerade nichts Besseres zu tun hatte. Wenn sie etwa einen Feiertag im Büro verbrachte und es keine drängende Arbeit gab, räumte Kitty die Schubladen ihres Schreibtischs auf und schrieb einen Brief, mit dem sie ihre Verlobung löste. Die Schubladen waren danach zwar aufgeräumt, doch ob die Verlobung jemals als aufgelöst gelten konnte, ist zweifelhaft, da der Brief, der dies erklärte, ein Bumerang war. Er war ein Bumerang, weil Neil Desmond, Esq. ein Mensch ohne festen Wohnsitz war. Er schrieb Kitty lange und aufregende Briefe (die, wenn ihre Korrespondenz von der Polizei gelesen werden würde, wahrscheinlich zu Kittys Verhaftung geführt hätten – er selbst hätte schon seit Langem wegen aller denkbaren Vergehen verhaftet werden können und war kaum noch stärker kompromittierbar), doch wenn sie an die Adresse schrieb, die er ihr gegeben hatte, war er schon nicht mehr dort, also kamen ihre Briefe zurück wie heimkehrende Brieftauben. Die Lage war also die, dass Neil mit Kitty verlobt war und es Kitty bislang nicht gelungen war, sich von Neil zu entloben. Neil war jener bereits erwähnte Freund, dessen Revolutionen immer untergingen. Zum ersten Mal hatte Kitty ihn in

Griechenland getroffen, im April 1914. Seitdem war sie zu der Auffassung gelangt, dass sie ihn damals in Griechenland wahrscheinlich auf dem Höhepunkt seines Wirkens kennengelernt hatte. Im Juli wollte er sich dem bewaffneten Kampf gegen Carsons Rebellen[19] anschließen, wurde aber durch den Ausbruch des Ersten Weltkriegs davon abgehalten. Die Rollen, die er im Europäischen Krieg spielte, waren mannigfaltig und aus britischer Sicht ausgesprochen bedauerlich. Er folgte Sir Robert Casement[20] durch zahlreiche Abenteuer und entging nur knapp der Beteiligung an seinem letzten. Er nahm am Osteraufstand der Sinn Fein von 1916[21] teil (stümperhaft, wie üblich, hatte Kitty bemerkt) und verschwand dann, um auf mysteriöse Weise ein Jahr später als Unterstützer der russischen Revolution in Sankt Petersburg wieder aufzutauchen. Jedes Mal, wenn es irgendwo eine Revolution gab, war Neil Desmond auf jeden Fall dabei. In Russland hatte er, wie man sich denken kann, einen ereignisreichen und zufriedenstellenden Sommer und Herbst sowie viele interessante, wiewohl unbeständige Freunde, wie Kerenski, Protopopow (den er allerdings nicht sonderlich mochte), Kaledin, Lenin, Trotzki, Mr Arthur Ransome und General Kornilow.[22] (Man sollte meinen, dass die Politik des Letztgenannten nicht gerade Neils Zustimmung gefunden hätte, doch er machte immerhin eine Revolution, die scheiterte.) Im Januar 1918 hatte Neil genug von Russland (was vorkommen kann) und ging nach Amerika, wo er eine Zeitlang dieses oder jenes zweifellos Anrüchige mit einem irisch-amerikanischen Verein anstellte. Dann brach in Ecuador eine Revolution aus, bei der man offenbar seine Hilfe benötigte, was ihn einige Wochen beschäftigte. Danach ging er wieder nach Griechenland, wo er sich nach Kittys vager Vermutung noch immer aufhielt (wenn er nicht gerade in aufrührerischer Absicht die Insel im Südpazifik besuchte, wo die Großen Ehemaligen der Welt harmonisch getrennt voneinander festgehalten wurden.)

»Das Einzige, was noch ginge«, bemerkte Kitty zu ihrer Cousine, mit der sie zusammenlebte, einer gertenschlanken und liebreizenden jungen Feldlilie, die früher einmal eine Arbeit gehabt hatte, die sie aber wegen des Friedens verloren hatte und von der sie sich nun ausgiebig erholte, »das Einzige, was ginge, ist es in die Seufzerspalte der – nein, nicht der *Times*, die würde er natürlich nicht lesen, aber des *Irish-American Banner* oder so zu setzen. ›K. G. an N. D. Alles vorbei. Bedaure.‹«

»Du wirst ihn wohl heiraten müssen, Liebes. Gott will es so«, säuselte ihre Cousine, während sie sich in ein silber- und flammenfarbenes Abendkleid schlängelte.

»Es sieht ganz danach aus«, gab Kitty zu und fing an sich umzuziehen, um Pansy in einer neuen Revue zu sehen. (Anthony wäre der Letzte, der Pansy zu Hause zurückgehalten hätte, wenn die Pflicht rief; er war viel zu stolz auf ihre Begabungen, als dass er gewollt hätte, dass sie ihr Licht unter den Scheffel stellte.)

Die Revue war gut, Pansy war in Hochform, lässig, lieblich, witzig und außerordentlich geschmeidig, auch die anderen Darsteller waren durchaus adäquat, jeder auf seine Art, und Kitty aß im Anschluss mit einigen von ihnen zu Abend. Wenn Kitty bei solchen Gelegenheiten die Büroarbeit von diesem fröhlicheren Winkel des Lebens aus betrachtete, schien sie ihr unglaublich staubig, öde und traurig …

5. Kapitel

Die Erklärungskampagne

1.

Es ist wohl allgemein unbestritten, dass Gesetze sich nicht von selbst erklären, sondern dass sie vieler Worte zu ihrer Erklärung bedürfen; so vieler Worte, dass man sich zuweilen fragt, ob die Gesetze es überhaupt wert sind. Ungefähr zu der Zeit kam dem Ministerium für Verstand der Gedanke, dass es zur Erklärung sowohl des jüngst verabschiedeten Gesetzes zum Geistigen Fortschritt als auch des Gesetzes zu den Verstandsschulungen, das bislang nur eine Gesetzesvorlage war, noch mehr Worte bedürfe. Denn keines der beiden Gesetze schien sich bislang der Öffentlichkeit so erklärt zu haben oder war so erklärt worden, dass es zur allgemeinen Zufriedenheit gereicht hätte. Und dennoch musste bei den Erklärungen mit Bedacht vorgegangen werden. Mit Gesetzen verhält es sich wie mit der Arbeit von Juristen; sie wollen nicht durch und durch verstanden werden. Die Erklärung, die sie eigentlich verlangen, ist eher, wie Kitty Grammont bemerkte, ein Weg-Erklären. Für diese Aufgabe fand sie sich ganz besonders geeignet, da sie in ihrem Privatleben bei mancherlei Gelegenheit davon hatte Gebrauch machen müssen. Vielleicht war das der Grund, weshalb sie zu denen gehörte, die von der Behörde für die Erklärungskampagne auserkoren wurden. Die Erklärungskampagne sollte in den ländlichen Gegenden Englands durchgeführt werden, von Sprechern, die ihrer Wortgewandtheit wegen ausgewählt worden waren. Erklärt werden sollten die beiden oben erwähnten Gesetze.

»Und keins von meinen«, bemerkte Kitty zu Prideaux, »hat jemals so viel Erklärungen gebraucht wie diese … Lass mich nachdenken, niemand hat je auch nur versucht, die Wehrdienstgesetze zu erklären, oder? Beziehungsweise wenn, dann nur in der Presse. Die Verursacher haben es nie gewagt, der Öffentlichkeit von Angesicht zu Angesicht auf den Dorfplätzen gegenüberzutreten.«

»Man hätte es mehr tun müssen«, sagte Prideaux. »Die Überprüfung der Ausnahmen, zum Beispiel. Wenn wir die Fragen und Beschwerden der Bevölkerung öffentlich auf den Dorfplätzen beantwortet hätten, wie du sagst, anstatt in offiziellen Briefen, die alles nur noch schlimmer machen, hätten wir uns eine Menge Ärger ersparen können. In diesen direkten Gesprächen ist Chester richtig gut … Übrigens will er mit allen, die die Erklärungen durchführen, einzeln sprechen, um sicherzustellen, dass sie die Sache auch richtig angehen.«

»Das passt zu ihm; er scheut einfach keine Mühen«, sagte Kitty. »So langsam denke ich, dass er wirklich ein großartiger Mann ist.«

2.

Chester sprach tatsächlich mit jedem einzeln. Mit Kitty, die er bereits persönlich kannte, sprach er sehr offen.

»Sie müssen die Leute an sich heranlassen«, sagte er, während er im Zimmer auf und ab ging, die Hände in den Taschen. »Halten Sie sie nicht offiziös auf Abstand. Sie sollen sich als Teil des Ganzen fühlen … Feuer fangen für die Idee … Es ist nun mal die schlichte Wahrheit – Intelligenz ist das, was zählt – wenn bloß alle das erkennen würden. Lassen Sie sie die Dummheit als das schlaffe, hoffnungslose, hilflose, animalische Ding sehen, das sie ist – ein Idiot, der auf einer Wiese herumsabbelt« – Kitty stellte sich vor, dass es ihn ein wenig schauderte – »bringen Sie sie dazu, dass sie die Dummheit hassen, dass sie das Andere wollen; und zwar so sehr, dass sie sogar etwas von ihren persönlichen Annehmlichkeiten und Wünschen opfern würden, um es sich und ihren Kindern zu ermöglichen. Sie müssen es noch mehr wollen als Geld, mehr als Bequemlichkeit, mehr als Liebe, als Freiheit ... Natürlich müssen Sie die unterschiedlichen Leute auf jeweils unterschiedliche Weise überzeugen; manche haben Fantasie, andere nicht; bei Letzteren müssen Sie an den gesunden Menschenverstand appellieren, sofern welcher vorhanden ist, und wenn nicht, dann an die Gefühle für ihre Kinder, oder schlimmstenfalls sogar an ihre Angst vor Konsequenzen ... Sagen Sie den einen, dass es wieder Krieg gibt, wenn sie dumm bleiben; anderen sagen Sie, dass sie es in der Welt nie zu etwas bringen werden; was immer Ihnen gerade einfällt. Doch zuallererst müssen Sie versuchen, die Leute bei ihrer Vorstellungskraft zu packen ... Sie haben doch schon Erfahrung mit öffentlichen Reden, nicht wahr?«

Kitty bejahte, und er nickte.

»In Ordnung; dann wissen Sie ja, wie sie das Publikum fesseln können ... Sie werden sie auch zum Lachen bringen ...«

Als sie schließlich ging, fragte sich Kitty, ob das Letzte eine Anweisung oder eine Prophezeiung gewesen war.

3.
Die anderen Mitglieder von Kittys Gruppe (die Kampagne sollte in Grüppchen von jeweils zwei oder drei Personen durchgeführt werden) gehörten nicht dem Ministerium an, sondern waren eigens zu dem Zweck engagiert worden. Es handelte sich um eine Ärztin, die in der Öffentlichkeit bekannt und für ihre Verdienste um ihr Land während des Großen Krieges ausgezeichnet worden war, und um einen freiberuflichen Geistlichen, berühmt für seine Beredsamkeit auf der Kanzel und seinen beißenden Witz, mit dem er die Gesellschaftsordnung zu geißeln pflegte. Er hatte sein Amt schon vor längerer Zeit niedergelegt, um sich umso freier für die Sache, die ihm am Herzen lag, einsetzen zu können, schrieb für eine Arbeiterzeitung und reiste als Redner durchs Land. Der Minister für Verstand (der mit ihm zusammen in Cambridge studiert hatte und seine Artikel in der Arbeiterzeitung las, in denen er regelmäßig erklärte, dass Zerstreutheit der Fluch der Welt sei) hatte ihn mit seiner gewohnten Menschenkenntnis dafür gewonnen, bei der Vermittlung der Vorzüge des Verstandsgesetzes mitzuwirken.

Sie begannen in Buckinghamshire, einem der ihnen zugewiesenen Landkreise. In Gerrards Cross und Beaconsfield war es kühl und sie hielten ihre Versammlungen in der Schule beziehungsweise im hellgrünen Rathaus ab, dem einzigen Schandfleck des ansonsten überaus pittoresken Städtchens. Doch in Little Chantreys hatten sie schönes Wetter und so fand die Versammlung um sechs Uhr auf dem großen Kirchvorplatz statt. Die Veranstaltung war gut besucht. Sie war auch gut beworben worden, und es schien, als wäre das Dorf ebenso erpicht darauf, die Verstandsgesetze erklärt zu bekommen, wie das

Ministerium darauf, sie zu erklären. Oder vielleicht wollte das Dorf auch seinerseits etwas erklären. Jedenfalls waren sie alle da, Arme und Reiche, Bürger und Bauern, Männer, Frauen, Kinder und Säuglinge (die größtenteils den Anschein machten, als müssten sie schwer besteuert werden; wobei die Physiognomie von Säuglingen mitunter irreführend sein kann). Anthony Grammont und Pansy kamen mit Cheeper, der nun stolz den Taufnamen Montmorency trug. Der Vikar und seine Frau waren ebenfalls gekommen, obwohl Mr Delmer nicht viel von Reverend Stephen Dixon hielt, den er zu Recht für einen aufrührerischen Priester hielt. Es war ja schön und gut, in Maßen für das Leben und die Freiheit einzutreten (obwohl Mr Delmer selbst nicht der »Life-and-Liberty«-Gesellschaft zur Förderung dieser Dinge in der Kirche angehörte), doch der Vikar befürchtete, dass keine Kirche die Menge an neuem Wein, den Stephen Dixon einzuschenken gedachte, ertragen könnte, ohne zu bersten. »Er meint es durchaus ernst«, war die höchste Billigung, die er in seiner Nächstenliebe dem Priester zuerkennen konnte. Daher erwartete er ein wenig beklommen Dixons Aussagen zum Verstandsgesetz und befürchtete, es könnte ihm die unerfreuliche Pflicht zufallen, einigen davon öffentlich zu widersprechen.

Die Szene im Abendsonnenschein hatte durchaus etwas Pittoreskes – der Platz mit der kleinen grauen Kirche im Hintergrund, wo die engen Straßen des Dorfs aufeinandertrafen, ein Fleckchen Grün, wo die Frauen und Kinder saßen; davor die versammelten Bürger, betulich, friedfertig, tratschend, die Frauen in argloser Neugier auf das, was die Redner aus London über diese alberne Sache, derentwegen gerade allenthalben eine solche Aufregung herrschte, zu sagen hatten; einige der Männer etwas angriffslustiger, entschlossen, sich nichts bieten zu lassen, mit einem Wir-wissen-schon-Bescheid-Ausdruck auf den Gesichtern. Dieser Ausdruck zeigte sich insbesondere in der Miene des Gutsherren, Captain Ambrose. Er mochte diese ganze Einmischerei, dieses sozialistische Was nicht alles überhaupt nicht, das nicht nur die häuslichen Angelegenheiten seiner Pächter durcheinanderbrachte, sondern ihnen obendrein noch mehr Bildung eintrichtern wollte, als ihnen gut tat. Er für seinen Teil war der Meinung, dass jeder Mensch das Recht hatte, ein Schwachkopf zu sein, wenn er es wollte, ja, einen anderen Schwachkopf zu heiraten und eine ganze Familie von Schwachköpfen großzuziehen. Verdammt noch eins, Schwachköpfe oder nicht, haben sie denn schließlich nicht ihr Blut für ihr Land vergossen, und wo wäre das Land ohne sie gewesen? Und jetzt sprach das Land so aalglatt davon, dass sie sich nicht vermehren durften, ehe sie nicht intelligenter würden. Captain Ambrose, ein fragil aussehender Mann, verbrannt von der Sonne Syriens und versehrt von einem britischen Maschinengewehr (ein bedauerlicher Fehler in einer Ausbildungseinheit, der natürlich nicht passiert wäre, wenn der Schießende intelligenter gewesen wäre), stand in der vordersten Reihe der Besucher mit der Absicht zu stören. Neben ihm standen die Delmers, Miss Ponsonby und Anthony Grammont. Pansy unterhielt sich in ihrer freundlichen, heiteren Art mit Mrs Delmer über Cheepers Essgewohnheiten, die für ein so junges Kind ungewöhnlich waren.

In der Mitte des Platzes standen Dr. Cross, anmutig, patent und grauhaarig; Stephen Dixon, schlank und absonderlich (das fand zumindest das Dorf); Kitty Grammont, die, blass nach der Hitze des Tages, mit ihrem herunterbaumelnden Kneifer spielte; sowie ein Fass und zwei Kinderwagen, die jeweils ein Kleinkind enthielten; es waren die von Mrs Rose und Mrs Dean, wie das Dorf wusste. Die Ärztin war am Nachmittag herumgegangen, hatte sich alle Babys angesehen und Fragen gestellt, bis sie schließlich diese beiden ausgewählt und gefragt hatte, ob sie sich die Kleinen für die Versammlung ausleihen dürfte. Doch welchen Gebrauch man von den armen Würmchen machen würde, das wusste niemand.

Dr. Cross stand auf dem Fass. Sie sprach von dem bereits bestehenden Gesetz, dem Gesetz zum Geistigen Fortschritt vom letzten Jahr.

»Es braucht schon ein bisschen Gerede, damit wir es schlucken«, murmelte Captain Ambrose.

Dr. Cross war eine begnadete und eloquente Rednerin; das Dorf war ihr durchaus zugeneigt. Sie sprach von Kindern wie jemand, die sich auskennt, und sie kannte sich zweifellos aus, da sie, wie sie erwähnte, selbst zwei hatte. Sie wurde geradezu feierlich, als sie für das Recht der Kinder auf eine Chance im Leben plädierte. Einige der Mütter wischten sich die Augen und drückten ihre Kleinen an sich; sie sollten ihre Chance bekommen, doch, das sollten sie. Wie aber, fragte die Ärztin, sollten die Kinder im Leben irgendwelche Preise gewinnen, wenn sie keinen Verstand hätten? (Jane Delmer schaute betreten drein; sie hatte in diesem Schuljahr einen Preis fürs Zeichnen gewonnen und fragte sich, ob die Rednerin davon wusste.) Selbst Gesundheit – wie konnte man gesund werden und bleiben, ohne die Gesetze zu befolgen, die die Natur für uns festgelegt hat (»Ich hab nie was davon gemacht, und schaut mich an, fünfundsiebzig werd ich nächsten Monat und bin immer noch kerngesund und munter«, hörte man den alten William Weston bemerken), und wie sollte das ohne Intelligenz gehen? Einige Eltern schienen unschlüssig; sie waren sich nicht sicher, ob sie so etwas bei sich zu Hause haben wollten; es klang verdächtig nach Zugluft ... Nachdem sie grob die voraussichtlichen Werdegänge eines intelligenten und eines unintelligenten Kindes skizziert hatte, zwischen denen eine große Kluft bestand, sprach Dr. Cross über die Vererbung, diese stets unterschätzte Kraft, die die Generationen formt. In Anlehnung an biblische Weisheit fragte sie, ob Feigen wohl Dornen hervorbringen könnten, oder Disteln Trauben. Dies brachte wiederum William Weston, der früher Gärtner gewesen war, dazu, von seltsamen Zufällen zu berichten, die ihm in der Welt des Gemüses begegnet waren; Dr. Cross, die ebenfalls gärtnerte, hörte aufmerksam zu, bemerkte jedoch, dass es sich hierbei um Missbildungen handelte, die natürlich nicht als Normalfall betrachtet werden dürften; worauf sie, um das Thema abzuschließen, von ihrem Fass herunterstieg, die Kinder Rose und Dean aus ihren Wagen hob und sie, eines auf jedem Arm, dem Publikum entgegenhielt. Hier sehen Sie, sagte sie, ein zertifiziertes Kind, dessen Eltern eine Prämie erhalten haben, und ein unzertifiziertes Kind, das besteuert wurde. Betrachten Sie die Unterschiede zwischen den beiden – sehen Sie die aufgeweckte Miene des Rose-Kindes (»Natürlich, wo sie es doch so schüttelt«, sagte ein kleines Mädchen, die das Rose-Kind kannte), sein feines, kluges Köpfchen (Mrs Rose spreizte sich zufrieden). Ein Kind, das in seinem

Leben etwas erreichen wird. Nun vergleichen Sie es mit der Teilnahmslosigkeit des anderen Kindes, das an seinem Gummisauger nuckelt (was schon an sich eine dumme und unhygienische Angewohnheit ist) und von der Welt um sich herum keinerlei Notiz nimmt.

»Aber die arme Kleine«, rief die Mutter des Kindes und drängte sich nach vorne, »sie kränkelt schon seit zwei Tagen, es ist nur ihr armes Bäuchlein, sonst nichts. Und wenn Sie gestatten, Ma'am, nehme ich sie jetzt mit nach Hause. Sie so vor den Leuten vorzuführen – und Sie wollen eine Mutter sein!«

»Es war eigentlich nicht gegen das arme Kind gerichtet«, erklärte Dr. Cross, die erkannte, dass sie in der Tat ausgesprochen taktlos gewesen war. »Sie ist nur ein Typus, um zu zeigen, was ich meine ... Und natürlich ist es durchaus möglich, dass Ihre Tochter, wenn Sie ihren Verstand gründlich schulen, ebenso intelligent werden kann wie jedes andere Kind, obwohl sie durch die unregulierte Ehe ihrer Eltern so schwer benachteiligt ist. An dieser Stelle kommen dann die Verstandsschulungen der Regierung ins Spiel. Sie kann sich über jede Vorstellung hinaus entwickeln ...«

»Sie wird«, sagte die empörte Mutter, während sie ihr Kind in den Wagen bettete, »überhaupt nicht entwickelt oder sonstwas. Sie kommt nach Hause ins Bett. Und ich wüsste gerne, was Sie meinen, Ma'am, mit unregulierter Ehe. Mit unserer Ehe ist alles in Ordnung; sie ist höchstlich genehmigt und wir haben Geld für das Kind bekommen. Ich glaube, Sie haben die Kinder verwechselt und halten meins für das da von Mrs Rose, was besteuert wurde, das arme Wurm, weil Mr und Mrs Rose beide in der Klasse C sind.«

»Das stimmt«, rief jemand anderes. »Das andere wurde besteuert und sollte dumm sein; Sie haben sie verwechselt, Ma'am. Vielleicht haben Sie beim nächsten Mal mehr Glück.«

Dr. Cross sank in einiger Verwirrung und unter gutmütigem Gelächter zusammen, und das Rose-Kind wurde ebenfalls eilig ihrer geschmeichelten Mutter zurückgegeben, die, da sie nur C3 war, nicht ganz begriff, was geschehen war, außer dass ihr Baby zur allseitigen Bewunderung gelobt und das von Mrs Dean verunglimpft wurde, was ihr ganz richtig und angemessen schien.

»Einer der Zufälle der Natur«, entschuldigte sich Dr. Cross. »So etwas passiert natürlich manchmal. So wie dumme Fehler ... Beim nächsten Mal habe ich dann mehr Glück, wie Sie schon sagten.« Sie murmelte Stephen Dixon zu: »Wechseln Sie sofort das Thema«, also stieg dieser auf das Fass und fing an, über die Demokratie zu reden, die den Staat kontrollieren sollte, es aber natürlich nicht konnte, bevor das Volk besser gebildet war.

»Aber diese ganzen Ehegesetze«, sagte ein Maler, der mit dem Hausmädchen des Vikars ging und im Fall ihrer Heirat dem finanziellen Ruin entgegensah, »die werden, so wie ich das sehe, uns nicht dabei helfen, die Kontrolle über den Staat zu bekommen.«

Dixon sagte ihm, er müsse in die Zukunft blicken, genauer gesagt auf seine Kinder. Der Maler warf einen Blick nach vorne, auf seine ungeborenen Kinder; es ließ ihn kalt. Wenn er Nellie heiraten würde, würden sie wahrscheinlich sowieso früh sterben, und zwar vor Hunger.

Doch im Großen und Ganzen kam Dixons Rede über die Demokratie gut an. Dixon war bei den

Arbeitern ein beliebter Redner; er hatte ein Händchen für sie. Nur die Herrschaften mochten ihn nicht besonders. Captain Ambrose verabscheute ihn von ganzem Herzen. Schließlich waren es doch gerade die Demokratie und dieser ganze Sozialismus, die das Land verdarben.

Mr Delmer wagte einzuwerfen, dass den Bürgern seiner Meinung nach nicht in ihr Privat- und Familienleben hineingepfuscht werden dürfe.

»Warum nicht?«, fragte Stephen Dixon, worauf Mr Delmer gegenwärtig keine Antwort wusste. »Wenn doch überall hineingepfuscht wird«, fügte Dixon hinzu. »Und je mehr wir im Sinne des Fortschritts hineinpfuschen (wie Sie es nennen), desto weiter sind wir von den Wilden entfernt.«

Mr Delmer stutze kurz, bevor er sich, ohne vorher weiter darüber nachzudenken, zu der zweifelhaften Aussage »Die Liebe der Menschen sollte frei sein« hinreißen ließ, die mit Beifall begrüßt wurde.

»Freie Liebe«, erwiderte Dixon prompt, »haben die größten Denker von Kirche und Staat gewiss nie befürwortet«, und während Mr Delmer errötete, teils wegen seiner eigenen Unbedachtheit, teils wegen der Delikatesse des Themas und teils, weil Pansy Ponsonby direkt neben ihm stand, erklärte Dixon weiter: »Die Liebe will, wie alles andere, reguliert, organisiert, zum bestmöglichen Gebrauch geführt werden. Sonst wären wir doch nicht besser als die anderen Tiere …«

»Ist er nicht fürchterlich ungestüm«, wandte sich Pansy mit ihrer heiteren Altstimme an die Welt im Allgemeinen.

Mr Delmer, dem sichtlich unbehaglich war, wand sich. »Sie verstehen mich falsch, Sir. Ich habe mich nicht für eine gesetzlose Liebe ausgesprochen. Ich behaupte nur, dass die Liebe – wenn wir das Wort schon benutzen müssen – nicht durch Gesetze gehemmt werden soll, die sich auf Angelegenheiten von geringerer Bedeutung als sie selbst beziehen, wie etwa die Kultivierung von Intelligenz.«

»Ist diese denn von geringerer Bedeutung?«, wandte Dixon ein.

»Aber die Liebe ist die größte unter ihnen«,[23] setzte der Vikar ungeschickt vor Aufregung an.

»Ganz recht«, sagte Dixon; »doch der heilige Paulus zählt, soweit ich weiß, die Intelligenz nicht zu seinen drei. Er wusste bestimmt gut genug, wie wichtig sie für den Fortschritt der Religion ist. Und wenn wir schon den heiligen Paulus zitieren: Er war natürlich kein Befürworter der Ehe, doch ich glaube, wenn sie schon geschlossen werden muss, dann wäre er sicher dafür gewesen, dass dies nach den bestmöglichen Prinzipien geschieht, nicht aus einer zufälligen Laune oder Begierde heraus ... Die Freiheit«, Dixon hatte nun den verträumten und hingerissenen Blick, der bei ihm stets anzeigte, dass er sich mit einem seiner Lieblingsthemen befasste, »was ist die Freiheit? Ich bitte Sie – ich flehe Sie an, sagen Sie mir nicht, es sei die Herrschaft über uns selbst. Das habe ich schon zu oft gehört, aber das ist sie mitnichten. Herrschaft über uns selbst ist eine gute Sache; die Freiheit aber ist – oder wäre, wenn es sie denn jemals gäbe – eine Absurdität, eine Ungeheuerlichkeit. Denn es hieße, dass uns nichts, weder von außen noch von innen, davon abhielte, jederzeit genau das zu tun, was wir wollen. Keine Gesetze der Natur, der Moral, des Staates, der Kirche, der Gesellschaft ...«

Hinter seinem Rücken fing Dr. Cross Kittys Blick auf.

»Er verrennt sich«, murmelte sie. »Wir müssen ihn bremsen.«

Kitty hustete zwei Mal bedeutungsvoll. Es war ein Zeichen, das sie untereinander vereinbart hatten, für den Fall, dass der Redner nach Meinung eines der anderen auf dem falschen Dampfer ist. Mit einem Ruck riss sich Dixon von der Freiheit los und fing an, über das geplante Gesetz zu den Verstandsschulungen zu sprechen. Er sprach von dessen allgemeinen Vorteilen für die Bürger und schloss mit der Ankündigung, dass Miss Grammont, eine Angehörige des Ministeriums für Verstand, nun das Gesetz im Einzelnen erklären und alle eventuellen Fragen beantworten würde. Und dies tat Miss Grammont dann auch. Es war der wichtigste Teil der Veranstaltung, denn das Publikum, das dieses Gesetz nicht wollte, musste überzeugt werden, dass es ein gutes Gesetz werden würde. Kitty erklärte es in seinen Grundzügen, wobei ihr auffiel, um wie vieles schwächer sowohl Gesetze als auch Worte auf den Dorfplätzen wirkten als in Büros, was gewiss eine höchst bemerkenswerte Tatsache ist, die alle Politiker und Verfasser von Gesetzen beherzigen sollten. Vielleicht ist es die undankbare und wenig anregende Stimmung stumpfsinniger Abneigung, die man leider so oft auf dem Land antrifft ... Dorfbewohner sind engstirnig; sie weigern sich, über ihren Tellerrand hinauszublicken oder anzuerkennen, dass etwas, das für sie persönlich unangenehm sein mag, für das Gemeinwohl notwendig ist. Kitty wünschte sich, sie würde stattdessen zu den Bewohnern einer nördlichen Industriestadt sprechen, die zwar um einiges grimmiger, aber auch um einiges verständiger wären.

Mit Nachdruck wies sie auf die positiven Seiten des Gesetzes hin, wie etwa die Abschnitte über die finanzielle Entschädigung für den durch die Verstandsschulungen eventuell entstehenden Zeit- und Geldaufwand oder über die Ausnahmebewilligungen. Als sie auf die Tribunale zu sprechen kam, ertönte missbilligendes Gemurmel.

»Diese Tribunale – von denen haben wir die Nase voll«, sagte jemand. »Schaut euch die ganzen Leute an, die hier auf dem Land rumlaufen, für die die Ehegesetze nicht gelten, und andere müssen sich dran halten. Die Tribunale waren schon im Krieg schlimm genug, das weiß jeder, aber gegen das, was jetzt kommt, waren sie nichts. Wir wollen sowas nicht mehr.«

Es war ein heikles Thema, denn Captain Ambrose war ein widerspenstiger Vorsitzender des örtlichen Tribunals zum Geistigen Fortschritt. Unruhig schlug er mit seinem Stock auf den Boden, während Kitty sagte: »Ich stimme Ihnen zu. Das wollen wir nicht. Aber wenn es Ausnahmen vom Gesetz geben soll, dann brauchen wir lokale Tribunale. Man kann Einzelfälle nicht von der Zentralbehörde entscheiden lassen, die nichts über die jeweiligen Umstände wissen. Es müssen verlässliche Tribunale ernannt werden, die die Ausnahmebewilligungen gerecht und entsprechend den im Gesetz festgeschriebenen Gründen erlassen.«

Sie fuhr fort, indem sie einige dieser Gründe aufzählte. Einer davon war geistige Armut von derartigem Kaliber, dass der oder die Betreffende als unfähig, von der Schulung zu profitieren, gelten konnte.

Ein Hoffnungsschimmer erschien auf mehreren Gesichtern; das könnte, so spürte man, ein Ausweg sein. Der Antragsteller, erklärte Kitty, würde freigestellt, wenn er an Schwachsinn, hochgradiger Geistesschwäche oder jeglicher Form von echtem Wahn leide, sei er akut, episodisch, chronisch, wahnhaft, depressiv, zwanghaft, lethargisch …

Dixon hustete zweimal, da er das Thema für deprimierend und zu fachspezifisch für die Zuhörer hielt, und Kitty fuhr mit der Erläuterung der verschiedenen möglichen Ausnahmeregelungen fort, was ein erfreulicheres Thema war. Zum Schluss entwarf sie, gemäß den Anweisungen des Ministers, ein inspirierendes Bild der durch den solchermaßen verbesserten Verstand veränderten Lebensaussichten; ein Leben voller offener Türen und genutzter Chancen, statt eines öden, verschlossenen Hauses. Ein amüsantes Leben, voller Möglichkeiten und Freuden. Und sie würden vorankommen; würden reich werden; es gäbe immerwährenden Frieden und Fortschritt anstatt eines weiteren Großen Krieges, der leider nur allzu möglich wäre, bliebe die Welt so dumm, wie sie es bis heute war …

An dieser Stelle fiel Kittys Blick unwillkürlich auf ihren Bruder Anthony, auf dessen Gesicht sich ein zynisches Grinsen abzeichnete, das sie aus den Höhen ihrer Eloquenz abrupt zurück auf den Boden holte. Es hatte den Grammonts noch nie gutgetan, wenn sich ihre Blicke im Überschwang begegneten; es beschwor die gemeinsamen Erinnerungen und Erfahrungen der Geschwister herauf, wie rüde Straßenjungen, die sie verspotteten und zu Fall brachten.

»Wenn noch jemand Fragen stellen möchte …« sagte Kitty und stieg von dem Fass herunter.

Nach einer kurzen Ratlosigkeit, die einer solchen Aufforderung erfahrungsgemäß folgt, wollte jemand wissen, was den eigentlich genau gelehrt werden würde.

Kitty erklärte, es werde viele verschiedene Kurse geben, die an die jeweils unterschiedlichen Bedürfnisse angepasst sein würden. Doch im Großen und Ganzen sollten alle lernen, den Verstand, der ihnen gegeben sei, in der Lebenssituation, in die Gott sie berufen habe, bestmöglich zu nutzen.

»Und woher«, bohrte der Fragesteller, ein strammer junger Schmied, weiter, »wollen die Lehrer wissen, was das sein soll?«

Kitty erklärte, dass sie das natürlich nicht genau wissen könnten, doch der Verstand derer, die die Schulungen besuchen würden, würde so geschärft und verbessert, dass sie jede Aufgabe besser meistern würden als zuvor. Daneben gäbe es zudem Formulare, die auszufüllen wären, aus denen der ungefähre Lebensweg des Einzelnen hervorginge.

Nach einer weiteren Pause sagte eine mitgenommen aussehende Frau aus einer der hinteren Reihen: »Das ist bestimmt alles sehr nett, Miss, aber mir scheint, solche Dinge sollte man besser den Männern überlassen. Die haben einfach mehr Zeit, um es mal so zu sagen. Sehen Sie, Miss, wenn ich den Haushalt gemacht und den Kindern ihr Essen gekocht und sie ins Bett gebracht habe und dann noch aufgeräumt habe und so weiter, ganz zu schweigen vom Wäschewaschen und Plätten – na, da bleibt mir nicht mehr viel Zeit, um meinen Verstand zu verbessern, oder?«

Es war Dr. Cross, die darauf hinwies, dass diese häuslichen Pflichten, sobald der Verstand einmal verbessert wäre, höchstens noch halb so viel Zeit wie heute in Anspruch nehmen würden. »Das weiß ich schon, Ma'am«, entgegnete die erschöpfte Frau. »Ich kannte Mädchen, die ihren Verstand verbessern wollten, und die fingen an mit Lesen und sowas, und mit Hausarbeit haben sie überhaupt keine Zeit mehr verschwendet, und das war vielleicht schön für ihre Familien. Was ich meine, ist, dass man die Verbesserung des Verstands den Männern überlassen sollte, die Zeit für solche Dinge haben; Frauen sind meistens zu beschäftigt, und wenn nicht, dann sollten sie es sein.«

Darauf ließen einige Männer ein zustimmendes »Hört, hört« vernehmen. Das ländliche England war, wie Dr. Cross gelegentlich bemerkte, noch immer bedauerlich orientalisch – oder auch deutsch – in seinen Ansichten zur Frauenemanzipation, selbst nun, wo seit dem Krieg viele Tausend Frauen notgedrungen in eigenständiger Lohnarbeit waren, und obwohl sie mittlerweile die gleichen Bürgerrechte hatten wie Männer. Stephen warf einige brisante Ansichten zur empörenden Geschlechterungleichheit, einem seiner weiteren Lieblingsthemen, in die Runde und bemerkte, dass es zumindest in der christlichen Religion weder Mann noch Frau gebe. Ein Hauch von Skepsis auf den Gesichtern einiger Frauen ließ darauf schließen, dass sie bezweifelten, ob die christliche Religion in dieser oder anderer Hinsicht ihrem Leben entsprach, und überhaupt war es für sie nun an der Zeit, nach Hause zu gehen und das Abendessen vorzubereiten. Sie zerstreuten sich, umringt von ihren Kindern und miteinander über Interessanteres tratschend als die Verstandsschulungen. Denn wenn es schließlich so kommen musste, dann war es so, und wozu dann noch das Gerede?

4.

Es dämmerte. Der männliche Teil der Zuschauer entfernte sich ebenfalls, um sich auf der Straße zu unterhalten, bis das Abendessen fertig war. Nur der Vikar war noch da und Captain Ambrose und Anthony Grammont und Pansy, die an Kitty herantrat.

»Meine Liebe«, sagte Pansy, »ich bin ganz platt von eurem Priester, mit seinem Gerede von ›den anderen Tieren‹ und organisierter Liebe. Also, Mr Delmer war sehr nett zu mir – er sagte, die Liebe sollte frei sein, und ich weiß, dass er das eigentlich nicht findet, sondern nur mir und Tony zuliebe gesagt hat. Aber euer Mann ist furchteinflößend. Ich habe schon fast Angst, ihn heute Nacht im End House schlafen zu lassen, nicht dass er noch die Laken in Brand setzt, so heiß ist er. Würdest du uns einander vorstellen?«

Doch Dixon unterhielt sich gerade mit dem Vikar, der sich von dem berüchtigten Stephen Dixon nicht entmutigen noch einschüchtern ließ, sondern ihm und Dr. Cross mannhaft seine Meinung darlegte, wobei Captain Ambrose ihm den Rücken stärkte.

»Das kann noch den ganzen Abend dauern, so wie sie aussehen«, sagte Kitty, die mittlerweile ihren Geistlichen und ihre Ärztin recht gut kannte. »Lassen wir sie in Ruhe und gehen nach Hause; Tony kann sie später mitbringen, wenn sie soweit sind.«

Das End House hatte den drei Erklärern seine Gastfreundschaft angeboten, also verbrachten sie die Nacht dort, statt wie üblich im Dorfgasthaus. Noch bevor sie ankamen, wurden Kitty und Pansy von Anthony, Dr. Cross und Dixon eingeholt.

»Mr Dixon«, sagte Pansy mit ihrem lieblichen, einnehmenden Lächeln, »ich sagte gerade zu Kitty, dass

Sie mir mit ihrer Rede über die freie Liebe ein ganz schlechtes Gewissen gemacht haben.«

»Das tut mir leid«, sagte Dixon, »aber es war der Vikar, der davon sprach, nicht ich. Ich habe von organisierter Liebe gesprochen. Ich rede nie von freier Liebe: Ich bin nicht dafür.«

»Das habe ich gemerkt«, sagte Pansy. »Genau deswegen habe ich mich ja so schlecht gefühlt. Aber wissen Sie, ich finde, Sie haben völlig Recht, es ist nur so schwer, dem auch gerecht zu werden, nicht wahr? Wo doch die Dinge so verwickelt sind … Und Sie haben sicher nichts dagegen, bei uns zu übernachten?« Das fragte sie in aller Unschuld und warf ihm dabei einen Seitenblick aus ihren wunderschönen Varietéaugen zu.

Dixon sah verdutzt aus. »Nichts dagegen?«

»Na, ich dachte nur, vielleicht haben Sie was dagegen, denn bei uns geht es frei zu.« Auf seinen verwirrten Blick hin rief sie aus: »Aber Kitty, hast du es ihm etwa nicht gesagt?«

»Ich fürchte, daran habe ich nicht gedacht«, stammelte Kitty. »Sie meint«, erklärte sie an die beiden Gäste gewandt, »dass sie und mein Bruder nicht richtig verheiratet sind, wissen Sie. Sie können nicht, weil Kitty irgendwo noch einen Ehemann hat. Sie würden aber, wenn sie könnten; es wäre ihnen lieber.«

»Es wäre uns lieber«, wiederholte Pansy mit einem Hauch von Wehmut. »So viel lieber. Es ist viel netter, nicht wahr? Wie Sie ja selbst schon sagten. Das finden wir auch, nicht wahr, mein Guter?« Sie wandte sich Anthony zu, doch der war schon vorausgeschlichen, peinlich berührt von der Wendung, die das Gespräch genommen hatte. Er ärgerte sich über Kitty, weil sie die Lage nicht im Voraus erklärt hatte, über Pansy, weil sie sie nun erklärte, und über Dixon, weil er sie ohne Erklärung nicht verstand.

»Aber ich hoffe doch«, fügte Pansy so höflich und königinnenhaft, wie sie nur konnte, an ihre beiden Gäste gerichtet hinzu, »dass Sie sich davon nicht beirren lassen.«

»Natürlich nicht«, sagte Dr. Cross. »Wo denken Sie hin?« Sie war ein wenig verunsichert ob des Eindringens dieser irrelevanten privaten Details in einen bis dahin interessanten Abend. Pansys Sittlichkeit war ihre eigene Angelegenheit, doch es war unerfreulich, dass ihre Manieren es ihr gestatteten, eine derart peinliche Szene zu machen.

Doch Dixon blieb stehen. Er sah seiner Gastgeberin geradewegs ins Gesicht – sie waren gleich groß – und sagte: »Ich bedaure, aber ich fürchte, ich lasse mich davon beirren. Ich will nicht unhöflich sein, und ich bin Ihnen überaus dankbar für Ihr gastfreundliches Angebot, aber ich werde wohl ins Gasthaus gehen müssen.«

Pansy starrte ihn an, während ihr Gesicht langsam einen lieblichen rosigen Farbton annahm. Sie war es nicht gewohnt, von Männern zurückgewiesen zu werden.

»Es tut mir furchtbar leid«, wiederholte Stephen Dixon, ebenfalls errötend. »Doch sehen Sie, wenn ich bei Ihnen übernachten würde, dann würde es den Anschein machen, als würde ich etwas billigen, von dem ich denke, dass es ungemein wichtig ist, es nicht zu billigen ... Sie können mich einen Moralapostel nennen ... Na, wie auch immer, da sind wir ja schon ... Würden Sie mich bei Ihrem Bruder entschuldigen?«, fügte er an Kitty gewandt hinzu, die hilflos und offenbar überfordert danebenstand. »Und bitte vergeben Sie mir – ich weiß, das muss unverzeihlich unhöflich erscheinen.« Zögernd streckte er Pansy die Hand entgegen. Sie nahm sie ohne Groll. Pansy war keine verbitterte Frau.

»Das ist schon in Ordnung, Mr Dixon. Wenn Sie unsere Lebensweise nicht verknusen können, dann ist es eben so und Schluss. Das können viele nicht. Gute Nacht, ich hoffe, Sie haben es bequem.«

5.

Kitty sah ihm mit einem leisen Pfiff nach.

»Es tut mir schrecklich leid, Pansy, Liebes. Ich habe nicht daran gedacht, ihm vorher die Einzelheiten über Tony und dich zu unterbreiten ... Ich habe dich zwar als Miss Ponsonby vorgestellt – aber das ist ihm wahrscheinlich gar nicht aufgefallen, oder er dachte vielleicht, du wärst Cheepers Gouvernante oder so. Wer hätte gedacht, dass er so reagieren würde? Aber das weiß man bei den Klerikern eben nie; sie sind einfach unberechenbar.«

»Ich bin sogar ein bisschen erleichtert«, sagte Pansy. »Er hat mir Angst gemacht, so viel steht fest.«

»Das Seltsame an Stephen Dixon«, sagte Dr. Cross, »ist, dass man vorher nie weiß, wie er eine Sache aufnimmt. Ich weiß, dass er bei den niedersten Kriminellen in den verruchten Stadtvierteln zu Hause beim Tee saß – bestimmt aus reiner christlicher Nächstenliebe – und dass er aber gleichzeitig auf der Straße Leute schneidet, die das Gleiche tun, nur auf eine andere Weise – zum Beispiel einen lohndrückenden Ladenbesitzer. Manchmal denke ich, es hängt bei ihm von der Größe und dem Komfort des Hauses ab, in dem der Kriminelle lebt, was, wie man meinen sollte, für einen so intelligenten Mann wie ihn hoffnungslos unlogisch ist. Manchmal verliere ich die Geduld mit ihm, gebe ich zu. Doch jedenfalls weiß er, was er will.«

»Er ist weg«, sagte Pansy zu Anthony, der sie am Tor erwartete. »Er meint, es sei wichtig, uns nicht zu billigen. Also ist er in den Gasthof gegangen … Übrigens, fast hätte ich ihm erzählt, dass der Gastwirt auch ein Doppelleben führt – und zwar noch ein viel schlimmeres als wir – aber ich dachte, das wäre zu gemein, dann hätte er auf der Wiese schlafen müssen.«

»Nun«, sagte Anthony verärgert, »wir kommen auch ohne ihn aus. Aber das nächste Mal, Liebling, erinnerst du dich vielleicht daran, dass nicht die geringste Notwendigkeit besteht, irgendwelchen Gelegenheitsbekanntschaften auf der Straße unsere Privatangelegenheiten zu erklären, selbst wenn sie zufällig bei uns übernachten. Das tut man einfach nicht, weißt du? Es ist eine höchst peinliche Situation für alle Beteiligten. Ich weiß, dass du dich nicht genierst, aber denk bitte daran, dass ich es tue.«

»Entschuldige, mein Guter«, sagte Pansy. »Es wurde so viel erklärt heute Abend, dass ich mich wahrscheinlich angesteckt habe … Nur dass ihr«, fügte sie Richtung Dr. Cross und Kitty hinzu, »viel heiklere Dinge zu erklären habt als ich. Ich würde tausendmal lieber die freie Liebe erklären müssen als die Liebe per Gesetz.«

»Aber insgesamt«, sagte die Ärztin, erleichtert, dass sie nach diesem recht peinlichen Intermezzo der Privatangelegenheiten wieder bei diesem Gegenstand gelandet waren, »fand ich die Versammlung heute Abend gar nicht schlecht. Was meinen Sie, Miss Grammont?«

»Es hätte jedenfalls auch schlimmer kommen können«, sagte Kitty, »Und das wäre es auch, wenn ich im Publikum gewesen wäre.«

6.

Einige der nachfolgenden Versammlungen der Kampagne waren tatsächlich schlimmer. Aber nicht alle. Insgesamt waren sie, wir Dr. Cross es ausdrückte, gar nicht schlecht.

»Es ist ungewiss«, sagte Dixon zum Abschluss, »wie das Land diese Angelegenheit annehmen wird. Es besteht die Möglichkeit, und sie ist sogar nicht einmal sehr unwahrscheinlich, dass die Leute sich mit der Idee anfreunden und sie akzeptieren, selbst wenn sie ihnen nicht gefällt. Es hängt viel davon ab, wie man es ihnen verkauft, und das wiederum hängt von den Leuten an der Spitze ab. Und zu denen kann man nur sagen, dass es einen Hoffnungsschimmer gibt. Chester, der hat Fantasie; und damit kann er es schaffen, selbst als Minister ... Das Wichtigste ist natürlich, dass man keine Versprechungen macht; die kann man nicht halten, das weiß jeder, weil sich die Lage jederzeit ändern kann, und wenn man sie bricht, dann gibt es einen Aufstand ... Und ein Weiteres noch – die Reichen müssen mit gutem Beispiel vorangehen; es geht nicht an, dass sie sich amüsieren und anschließend freikaufen, was die Armen sich nicht leisten können. Wenn das weiterhin toleriert wird, dann gibt es eine Revolution. Vielleicht gibt es sowieso eine. Und Revolutionen sind nicht immer so nützlich, wie man denkt; manchmal führen sie geradewegs in die Reaktion. Ach, ihr Verstandsleute müsst wirklich verflixt vorsichtig sein.«

Eine Woche später wurde die Verstandsschulungsvorlage Gesetz. Und es schien in der Tat ungewiss, wie die Öffentlichkeit, dieses dunkle, geduldige, unberechenbare Pferd, es annehmen würde. Dass sie es überhaupt hinnahm, und dass sie auch das Gesetz zum Geistigen Fortschritt weiterhin hinnahm, wurde von Beobachtern hauptsächlich dem wachsenden und recht eigentümlichen Einfluss von Nicholas Chester zugeschrieben. Es war ungewöhnlich, dass ein Minister einen solchen Einfluss auf das Land hatte; man hätte fast meinen können, er wäre eher ein Mann der Presse, der Varietébühnen oder der Kinowelt. Er war gut beraten, wie Dixon sagte, verflixt vorsichtig zu sein.

6. Kapitel

Die schlichten menschlichen Gefühle

1.

In der Zeit nach der Erklärungskampagne fand Kitty ihre Arbeit nicht mehr langweilig, sie fand sie sogar nicht einmal mehr gerade noch unterhaltsam. Es war, als hätte die Arbeit für sie einen ganz neuen Geschmack; den Geschmack von Abenteuer und Romantik, der sich aus umfassendem Verständnis und persönlicher Identifikation ergibt; aus dem Wissen aus erster Hand.

Zudem lernte sie den Minister besser kennen. Ende August verbrachten sie ein Wochenende im selben Landhaus. Neben der Familie der Gastgeberin waren sie eine Gruppe von vier Personen, eine recht intime Runde. Die Gastgeberin war eine Freundin Kittys aus Cambridge, ihr Mann bekleidete einen hohen Posten im Außenministerium. Seine natürliche Persönlichkeit wurde leider von dem trotzig-defensiven Auftreten überschattet, das den höheren Beamten dieses und anderer älterer Ministerien in jenen Tagen wohl entschuldbarerweise zu eigen war; eine Haltung, die stets zu sagen schien: »Ja, wir wissen, dass wir seit über zweihundert Jahren eine verteufelte Unordnung angerichtet haben, und wir wissen auch, dass ihr uns am liebsten los wärt. Aber wir wüssten gerne, ob ihr wirklich denkt, dass ihr es selbst besser gemacht hättet. Jedenfalls bleiben wir hier, bis man uns rauswirft.«

Wie lange es wohl dauern würde, fragte sich Kitty, bis die Beamten des Ministeriums für Verstand ebenfalls diese Haltung zeigen würden? Es schien unausweichlich, denn sie überkommt alle, die regieren, es sei denn, sie sind blind oder vollkommen abgestumpft. Bestimmt hatte sie sich schon bei den Mitgliedern des Witan während der dänischen Invasion gezeigt, bei Strafford vor dem Jahr 1642, bei den Beratern des Pharaos, als Moses mit den Plagen drohte; bei Pawel Miljukow vor dem März 1917; bei Mr Lloyd George während des Großen Krieges.[24]

Doch bei Nicholas Chester zeigte sie sich noch nicht.

2.

Nach dem Abendessen setzte er sich zu Kitty. Sie sprachen nicht über die Arbeit, doch sie waren durch das starke Band gemeinsamer, unbesprochener Arbeit verbunden. Zwischen ihnen war eine Beziehung, die wie keine andere war (denn keine Beziehung ist je wie eine andere), eine Beziehung zwischen zwei Menschen, die, wenngleich auf unterschiedlichen Ebenen, dieselbe Arbeit machen, und sie gut machen; die Beziehung also zwischen einem Regierungsbeamten und seinen intelligenten Untergebenen. (Es gibt auch noch die Beziehung zwischen dem Regierungsbeamten und seinen unintelligenten Untergebenen; diese Sache ist aber zu schmerzhaft, als dass sie auf diesen Seiten weiter ausgeführt werden kann.)

Doch als sie sich an diesem Abend unterhielten, wurde Kitty klar, dass sich hinter der Fassade dieser Beziehung, die so dienstlich, so freundschaftlich und geschlechtslos war, zusehends eine ganz andere, persönlichere und menschlichere Beziehung, deren

Samen einige Wochen zuvor gekeimt hatte, entwickelte. Sie fanden an diesem Abend Gefallen aneinander als Menschen in der Welt allgemein, der Welt außerhalb der Mauern des Ministeriums. Es war ein vergnüglicher Abend. Und am nächsten Morgen bat Chester Kitty, ihn auf einen Spaziergang zu begleiten, und auf diesem Spaziergang erblühte die Beziehung wie Blumen im Frühling. Nun, da sie alleine waren, gingen sie Gesprächen über die Arbeit nicht mehr aus dem Weg; sie sprachen über das Ministerium, über das neue Gesetz, über entsprechende Bemühungen anderer Länder und über alles, was ihnen gefiel. Sie sprachen über die Politik Russlands (was ich nicht wiedergeben kann, da das Thema zu kompliziert ist für alle, die nicht die jüngsten Entwicklungen im Blick haben, und selbst für die anderen ist es nicht immer einfach). Sie sprachen über das Nationaltheater, über Haustiere, die sie einst hatten, und Kabinettsminister, die sie kannten; über Musik, Malerei und Milchreis mit Mandarinen; über alles also, worüber man beim Spazieren so spricht. Sie erzählten einander lustige Anekdoten über berühmte Persönlichkeiten; sie erzählte ihm einige Anekdoten, die über ihn im Ministerium im Umlauf waren; er erzählte ihr von seinen Erlebnissen, als er sich, noch bevor das Ministerium gegründet wurde, in einem Fischerdorf in Devonshire als Fischer und in Hackney Wick als Jude ausgegeben hatte, um den Zustand der Intelligenz im Land zu erforschen, und an beiden Orten alle zum Besten gehalten hatte – bis auf die Juden in Hackney, die ihn zum Besten gehalten hatten. (Infolgedessen waren Juden – das heißt die Juden, die noch nicht zwangsweise in die Heilige Stadt umgesiedelt worden waren – von den Bestimmungen des Gesetzes zum Geistigen Fortschritt und dem Gesetz zur Verstandsschulung ausgenommen. Es wäre nicht wünschenswert, dass die Juden noch klüger würden.)

Wie man sieht, war ihre Unterhaltung von ganz gewöhnlicher Art, wie sie zwischen zwei halbwegs intelligenten Menschen auf einem Spaziergang stattfinden könnte. Zu beobachten war allerdings, dass Chester, der, wenn er sich nicht gerade in Redelaune befand, sonst ein eher schweigsamer Mensch war, sehr viel sprach, als würde er heute gerne reden, und dass er Kitty, wenn sie sprach, mit einem neugieren, aufmerksamen und wohlwollenden Blick aus seinen tiefen Augen ansah.

Und das alles geschah noch vor dem Mittagessen; die Anfänge einer vielversprechenden Freundschaft.

Nach dem Tee ging es weiter. Sie saßen gemeinsam in einem Buchenwäldchen und erzählten einander von ihrer Kindheit. Kitty fiel auf, dass er die weniger intelligenten Mitglieder seiner Familie nicht erwähnte; zweifellos war es für ihn, mit seinen Ansichten zur Wichtigkeit des Intellekts, ein zu bedrückendes Thema. Und nach dem Essen, als sie einander gute Nacht sagten, hielt er ihre Hand gerade so lange, wie es jeder täte, oder vielleicht doch ein klein wenig länger, und fragte sie, ob sie am Donnerstag mit ihm zu Abend essen würde. Es war sein Blick in diesem Moment, der Kitty mit dem schwindelerregenden Gefühl ins Bett gehen ließ, dass sich zwischen ihnen eine neue, dritte Beziehung anbahnte – nicht die Arbeitsbeziehung und nicht die Freundschaft, die daraus entstanden war, sondern etwas noch schlichteres und menschlicheres. Er war sich dessen wahrscheinlich nicht einmal bewusst; Nicholas Chester, dessen Gedanken um höhere und komplexere Angelegenheiten kreisten, interessierte sich nicht sonderlich für die schlichten menschlichen Gefühle. Man könnte vermuten, dass er sich heftig verlieben könnte, noch bevor er sich dessen bewusst würde. Kitty hingegen war sich dessen stets bewusst, sie war sich eigentlich immer bewusst, was sie in dieser, wie in jeder anderen Hinsicht tat. Sie beobachtete ihr allmähliches Eintauchen jedes Mal mit Vergnügen, Interesse und Anteilnahme. So ist es am schönsten; nicht nur, weil man mehr davon hat, sondern auch, weil man verhindern kann, dass man selbst oder die andere beteiligte Person sich tiefer verstrickt, als man für ratsam hält.

In der Geborgenheit ihres Schlafzimmers, vor dem Spiegel stehend, erahnte sie eine Möglichkeit, die ihr den Atem verschlug, die ihre Augen schmunzeln und ihre Kehle flattern ließ.

»Grundgütiger!« (Kitty pflegte zuweilen Ausrufe in der Diktion des achtzehnten Jahrhunderts, in der Nachfolge der Heldinnen von Jane Austen und Fanny Burney, die ihre Schwüre so elegant fallen ließen wie Blumen.) »Grundgütiger! Jetzt fängt er an, an mich zu denken.« Kurz darauf folgte der nächste Gedanke, der sie noch weiter kitzelte. »Ist es richtig? Ist es schicklich? Dürfen Minister ihre weiblichen Angestellten so anschauen? Oder denkt er, weil er unzertifiziert ist und ich mir sowieso keine Hoffnungen machen kann, dass er schauen darf, wie er will?«

Sie hakte ihr Kleid auf und betrachtete ernst ihr Spiegelbild, die Möglichkeiten einer bemerkenswerten Situation erahnend.

Dabei war es ganz offensichtlich, dass es auf keinen Fall zu irgendeiner Situation kommen durfte.

Aber wenn es nun doch dazu käme … Nun, es wäre sicherlich amüsant. Und warum sollte man schließlich dem Leben entsagen, in welch erstaunlicher Form es sich auch bieten mochte? Das war noch nie Kittys Art gewesen. Einmal hatte sie die Einladung eines griechischen Straßenräubers bei den Thermopylen angenommen, der ihr, und nur ihr, sein Landhaus in den felsigen Festungen von Velouchi zeigen wollte, zwei Tagesreisen von der Zivilisation entfernt; sie hatte ein Wochenende als Gast eines Derwischs in Yozgat verbracht, ohne Begleitung den Schwarzwald durchwandert (mit nichts als einem Wanderstock und einer Hutnadel zu ihrer Verteidigung), und sie hatte sich mit Neil Desmond verlobt. Womöglich weil sie erfinderisch war und sich dank ihres Verstands verlässlich aus jeder Situation befreien konnte, blickte sie kühn den mitunter unangenehmen Verwicklungen ins Auge, in die ihre Angewohnheit, sich im Leben nichts zu versagen, sie eventuell bringen könnte. Die einzige Verwicklung, aus der es ihr bislang nicht gelungen war, sich zu befreien, war ihr Verlöbnis; hier wurden ihre Bemühungen nicht durch Widerstand, sondern durch bloßes Entgleiten vereitelt.

Und wenn sich dies also zu einer weiteren Situation entwickeln sollte … nun, dann hätte sie eben eine mehr in ihrem Leben gehabt. Doch höchstwahrscheinlich würde sowieso nichts passieren.

»Minister«, monologisierte Kitty, während sie sich das seltsame, kluge, humorvolle Gesicht vor Augen rief, das sie so unerwartet angesehen hatte, »Minister sind gewiss aus einem anderen Holz geschnitzt. Und sie haben auch ihren Stolz. Selbst wenn sie sich gestatten, ein wenig mit den Angestellten ihrer Abteilung zu liebäugeln, lassen sie es nicht zu etwas Ernsthaftem kommen. Das macht man einfach nicht. Bilde dir nur nichts ein, mein armes Kind. Er hat dir den Kopf verdreht, weil er gelacht hat, als du witzig sein wolltest, und weil er in Ermangelung einer besseren Begleitung oder weil er dachte, dass dein hellrotes Kleid gut zu seinem Teint passt, zwei Mal mit dir spazieren gegangen ist, weil er deine Hand gehalten und dir in die Augen gesehen hat. Du wirst noch zu einem dieser Mädchen, die denken, nur weil ein Mann sie ansieht, als ob ihm ihre Frisur gefällt, dass er sie gleich küssen und am Ende heiraten will ...«

3.

»Worüber freust du dich denn so, Kate?", fragte ihre Gastgeberin in ihrem Cambridge-Akzent, als sie mit gelöstem Haar hereinkam.

»Nichts, Anne«, antwortete Kitty nach einer nachdenklichen Pause. »Nichts, was ich dir erzählen könnte. Ich hänge nur meinen unmoralischen Gedanken nach. Sie waren ja schon immer unmoralisch, wie du dich vielleicht erinnerst.«

»Das waren sie wohl«, sagte Anne.

4.

Dieses Kapitel befasst sich, wie man inzwischen bemerkt haben dürfte, mit den schlichten menschlichen Gefühlen, ihrer Entstehung und Entwicklung. Doch es wird nicht nötig sein, dabei mühsam ins Detail zu gehen. Sie entstanden, sie entwickelten sich; und um das zu zeigen, genügt es, einige beispielhafte Szenen unterschiedlichen Datums auszuwählen.

Am 2. September, dem Donnerstag nach dem oben beschriebenen Wochenende, dinierte Kitty am Abend mit Chester, und danach gingen sie in einen Filmpalast, um sich *Das Geheimnis des Erfolgs* anzusehen, einen ihrer Propagandaspielfilme. Er war von den klugen Köpfen in der Propagandaabteilung geschrieben und auf Kosten der Regierung gefilmt und produziert worden. Kino, Bühne und Presse wurden nun ausgiebig dazu herangezogen, die Ansichten der Regierung zu verbreiten; denn wenn es diese Dinge schon gab, warum sollte man sie sich dann nicht zunutze machen? Chester lächelte darüber säuerlich, doch er nahm es hin. Die wichtigsten Organe waren dabei natürlich das neue Nationaltheater (das von ernsthaften Theaterliebhabern schon seit vielen Jahren sehnsüchtig erwartet worden war), die verschiedenen staatlichen Kinos sowie die *Hidden Hand*, die Tageszeitung der Regierung; doch selbst über den nicht offiziellen Bühnen und Kinos lag der dunkle Schatten des Staates.

Das Geheimnis des Erfolgs zeigte reißerische Szenen aus den Karrieren zweier junger Männer, wobei die Gegensätzlichkeit zwischen ihnen nicht, wie in anderen Dramen, zwischen Tugend und Laster lag, sondern zwischen Intelligenz und deren Gegenteil. Überall triumphierte der Intelligente, und der andere wurde gedemütigt und geschlagen. Der Intelligente fand den verborgenen Schatz, erntete Ruhm, befreite sich triumphierend aus gefährlichen Abgründen, brennenden Gebäuden und den vertracktesten Situationen, stieg aus zweifelhafter Herkunft zu Titeln, Ehren und hoher Stellung auf und gewann schließlich das Herz eines reinen und wohlhabenden Mädchens, die ihrem bisherigen Verlobten für ihn den Laufpass gab, einem hirnlosen Jüngling ihres Standes, der sich in jeder Begegnung mit seinem intelligenten Rivalen als unfähig herausstellte und zu guter Letzt, weil ihm die Fertigkeit des Anderen, sich aus kompromittierenden Situationen zu befreien, ganz offensichtlich fehlte, im Gefängnis landete. Der Intelligente besuchte ihn mit seiner Braut am Arm in seiner Zelle, schüttelte mitleidig den Kopf und bemerkte: »Ohne die staatliche Verstandsschulung könnte ich jetzt an deiner Stelle sein.« Am Ende zeigte die Leinwand ihre beiden Gesichter, übergroß und markant, der eine mit der hohen Stirn des Michelangelo über den ätherischen Augen, der andere mit dummem, leeren Blick und einem Hasenmund, der immerzu offenstand.

Der Film lief zwischen *Die Lebensweise der Koalabären* und *Als seine Schwiegermutter einzog*, und nach dem Kino spazierten Chester und Kitty am Ufer der Themse entlang.

Es war eine jener mondhellen Nächte ohne Fliegerangriffe, die in ihrer Ereignislosigkeit noch immer so seltsam, beinahe schal wirkten. Instinktiv lauschten sie auf Geschützlärm, doch sie hörten nichts als das Rauschen des Verkehrs am Boden und in der Luft.

5.

»Der Staat«, sagte Chester, »ist ein großer Verderber. Er verdirbt die Literatur, die Kunst, die Presse, das Theater und die Kirche; doch ich glaube, nicht einmal seine schlimmsten Feinde können behaupten, er habe das Kino verdorben ... Was sind wir nur für ein Volk; mein Gott, was für ein Volk!«

»Solange wir die Revue nicht antasten, ist es mir ziemlich gleichgültig, was wir sonst tun«, sagte Kitty. »Die Revue ist Englands Hoffnung, wie ich finde. Es ist die einzige Kunst, die alle Ausdrucksformen vereint – Sprechen, Musik, Gesang, Tanz, Pantomime – oder Kopfstand, wenn es gerade keine bessere Ausdrucksmöglichkeit gibt … Ich glaube, die Revue wird noch kolossal. Ist dir aufgefallen, wie in der letzten Zeit die Dummheit und Vulgarität von ihr abgefallen sind? Im letzten Jahr ist sie zu etwas völlig Neuem geworden; sie versucht mittlerweile, das ganze Leben, so wie es ist, abzubilden … Ach, wir dürfen die Revue nicht verderben … Manchmal denke ich, sie ist so sehr im Kommen, dass ich erst richtig glücklich sein werde, wenn ich meine Arbeit hinschmeiße und dort anfange, als Chormädchen. Dann hätte ich das Gefühl, dass ich meinem Land wirklich diene; es wäre etwas Echtes, nicht wie dieser fantastische Irrsinn, den ich jetzt mache.«

Mitunter vergaß Kitty, dass sie mit dem Minister sprach, der diesen fantastischen Irrsinn geschaffen hatte.

»Du darfst das Ministerium nicht verlassen«, sagte der Minister trocken. »Du bist unverzichtbar.«

Kitty ärgerte sich, dass er plötzlich so ernst und nüchtern, ja fast gekränkt war, und wollte gerade sagen, dass sie das Ministerium bitteschön verlassen würde, wann immer sie wolle, als etwas an seiner plötzlichen Ernsthaftigkeit sie stocken ließ.

»Noch haben wir ja keine Arbeitsverpflichtung in dem Ausmaß«, sagte sie nur schwach.

Es war all das, was er in der darauffolgenden Pause nicht zu ihr sagte, was aufschlussreich war; alles, was er hinter seinen Lippen gewaltsam zurückzuhalten schien. Stattdessen sagte er nur: »Nein, leider nicht. Aber sie wird zweifellos kommen.«

Und so, im Gespräch über die Arbeitsverpflichtung, liefen sie zurück.

Was Kitty im Gedächtnis blieb, war der erschrockene, zweifelnde Blick, den er ihr in dieser kurzen

Pause zugeworfen hatte; fast als hätte er vor irgendetwas Angst.

6.

In dieser Zeit fing Kitty an, schlecht zu schlafen; das heißt, noch schlechter als sonst. Wie vielen anderen ging es ihr immer so, wenn sie sich für jemanden besonders interessierte. Sie las bis spät in die Nacht, dann lag sie wach und starrte ins Dunkel, während ihre Gedanken sich drehten und wanden, bis sie schließlich um ihres Friedens willen das Licht wieder anmachte und etwas las; etwas Kaltes, Beruhigendes, möglichst weit von ihrem eigenen Leben Entferntes, wie Aristophanes, Racine oder Bernard Shaw. Wenn sie solchermaßen zu einer abgeklärteren Haltung gelangt war, glitt sie irgendwann von der hell erleuchteten Bühne des plappernden und gestikulierenden Lebens auf die Seitenbühne, wo sie endlich einschlief, kurz bevor es Zeit zum Aufstehen war, so dass sie den Tag so erschöpft begann, als sei sie die ganze Nacht wach gewesen.

An einem solchen Morgen kam sie nach unten und fand einen Brief in einem dünnen, ausländischen Umschlag vor, der in Neil Desmonds schräger, feiner Handschrift an sie adressiert war. Er schrieb von einer Insel im Pazifik, wo er eine Zeitung zur Unterstützung der dort festgehaltenen politischen Gefangenen gründen wollte; sie sollte den Namen *Freedom* tragen (auf den Britischen Inseln wäre eine Zeitung dieses Namens undenkbar, doch vielleicht war die Zensur auf den Pazifischen Inseln weniger streng), und er bat Kitty, als Redakteurin dazuzukommen …

Anstatt auswärts zu essen, nahm Kitty an diesem Tag Sandwiches mit ins Büro und verbrachte die Mittagspause damit, wieder einmal ihre Verlobung zu lösen. Der Grund, weshalb diese Briefe Neil nie erreichten, war derselbe wie der, der sie dazu trieb, sie zu schreiben – sein Mangel an Standhaftigkeit, der alle seine Unternehmungen so kurzlebig machte und ihn immerfort rund um den Globus ziehen ließ, um irgendetwas Neues anzufangen.

Standhaftigkeit. Wie wichtig sie doch war. Zuerst der Verstand, damit wir erkennen und wissen, was zu tun ist, und dann die Kraft, um es auch gewissenhaft durchzuführen. In zwanzig oder dreißig Jahren besäße vielleicht die gesamte britische Nation diese beiden Qualitäten, so dass die fraglichen Dinge wirklich getan werden würden. Und dann? Bei dem Gedanken schreckte Kitty zurück. Die Antwort darauf könnte vielleicht verstörend sein …

Sie frankierte ihren Brief und zündete sich eine Zigarette an. In dem Zimmer, in dem außer ihr niemand war, herrschte diese eigentümliche, schale, traumgleiche Atmosphäre unterbrochener Geschäftigkeit, die Büros in der Mittagsstunde eigen ist. Wer ein Büro in dieser Stunde des Stillstands beobachtet, vermag vielleicht dessen stillen, geduldigen, zynischen Kommentar (der erst allmählich zum Vorschein kommt, wie unsichtbare Tinte) auf die Arbeit des vergangenen Vormittags und die des kommenden Nachmittags dechiffrieren. Kitty beobachtete den Raum amüsiert, gähnte und fing dann an, *Stop It* zu lesen, die neueste Wochenzeitung. Es war ein schlaues Blatt, dem es bis jetzt (über vier Ausgaben) gelungen war, weder verboten zu werden noch sich auf eine klare Aussage darüber festzulegen, was genau seiner Meinung nach gestoppt werden sollte. Herausgeber der Zeitung war der Stop-It-Club, und die Regierung hoffte, eines Tages durch gut geplante Polizeirazzien in dessen Räumen ausreichend gesetzwidriges Material zu entdecken, das ein Verbot sowohl des Clubs als auch der Zeitung rechtfertigen würde. Denn Dora hatte in der letzten Zeit versucht, ihren Ruf in den Augen derer, die ihn geschädigt hatten, wiederherzustellen und bemühte sich seither, gerecht und maßvoll zu handeln und nur noch die Zeitungen zu verbieten, deren Schuld bewiesen war. Letzten Sonntag beispielsweise durfte eine Stop-It-Demonstration mit Transparenten, auf denen die vieldeutigen Worte aufgedruckt waren, durch die Stadt ziehen. Es gab natürlich, so viel war offensichtlich, allerhand, das gestoppt werden sollte; der Aufruf hätte an den Teil der Öffentlichkeit gerichtet sein können, der aufmurrte, oder an die Regierung, die Grund zum Aufmurren gab; an die Schriftsteller, die Bücher machten, an Journalisten, die Zeitungen machten, an Parlamente, die Gesetze machten, an die Vorsehung, die das Wetter machte oder an die Akteure jeder anderen beklagenswerten Aktivität, die derzeit im Gange war. In der Tat könnte die Antwort auf die Frage »Was stoppen?« so überaus einleuchtend »Alles!« lauten, dass es eine vergebliche Frage war.

Es war kurz nach zwei, als das Telefon auf Prideaux' Schreibtisch klingelte. (Kitty arbeitete nun in Prideaux' Büro.) »Hallo«, sagte eine Stimme, als sie abnahm, »ist Mr Prideaux da? Oder sonst irgendjemand im Büro, mit dem ich sprechen kann? Der Minister ist am Apparat.«

Nicht seine Sekretärin oder sein Assistent, sondern der Minister persönlich; ein ungewöhnliches, höchst unwahrscheinliches Ereignis, das zweifellos der Mittagspause geschuldet war. Kitty fiel eine Geschichte ein, die ihr jemand einmal erzählt hatte, über ein keckes junges Büromädchen, die ans Telefon ging und piepste: »Hallo, wer ist da?«, und es antwortete, langsam, würdevoll und vernichtend, einer unserer höchsten Peers – »Lord Blankson …« (Pause) »PERSÖNLICH.«

»Mr Prideaux ist noch nicht im Büro«, sagte Kitty. »Kann ich ihm etwas ausrichten?«

Es trat eine kurze Pause ein, bevor die Stimme des Ministers, die plötzlich von weit weg zu kommen schien, sagte: »Nein danke, das ist nicht nötig. Ich rufe später noch einmal an.«

Er hängte unvermittelt auf. (Wie kann man denn schließlich sonst aufhängen?) *Oder sonst irgendjemand im Büro, mit dem ich sprechen kann*, hatte er gesagt, als hätte er bei jedem beliebigen Angestellten eine Nachricht hinterlassen; doch er hatte anscheinend nicht den Wunsch nach einer Unterredung mit ihr verspürt, nicht einmal am Telefon, eine Form des Austauschs, die zwar von gewisser Intimität sein kann (nur ein wenig getrübt durch das Zuhören der Vermittlung), die aber dennoch hinreichend distanziert ist. Doch es schien, als würde er ihr aus dem Weg gehen, sie auf Abstand halten, abläuten; seine Stimme hatte seltsam geklungen, schroff, beschämt, als würde er sie scheuen. Vielleicht hatte er nachgedacht und war zu dem Schluss gekommen, dass er eine seiner Angestellten ermutigt hatte, sich etwas zu weit vorzuwagen; vielleicht befürchtete er, dass er ihr ein wenig den Kopf verdreht hatte, dass sie dachte, er wolle etwas von ihr …

Kitty saß auf der Kante von Prideaux' Schreibtisch und fluchte leise. Sie würde ihm schon zeigen, dass sie nichts dergleichen dachte.

»Diese großen Männer«, sagte sie, »sind unerträglich.«

7.
Das nächste Mal, dass sie sich trafen, war zufällig, in einem Aerobus. Das Flugzeug war voll, und sie beachteten einander kaum, bis etwas mit der Maschine schiefging und sie straßenwärts stürzten, geradewegs auf das Dach des unglücksseligen Ladens Swan and Edgar's zu. In dieser schwindelerregenden Sekunde lehnte sich der Minister zu Kitty und sagte: »Entspann dich und streck nicht die Zunge raus«, dann kam der Absturz.

Swan and Edgar's streiften sie nur, bevor sie auf den Piccadilly Circus stürzten, mitten in eine Menschenmenge, die wie eine Herde verängstigter Schafe auseinanderlief. Es wurde niemand verletzt (die Aerobusse waren für den Fall dieser Katastrophen gut gepolstert und gefedert), doch Kitty stieß sich unglücklicherweise den Hinterkopf und verlor kurz das Bewusstsein. Als sie wieder zu sich kam, war der Minister über sie gebeugt und flüsterte: »Sie ist tot. Sie ist tot. Oh Gott.«

»Ach wo«, sagte Kitty und setzte sich auf, sehr bleich. »Dafür braucht es schon etwas mehr.«

Sein verzerrtes Gesicht entspannte sich. »Dann ist ja gut«, sagte er.

»Ich bin in ungefähr zehn Minuten in Hampstead zum Abendessen verabredet«, sagte Kitty. »Ich muss die U-Bahn am Leicester Square bekommen.«

»Ein Taxi wäre wohl besser«, sagte der Minister. »Hier ist schon eins. Ich komme lieber mit, für den Fall dass noch ein Unglück geschieht. Dafür wärst du gerade alleine nicht gewappnet.« Er verzog den Mund.

»Du hast dir auf die Zunge gebissen«, sagte Kitty, »obwohl du mir gesagt hast, ich soll sie nicht rausstrecken.«

»Gerade als ich das sagte«, sagte der Minister, »kamen wir auf. Ja. Es tut weh.«

Sie stiegen ins Taxi. Der Minister, sein scharlachrotes Taschentuch an den Mund gepresst, nuschelte: »Das war ein sehr unangenehmer Schock. Du warst sehr blass. Ich habe schon das Schlimmste befürchtet.«

»Das Schlimmste«, sagte Kitty, »verfehlt mich jedes Mal. Schon immer. So bin ich einfach.«

»Ich nicht«, sagte der Minister. »Ich nicht. Ich habe mir auf die Zunge gebissen und mich verliebt. Beides schlimme Dinge.«

Er sprach so undeutlich, dass Kitty nicht sicher war, ob sie richtig gehört hatte.

»Und mir«, sagte sie, »ist nur ein bisschen schlecht … Nein, keine Angst, schlimmer wird's nicht.«

Der Minister beobachtete sie, während sie sich im Spiegel das Gesicht puderte.

»Das würde ich nicht auftragen«, riet er ihr. »Du siehst sowieso schon viel zu blass aus.«

»Ziemlich«, sagte Kitty. »Aber siehst du, es ist rosa Puder. Damit werde ich eher wieder ich selbst.«

»Das hast du gar nicht nötig«, sagte er ernst. »Du bist ganz richtig, so wie du bist. Ein Glück, dass du zum Essen verabredet bist und nicht ich. Ich könnte überhaupt nicht sprechen. Ich kann auch jetzt nicht sprechen. Ich kann dir nicht einmal sagen, was ich für dich empfinde.«

»Versuch es erst gar nicht«, riet sie ihm, ohne ihn anzusehen, und packte ihre Puderquaste weg.

Er saß nach vorne gelehnt, die Ellbogen auf den Knien, und sah sie mit seinem schmerzverzerrten, drolligen Gesicht aufmerksam an.

»Ich nehme an, du weißt, dass ich mich in dich verliebt habe?«, nuschelte er. »Ich wollte es nicht; ich habe sogar versucht, es zu verhindern, als ich bemerkte, dass es anfing. Es ist ausgesprochen peinlich. Aber … Ich konnte nichts dagegen tun.«

»Oh«, sagte Kitty und schluckte ein Lachen hinunter. Man lachte natürlich nicht, wenn einem gerade jemand seine Liebe gesteht. Ihr wurde schwummerig, und in ihren Ohren schien ein Meer zu rauschen.

»Es gäbe in diesem Zusammenhang einiges zu besprechen«, sagte der Minister. »Aber es hat keinen Sinn, solange ich nicht weiß, wie du darüber denkst – das heißt, über mich. Würdest du es mir sagen, wenn es dir nichts ausmacht?«

Das fragte er sanft, rücksichtsvoll, beinahe demütig. Kitty, der es durchaus etwas ausmachte, sagte noch einmal »Oh«, und lehnte sich in ihrer Ecke zurück. Sie fühlte sich immer noch ein wenig benommen, und ihr Kopf tat weh. Es ist nicht schön, über die eigenen Gefühle reden zu müssen; besser ist es, wenn die andere Person alles macht. Aber das ist weder gerecht noch anständig. Daran erinnerte sie sich und riss sich zusammen.

»Ich nehme an«, sagte sie und schwenkte ihre Brille am Band hin und her, kühl und doch nervös, »ich nehme an, dass ich ziemlich genau das gleiche empfinde wie du.«

Nach einer kurzen Pause sagte er: »Danke. Ich danke dir vielmals, dass du mir das gesagt hast. Dann hat es also doch einen Sinn, darüber zu reden. Aber nicht jetzt, denn ich fürchte, wir sind erst am Anfang.

Und morgen fahre ich zu einer Konferenz nach Leeds. Ich glaube nicht, dass ich bis übermorgen warten kann. Darf ich dich heute Abend abholen und wir fahren gemeinsam zurück?«

»Ja«, sagte Kitty und stieg aus dem Taxi.

8.

Als sie später wieder im Taxi saßen, betrugen sie sich eine Weile auf die bei solchen Gelegenheiten übliche Weise, was ihnen die erwartbare Menge an angenehmer Erregung verschaffte.

Schließlich sagte der Minister: »Nun müssen wir aber reden. Es ist nicht alles einfach an unserer Lage.«

»Nichts daran ist einfach«, sagte Kitty. »Ich würde sogar sagen, wir stecken in einem verteufelten Schlamassel.«

Er biss sich auf die Lippe und sah sie an.

»Dann weißt du also Bescheid über mich? Dass ich nicht zertifiziert bin? Natürlich weißt du es. Es ist wohl gemeinhin bekannt. Und es macht die Lage zu genau dem, was du sagst. Das bedeutet ...«

»Das bedeutet«, sagte Kitty, »dass wir über diese unselige Leidenschaft hinwegkommen müssen.«

Er schüttelte ratlos den Kopf.

»Das geht, weißt du«, sagte Kitty. »Ich habe das schon geschafft – mehr als einmal. Vielleicht war es die anderen Male nicht so schlimm, aber dennoch schlimm genug. Du doch auch, bestimmt?«

»Ja. Ach ja«, gab er schwermütig zu. »Aber es war nicht so wie jetzt. Weder die Umstände noch die – die Gefühle.«

»Wahrscheinlich nicht«, sagte Kitty. »Wie denn auch? Nichts ist jemals genau wie etwas anderes, zum

Glück … Übrigens, wann bin ich dir zum ersten Mal aufgefallen? Es macht nichts, wenn du es nicht mehr weißt.«

Er dachte kurz nach, dann schüttelte er den Kopf.

»Ich bin nicht gut in so etwas. Haben wir uns nicht im Frühling einmal abends bei Prideaux getroffen? Da habe ich dich beobachtet; ich weiß noch, dass ich dich amüsant fand. Aber ich glaube, es hat keinen so tiefen Eindruck hinterlassen … Dann – ach, dann haben wir uns immer mal wieder hier und da getroffen – und ich glaube, so ist es nach und nach passiert, ohne dass ich es bemerkt habe. Und dann kam dieses Wochenende, und das war's, was mich betrifft. Danach wusste ich, was ich tue, und ich habe versucht, es aufzuhalten, aber wie du siehst, ist es mir nicht gelungen. Und heute Abend habe ich es dir gesagt, wahrscheinlich unter dem Eindruck des Schocks … Ich bereue es nicht. Es war es wert, egal, was dabei herauskommt.«

»Es kann nichts dabei herauskommen«, sagte Kitty. »Nicht das Geringste. Außer einer Freundschaft. Und das willst du wahrscheinlich nicht. Männer wollen das nie.«

»Nein«, sagte er. »Das will ich überhaupt nicht. Aber ich muss mich wohl damit abfinden.« Er fing an zu lachen, sein unterdrücktes, sardonisches Lachen, und Kitty lachte ebenfalls.

»Da haben wir uns ganz schön etwas eingebrockt, nicht wahr?«, sagte er. »Stell dir nur vor, was es für einen Skandal gäbe, wenn wir uns dafür entscheiden würden … Es wäre wahrscheinlich der Gnadenstoß für das Ministerium für Verstand.« Er sprach das wie eine schlichte Tatsache aus, ohne Dünkel.

»Es ist eine hundsgemeine Lage«, fuhr er verdrossen fort. »Aber so ist es nun mal ... Und du bist A, nicht wahr? Über kurz oder lang wirst du irgendjemanden heiraten müssen. Wenn du doch bloß B2 oder 3 wärst – aber dann wärst du nicht du. So wie die Dinge stehen, wäre es geradezu kriminell unmoralisch von mir, dir im Weg zu stehen. Das Richtige wäre wohl, wenn wir einander aus dem Weg gehen und uns die Möglichkeit geben, zu vergessen. Das Richtige ... Ach verdammt, ich bin nicht besser als der schusseligste Trottel im ganzen Land, der sich keinen Kehricht um das Richtige schert, wenn es seinen eigenen Affekten und Wünschen entgegensteht ... Ein Moralist würde wohl sagen, ich hätte hier die Chance, mich zu beweisen, meinen eigenen Prinzipien treu zu sein und der Welt zu zeigen, dass sie echt sind ... Und sie sind auch echt; das ist ja das Übel. Ich bin nach wie vor überzeugt, dass sie wichtiger sind als alles andere; aber gerade jetzt finde ich sie einfach nur lästig. So muss sich wohl ein gesetzestreuer Bürger fühlen, wenn er sich in die Frau eines anderen verliebt ... Worüber lachst du denn jetzt?«

»Über dich«, sagte Kitty. »Das ist eine selten drollige Unterhaltung ... Es ist natürlich auch eine drollige Situation – geradewegs wie aus einer komischen Oper. Schade, dass Gilbert und Sullivan[25] nicht darauf gekommen sind; sie hätten etwas Wunderbares daraus gemacht ... Übrigens habe ich sowieso nicht vor, jemals zu heiraten, darüber musst du dir also keine Sorgen machen. Meine letzte Verlobung habe ich gelöst – oder zumindest habe ich es mit allen Mitteln versucht; es war belastend. Ich habe für die Ehe nicht viel übrig, weißt du; mir gefällt der Gedanke nicht, mich zu binden und häuslich niederzulassen. Ja, ich weiß schon, ich habe eine Pflicht gegenüber meinem Land, aber die Pflicht gegenüber mir selbst hat Vorrang … Von mir aus spricht also nichts dagegen, dass wir uns weiterhin sehen und es uns so gut gehen lassen, wie es unter diesen Umständen möglich ist. Sollen wir es versuchen, und schauen, ob es funktioniert?«

»Oh, das versuchen wir«, sagte er und schloss sie wieder in die Arme. »Es ist alles, was wir bekommen können, also nehmen wir es … mein Liebling.«

»Ich glaube, es ist ein gutes Arrangement«, sagte Kitty. »Es wird bestimmt lustig … Weißt du, ich bilde mir furchtbar viel darauf ein, dass du mich magst – ich kann mich noch nicht recht daran gewöhnen; du bist so wichtig und würdig. Es geschieht nicht jeden Tag, dass sich ein Minister in eine seiner Angestellten verliebt. Das kommt eigentlich nie vor, weißt du, nicht bei den besten Ministern.«

»Und auch nicht bei den besten Angestellten«, gab er zurück. »Vielleicht müssen wir uns eingestehen, dass wir wohl nicht die besten Menschen sind.«

»Und hier wohne ich. Willst du mit hineinkommen und etwas trinken? Es ist sonst nur noch meine Cousine da, und die wundert sich über nichts, ihr eigenes Leben ist zu wunderlich.«

»Ich denke, das wäre wohl nicht ratsam«, sagte der Minister besonnen. »Selbst wenn wir unserem Ruf nicht gerade schmeicheln, sollten wir vielleicht doch ein wenig darauf achtgeben.«

Und mit diesem Zugeständnis gingen sie auseinander.

7. Kapitel

Die Schwachstelle

1.
Ein halbes Jahr später; genauer gesagt: April. Es war ein Samstagnachmittag, und viele Menschen waren auf dem Heimweg von der Arbeit, darunter auch Kitty Grammont und Ivy Delmer, die wieder in der Bakerloo-U-Bahn saßen, um von Marylebone aus nach Little Chantreys zu fahren.

In der Bahn waren die gleichen Menschentypen wie an jenem Montagmorgen, der im Eingangskapitel dieses Werkes beschrieben wurde. In den U-Bahnen sind seit jeher die gleichen Menschentypen (außer in den Nächten der Fliegerangriffe während des Großen Krieges, wo ein neuer und weniger beherrschter Typus auftrat). Es waren die gleichen, und doch war etwas anders: wie bei einem stillen Gewässer, dessen Oberfläche sich in einer leichten Brise kräuselt. Bei manchen war es nur ein ratloser, halb erwachter, leicht gereizter Gesichtsausdruck, wo vorher Frieden war. Dies ließ sich etwa auf den Gesichtern der teilnahmslos einkaufenden Frauen beobachten. Sie saßen nach wie vor da und schauten, doch nun huschte hin und wieder eine Ahnung von etwas, das fast wie ein Gedanke war, über die ruhig beobachtenden, umherschweifenden Augen, die sich ein wenig weiteten und in einer vagen Verärgerung und Sorge verdunkelten. Dann ging es vorüber, und die Wasser waren wieder totenstill; doch es war da gewesen. Außerdem gab es eindeutig weniger dieser wiederkäuenden Damen. Einige waren vielleicht an der Verstandsschulung gestorben, beim Versuch, ihren Verstand zu benutzen. (So wie angeblich einige bedauernswerte Unglückliche, die nie in Berührung mit Wasser und Seife gekommen sind, wenn sie ins Krankenhaus kommen, bei ihrem ersten Bad sterben.) Einige, die vor einem halben Jahr noch zu den Wiederkäuerinnen gehört hatten, lasen nun Zeitung. Andere, die noch immer ihre Mitmenschen beschauten, schauten auf eine andere Art; sie betrachteten jemanden eine halbe Minute lang und wandten dann den Blick ab, wobei sich ihre Lippen bewegten; nicht weil sie beteten, sondern weil sie versuchten, sich jedes Detail dessen, was sie gesehen hatten, zu vergegenwärtigen. Es war eine Methode der staatlichen Verstandsschulung (Beobachtung und Exaktheit). Und eine umfangreiche, kuhähnliche Dame mit einer Einkaufstasche voller Bibliotheksbücher und anderer Waren sagte in Kittys Hörweite zu ihrer Begleitung zwei Dinge, die mit ihrer Erscheinung eigentümlich in Einklang standen.

»Ich habe heute in der Bibliothek nichts Lesenswertes bekommen – sie hatten keines der Bücher, die ich bestellt hatte. Diese hier sind wahrscheinlich ziemlich albern. Es gibt gar nicht viele gute Bücher, finden Sie nicht auch?«

Sie fragte es unsicher, zweifelnd; dennoch hatte sie das Wort »gut« im Zusammenhang mit einem Buch benutzt, so wie sie es vielleicht auf Butter oder ein Hausmädchen oder einen Hut anwenden würde, und damit einen möglichen, wenngleich nur erahnten Unterschied zwischen einem Buch und einem anderen angedeutet. Und jetzt sagte sie etwas noch Bemerkenswerteres.

»Wie denken Sie«, erkundigte sie sich, »über den Stand der Dinge zwischen Bayern und Preußen? Ich finde, die Beziehungen sind derzeit so angespannt wie noch nie.«

Man konnte von ihrer Begleitung nicht gerade sagen, dass sie darauf einging (vielleicht war ihr die Tendenz der ungewöhnlichen Frage ein wenig entgangen); sie erwiderte bloß, dass ihrer Ansicht nach Beziehungen sehr oft ein Ärgernis und anstrengend seien. So gerieten sie ein wenig vom Thema ab und kamen auf Schwägerinnen zu sprechen, aber immerhin war es angesprochen worden.

Hinter diesen beiden saß eine andere Dame, die aussah, als wäre sie von der Verstandsschulung befreit, weil ihr Verstand (sofern überhaupt vorhanden) für Schulungen nicht empfänglich war; und hinter ihr wiederum saß eine kleine Schreibkraft, die Schokolade aß und den *Daily Mirror* las. Im letzten Mai hatte sie noch »Die Liebe, die er nicht kaufen konnte« gelesen; diesen April las sie »So backen Sie mit Nüssen«. Bis Weihnachten könnte sie vielleicht schon bei »Wie soll ich wählen und warum?« angelangt sein.

Ivy Delmer, die neben ihr saß, las die Aushänge an den Wänden. Zwischen »Holen Sie sich Mr Punch nach Hause« und »Retten Sie sich vor dem kommenden Zorn« prangte eine Lücke, wo früher ein Plakat aus der Wenn-Möglich-Sicher-Reihe folgenden Rat gegeben hatte: »Setzen Sie sich nicht mitten im Verkehr auf die Straße, sonst könnten Sie womöglich sterben.« Es war vor einem Monat entfernt worden. Offenbar war der Wenn-Möglich-Sicher-Rat zu dem Schluss gekommen, dass die Öffentlichkeit seiner rigoroseren Ermahnungen nicht mehr bedurfte. Die Zahl der Verkehrsunfälle war tatsächlich merklich zurückgegangen. Es schien, als würden die Leute allmählich und ungläubig lernen, Ursache und Wirkung in einen Zusammenhang zu setzen. A lernte, warum er sterben würde, B lernte, warum nicht. Ivy Delmer bemerkte die Lücke an der Wand und fragte sich, was an ihre Stelle treten würde. Vielleicht eine andere Ermahnung; doch diese wurden immer seltener; man sah kaum noch welche. Wahrscheinlich würde es eher eine Anregung, *Urlaub in den Wolken* zu machen, oder *In nur fünf Minuten nach Watford* zu fliegen (ungeachtet des Risikos).

Ivy musterte, wie schon vor einem Jahr, die Gesichter ihrer Mitreisenden – meist Männer und junge Frauen auf dem Nachhauseweg von der Arbeit. Dieser Tage sah man recht viele junge Männer; genug, so sollte man meinen, dass einer übrig wäre, den Ivy eines Tages heiraten könnte … Ivy seufzte leise. Sie hoffte, dass es irgendwann so käme, doch sie hoffte es ohne große Überzeugung. Schließlich durften nur wenige Mädchen heutzutage auf eine Heirat hoffen. Wenn sie überhaupt heiraten würde, würde sie wohl einen Krüppel oder einen Blinden nehmen und für ihn sorgen müssen. Natürlich war es vom patriotischen Standpunkt her das Richtige; aber wie viel schöner wäre es, wenn ein Ganzer sie nähme und versorgte! Sie betrachtete die blassen, verstümmelten jungen Männer um sich herum und entschied, dass die meisten von ihnen nicht so aussahen, als könnten sie irgendjemanden versorgen, geschweige denn sie; sie waren zu erschöpft. Die älteren Männer wirkten robuster; doch ältere Männer sind schon verheiratet. Einige schienen recht tüchtig und selbstzufrieden, als würden sie sagen: »Was ich davon habe, Sir? Nun, hundert Pfund mehr im Jahr, mehr Selbstvertrauen und einen klareren Kopf.«

Es gab ferner einen fabelhaft aussehenden Geistlichen, der wahrscheinlich mit der Reformierung der Kirche befasst war; aber mit Geistlichen ist es anders, die heiratet man nicht. Insgesamt also keine besonders vielversprechende Auswahl.

Der Zug war recht schnell in Marylebone, weil er nicht mehr wie früher ständig zwischen den Bahnhöfen hielt. Niemand hatte je wirklich gewusst, warum dies in der Vergangenheit so gehandhabt worden war, doch seit die Angestellten der elektrischen Eisenbahnen an den Verstandsschulungen teilnahmen, war diese Gewohnheit jedenfalls allmählich zurückgegangen.

Auch Marylebone hatte sich verändert: Es war nicht mehr ganz so hektisch, nicht mehr so laut und verraucht, und die Uhr ging fast richtig. Jemandem, der nicht danach suchte, würde es wahrscheinlich gar nicht auffallen, doch es waren diese kleinen Veränderungen, die das Herz etwa von Nicholas Chester vor Genugtuung höher schlagen ließen, wenn er hier oder an irgendeinem anderen Bahnhof vorbeikam (ausgenommen die Bahnhöfe der South Eastern Line, deren Direktion und Angestellte in großer Zahl durch den Eisenbahnvorstand vom Verstandsschulungsgesetz befreit worden waren, weil man davon ausging, dass die Schulungen ihnen nicht nützen würden).

Auf jeden Fall fuhr der Zug nach Little Chantreys besser als früher, und er stieß zudem kaum noch Rauch aus. Jemand hatte eine Möglichkeit gefunden, die Rauchbelästigung zu reduzieren oder vielleicht sogar irgendwann vollständig zu eliminieren. Kitty Grammont und Ivy Delmer saßen im selben Abteil und unterhielten sich während der Fahrt gelegentlich. Ivy fand, wie sie es in den vergangenen Monaten schon einige Male gedacht hatte, dass Kitty noch hübscher aussah als früher, irgendwie strahlender. Sie sprachen darüber, ob West Ealing weit genug von der Stadt weg sei, dass man dort Hosen tragen dürfe, und kamen zu keinem Ergebnis. Sie sprachen darüber, wo es die beste Schokolade zum günstigsten Preis zu kaufen gab und welches gerade das beste Theaterstück war. Sie sprachen davon, dass im Büro gerade viel zu tun war, was auf die neue Anweisung über die Freistellung von Journalisten der Kategorien B2 und höher zurückzuführen war. (Dies war der Tribut, den das Ministerium für Verstand für die Unterstützung durch die Presse, die doch so wichtig ist, zahlte.) Sie sprachen darüber (oder zumindest sprach Ivy darüber), ob es sich zieme, zur Kirche einen Hund im Muff mitzubringen; und dann waren sie schon in Little Chantreys.

2.

Ivy traf ihre Eltern im Garten an, wo sie auf den Wegen kniend Unkraut jäteten. Jane und John spielten Fußball, und Jelly trabte einsam durch die Gegend, in einer Weise, an der er selbst offenbar Gefallen hatte, die aber einem zufälligen Betrachter fragwürdig erscheinen musste.

»Nun, Liebes«, sagte der Vikar und sah zu Ivy auf. Im Pfarrhaus war man noch nicht zur neuen Methode, Unkraut mittels Elektrizität zu vernichten, übergegangen; sie hatten es einmal probiert, aber der Strom war irgendwie in die Irre gegangen und hatte statt des Unkrauts Jelly elektrisiert, deshalb hatten sie es wieder aufgegeben. Der einarmige Soldat, der hier als Gärtner angestellt war, zupfte gelegentlich ein oder zwei Halme aus, doch nicht oft, und an diesem

Nachmittag hatte er sowieso frei, worüber die Delmers einigermaßen erleichtert waren. Natürlich muss man Kriegsversehrte beschäftigen, doch ohne sie geht die Arbeit schneller voran.

»Hattest du einen anstrengenden Tag, Liebes?«, erkundigte sich Mrs Delmer, während sie mit einer Harke geschäftig zwischen den Pflastersteinen herumscharrte.

»Ziemlich«, sagte Ivy und nahm auf der Schubkarre Platz. »Im Ministerium geht es gerade ziemlich hektisch zu ... Mr Prideaux sagt, die Öffentlichkeit befindet sich in Aufruhr. Und wenn man sieht, wie viele Beschwerdebriefe wir bekommen, scheint er Recht zu haben ... Du siehst müde aus, Daddy.«

»Ein wenig, mein Liebes.« Der Vikar stand auf, um seinen Korb voll Unkraut zum Lagerfeuer zu tragen. Mrs Delmer erklärte Ivy: »Daddy hat gerade große Sorgen mit der Gemeinde. Es wurden schon wieder zwei arme kleine Babys ausgesetzt.«

»Wo hat man sie diesmal gefunden?«, erkundigte sich Ivy teilnahmsvoll.

»Eines auf der Polizeiwache, mit einem Brief, in dem stand, die Regierung hätte die Eltern dazu getrieben; das andere direkt vor unserer Gartenpforte, ohne irgendeine Nachricht, aber ich denke, es wird wohl wieder die gleiche Geschichte sein. Wir haben noch keine Ahnung, wer die beiden sind; natürlich sind sie nicht aus Little Chantreys, aber wir finden es sicher noch beizeiten heraus. Daddy hat sich unter den Dorfbewohnern umgehört; niemand will etwas sagen, sofern sie überhaupt etwas wissen, aber Daddy sagt, sie sind alle wütend und unzufrieden über die Babygesetze; es wird von Tag zu Tag schlimmer. Die Leute beschweren sich, dass es unterschiedliche

Gesetze für Arme und Reiche gibt. Damit meinen sie natürlich, dass es für alle das gleiche Gesetz ist, und das finden sie ungerecht. Dabei stimmt es in diesem Fall nicht einmal, weil die Steuern im Verhältnis zum Einkommen stehen; aber trotzdem trifft es die Armen sehr schwer. Daddy hält es für seine Pflicht, morgen wieder darüber zu predigen, und das macht ihm Sorgen, weil er vielleicht verhaftet wird und Strafe zahlen muss. Aber es ist ihm nun mal ein Anliegen. Er denkt, dass im Land wirklich bald Aufstände und Revolten drohen, wenn es so weitergeht. Die Stop-it-Liga setzt alles daran, eine Rebellion anzuzetteln, sagt er, und das wäre wirklich ein Unheil. Und diese ganzen armen Babys, die überall im Land ausgesetzt und verstoßen werden; das bricht einem das Herz ... Sprich es lieber nicht an, Liebling, Daddy macht sich solchen Kummer deswegen ... Und der arme Brown ist im Gemüsegarten überhaupt keine Hilfe. Seine Verstandsschulung scheint ihn ziemlich durcheinandergebracht zu haben; er redet neuerdings so seltsam und sieht auch so aus. Außerdem sorgt er sich um Mr Hawtrey« (den Kaplan). »Seit er der Gesellschaft zur Verbesserung der Kirche beigetreten ist, ist er furchtbar unruhig und sagt ständig, Daddy soll auch beitreten.«

Mrs Delmer seufzte und kam, weil der Vikar zurückkehrte, auf die üppige Blüte der Weißen Herzkirsche zu sprechen.

Ivy ging ins Haus, nach oben in das Zimmer, das sie sich mit Betty teilte. Betty war gerade damit beschäftigt, einen Strohhut mit Jackson's nussbrauner Hutpolitur zu betupfen.

»Das ist ja eine ganz schöne Sauerei, die du da veranstaltest«, sagte Ivy. »Vielleicht erinnerst du dich daran, dass das auch mein Zimmer ist«, und Betty entgegnete: »Mumpitz.« Woraus man schließen kann, dass die beiden Schwestern, die anderen Menschen gegenüber meist freundlich waren, miteinander einen oft gereizten Umgang pflegten.

Als nächstes zog Ivy eine Schublade auf und sagte: »Das geht so nicht weiter. Du hast meine Taschentücher gemaust.«

Abwesend und eher aus Gewohnheit antwortete Betty: »Ich war nicht mal in der Nähe deiner ollen Schublade.«

»Lügnerin. Heute früh waren hier noch zwölf, und jetzt sind es nur noch zehn. Ich habe dir schon mal gesagt, ich dulde es nicht, dass du meine Sachen klaust. Wenn du zu faul bist und nicht genug Geld verdienst, um dir deine eigenen Taschentücher zu kaufen, dann musst du eben darauf verzichten und basta.«

»Wäre es dir etwa lieber, ich hätte mich heute früh beim Tennis bei den Whites in den Ärmel geschnäuzt?«

»Das ist *mir* doch schnurz … Tennis am Morgen, das ist überhaupt eine ziemlich blöde Idee, wenn du mich fragst. Du bist wirklich der größte Drückeberger, den ich kenne. Wenn ich an Daddys Stelle wäre, würde ich dich nicht einfach weiter durchfüttern, selbst wenn du nicht klug bist. Du führst dich auf wie ein Mädchen vor dem Krieg. Die Schulung scheint bei dir überhaupt nichts bewirkt zu haben. Es sind Leute wie du, die uns den ganzen Plan vermiesen.«

»Er ist sowieso schon mies«, erwiderte Betty teilnahmslos und betrachtete ihren Hut kritisch von allen Seiten. »Du solltest nur mal hören, wie sie im Dorf darüber reden. Dummes Gewäsch, so nenne ich das.

Und solange Leute wie ich und die Dorfbewohner – normale Leute – es für dummes Gewäsch halten … nun, solange ist es auch dummes Gewäsch.«

»Leute wie du«, schnaubte Ivy verächtlich, während sie ihren Rock aus- und eine Hose anzog.

Doch letzten Endes wurde man mit dieser Erwiderung weder Betty los noch die Leute wie sie … noch die ganze Vikarsfamilie … noch den Großteil der Bevölkerung von Little Chantreys … Es brauchte schon etwas mehr, um diese Leute loszuwerden … Wahrscheinlich brauchte es noch weitaus mehr, als irgendjemand bis jetzt ahnte …

»Dämliche Kuh«, sagte Ivy, jedoch mit einem Anflug von Zweifel.

Jedenfalls fand sie ihre neuen grünen Hosen ganz schick, und das schien ihr gerade wichtiger.

3.

Im End House traf Kitty ihren Bruder Cyril an. Es ging ihm schlecht. Sein Verlag stand kurz vor dem finanziellen Ruin.

»So viel zu deinem abscheulichen Verstandsministerium«, klagte er. »Das ganze sichere, mittelmäßige Zeug, das Verlage zum Überleben brauchen, während sie sich auf riskante Abenteuer einlassen, verschwindet nach und nach. Es kommt einfach nichts mehr rein. Die Autoren – oder zumindest viele von ihnen – werden einfach zu intelligent. Das denke ich mir nicht aus; ich kenne mehrere Fälle, in denen das passiert ist; die Leute entwickeln eine solche Abneigung gegen ihre eigenen Werke, dass sie nichts mehr schreiben können. Und was noch schlimmer ist: Das Zeug findet auch keinen Absatz mehr. Wenn der Prozess so weitergeht (falls es denn so weit kommt) – und irgendwann lauter richtig gute Sachen herauskommen, die von vielen Leuten gelesen werden, dann läuft das Geschäft wieder. Bis dahin aber geht es den Verlagen schlecht … Poesie geht ebenfalls den Bach runter, wie die Schneeschmelze. Das ist immerhin etwas Gutes … Ich wage zu behaupten, dass es in ein oder zwei Jahren (wenn ihr überhaupt so lange durchhaltet, was ich übrigens bezweifle) kaum mehr als hundert Leute im Land geben wird, die überhaupt noch etwas schreiben … Mit den Zeitungen geht es natürlich weiter wie gehabt; weil ihr nämlich Angst vor ihnen habt und für ihre Angestellten Ausnahmen macht. Unbedeutende Poesie und sinnlose Romane können eines natürlichen Todes sterben (obwohl ich das für unwahrscheinlich halte), aber *Vergissmeinnicht* und den *Patriot* und den *Daily Idiot* wird es für immer geben. Ihr in Whitehall seid alle derartige Feiglinge. Unbescholtene Verleger zu ruinieren, die Armen und Einfältigen zu tyrannisieren und dem armen Ungeborenen Geld abzuknöpfen, das traut ihr euch, aber die Gunst der Presse aufs Spiel zu setzen, das wagt ihr nicht.«

»Nein«, stimmte Kitty zu. »Das wagen wir gewiss nicht … Nicht, dass sie auf unserer Seite wäre, weißt du, ganz im Gegenteil; aber wir bemühen uns darum. Ich habe im Zug den *Herald* und *Stop It* gelesen, bis es mir vor Angst kalt den Rücken hinunterlief. *Stop It* verschleiert wie üblich schön seine Absichten, aber sie meinen es ernst … Ich dachte sowieso, dass wir schon vor einem halben Jahr abgesetzt worden wären, aber wir sind immer noch da. Es fühlt sich an, als würden wir auf sehr dünnem Eis Schlittschuh laufen, so schnell, dass es nicht bricht. Es macht Spaß; es ist aufregend. Und ich glaube, wenn wir weiterhin so schnell laufen, bricht es nie. Weißt du, die Regierung wird ja auch immer schlauer, deshalb könnte sie es schaffen. Chester sagt selbst, dass er einen viel klareren Kopf hat, seit er die Schulung mitgemacht hat; und das sagt er privat, nicht nur wenn er die Öffentlichkeit einseift.«

»Er wird«, sagte Anthony, »einen ziemlich klaren Kopf brauchen, bis er mit dieser Aufgabe durch ist. Jetzt wo sich die ausgesetzten Babys in unseren Städten und Dörfern auf den Türschwellen stapeln … Es ist schlimmer als in China. Viel schlimmer sogar, weil sie in China nicht vor irgendwelche Türen, sondern einfach irgendwo draußen auf dem Feld abgelegt werden, wo sich niemand mit ihnen beschäftigen muss. Es ist schon beinahe ein öffentliches Ärgernis.«

»Es gibt im Ministerium eine neue Abteilung«, sagte Kitty, »die sich ausschließlich mit den unzertifizierten Babys befasst und damit, was mit ihnen zu tun ist.«

»Und was machen sie mit ihnen, den armen Mäuschen?«, fragte Pansy, die gerade aus dem Garten hereingekommen war und mit ihrem rosa Sonnenhut und einem Kleid, das an die Milchmädchen in einer Revuetanzgruppe erinnerte, noch fröhlicher und reizender und fantastischer aussah als sonst.

Kitty sah sie nachdenklich an.

»Das sage ich dir lieber nicht. Es würde dir nicht gefallen. Außerdem ist es eine nichtöffentliche Abteilung, wie der geheime Raum in der Marmeladenfabrik, wo sie die Kerne machen. Nein, Pansy, meine Liebe, ich kann es dir unmöglich sagen … Aber sie kümmern sich um sie, und zwar ziemlich effektiv.«

Pansy wippte Cheeper zu einem schmalzigen Varietéliedchen auf und ab.

»Wer kauft Babys?
Babys bringen nix.
Babys jeder Kategorie
Von C3 bis zum X …«

Es war ein mitreißendes Lied, wenn sie es auf der Bühne trällerte, mit einem Säugling auf jedem Arm und im Hintergrund einem Chor aus weinenden Babys.

4.

Nach dem Frühstück am Sonntagmorgen verkündete Kitty, dass sie mit dem Zug nach Beaconsfield fahren würde, wo sie mit Chester zu einem Spaziergang durch Burnham Beeches verabredet war. Sie machte grundsätzlich kein Geheimnis um ihre Ausflüge mit Chester, nur gelegentlich, wenn das schlechte Gewissen sie überkam. Warum sollte sie auch? Man ging doch mit allen möglichen Leuten spazieren, mit denen man sich gerne unterhielt und deren Gesellschaft man schätzte; es hatte nichts zu bedeuten. Manchmal, wenn all das, was es in diesem Fall doch bedeutete, allzu sehr an ihrem Gewissen nagte, musste Kitty sich selbst versichern, dass sie es anderen gegenüber, die nichts davon wussten, frei und ungezwungen und ohne Angst erwähnen durfte. Doch durfte sie das wirklich? Dass ein Minister mit einer seiner Angestellten intimen Umgang pflegt, das war zweifellos ungewöhnlich und anders als andere intime Verhältnisse; vielleicht schien es seltsam und ließ doch auf einiges schließen. Vielleicht hätte Kitty in einem anderen Fall auch so gedacht.

An diesem Morgen verkündete sie ihre Pläne mit ganz besonderer Beiläufigkeit.

»Ach ihr beiden«, sagte Pansy. »Ihr geht da draußen wohl auf Babyjagd, nehme ich an, und nicht Primeln pflücken. Na dann macht mal, und nehmt am besten Cheepers Kinderwagen mit.«

»Genau das versuche ich immer zu vermeiden«, sagte Anthony, »sonntags mit den Leuten von der Arbeit auszugehen. Es verdirbt einem die Sabbatruhe, die Pisga-Stimmung.[26] Komm lieber mit Cyril, Pansy und mir mit.«

»Ich«, sagte Cyril auf seine abgehobene Art, »werde zur Messe gehen.«

5.

Sie liefen durch die verwahrloste, pilzbewachsene Gegend um den Bahnhof Beaconsfield hinauf zur Altstadt, die wie ein Kreuz auf einem Hügel ausgebreitet lag. Old Beaconsfield ist eine verzauberte Stadt; sie sieht heute noch so aus wie im 17. und 18. Jahrhundert, ein altes Landstädtchen mit Backsteinmauern und alten Häusern, Höfen und Kutschenhäusern, voller Würde, Romantik und alter Ulmen. Doch sie ließen es hinter sich und schlugen den Weg in Richtung Hedgerley ein, während ihnen der kalte Aprilwind ins Gesicht blies.

Nach vier Meilen gelangten sie zu dem Wald aus alten Buchen, dessen Dickichte aus Unterholz und Farngestrüpp von großen Lichtungen und grasbewachsenen Wegen durchbrochen sind, wo uralte, knorrige Baumstämme und schlanke, graugrüne Schößlinge dicht an dicht unter einem rauschenden Dach aus leuchtendem Grün stehen, dem frischen, hellen Grün von Buchen im April. In jeder Mulde und Senke des moosbewachsenen Waldbodens schimmerten Seen aus hellen Primeln.

Bei einem solchen See ließen sie sich zu einem Picknick nieder.

Nach dem Essen legten sie sich hin und rauchten. Chester lag auf dem Rücken, die Hände hinter dem Kopf verschränkt, und blickte zum Dach aus Grün hinauf. Kitty hatte ihr rundes Kinn in beide Hände gestützt und betrachtete sein schmales, fahles, kluges Gesicht, auf dem die Schatten der Blätter spielten. Seine Augen waren wegen der Sonne zusammengekniffen.

»Kitty«, sagte Chester, »ich muss mit dir reden.«

»Hmm.« Kitty, die ihre erste Zigarette zu Ende geraucht hatte, kaute auf einem Grashalm.

Er setzte sich auf und sah sie an, wobei sein Gesicht noch fahler wurde und sein Lächeln erstarb. Stirnrunzelnd bearbeitete er mit seinem Stock die weiche, feuchte Erde.

»Es geht darum, meine Liebe. Ich kann so nicht mehr weitermachen – mit dieser Farce. Wir müssen damit aufhören. Ich wollte es dir schon länger sagen, aber ich dachte, wir sollten es wenigstens versuchen, um unser beider Willen. Nun, wir haben es versucht, und es funktioniert nicht. Es ist nicht genug. Wir müssen mehr füreinander sein – oder weniger. Diese – diese halbe Sache war ja eine Weile ganz in Ordnung; aber jetzt sind wir zu weit gegangen ... Ich wüsste gerne, was du darüber denkst.«

Kitty zerpflückte eine Primel, Blatt für Blatt, bevor sie antwortete.

»Erstens«, sagte sie, »denke ich, dass ich anders bin als du. Oder ist es so, dass Frauen anders sind als Männer? Egal, es spielt eigentlich keine Rolle. Aber ich glaube, es liegt an Frauen und Männern. Der Unterschied ist jedenfalls, dass für mich eine halbe

Sache immer besser ist als gar nichts, und für dich ist es schlimmer. Für Männer scheint die Ehe wichtiger zu sein als für Frauen – wohingegen Freundschaft, gemeinsame Unternehmungen, dass man einander zum Reden und Spielen hat und so weiter, ihnen vielleicht nicht so wichtig ist. Für Männer ist die Liebe anscheinend etwas anderes als für Frauen, und sie wollen sie auch anders ausdrücken … Es wäre also müßig, wenn wir versuchen würden, einander darin zu verstehen … Das denke ich dazu, Nick.«

Er machte eine ungeduldige Bewegung.

»Das heißt also, du bist zufrieden damit, wie es gerade ist.«

»Oh nein, keineswegs. Ich will viel mehr. Aber – wenn das alles ist, was wir haben können …«

»Das ist es aber nicht«, sagte er. »Wir können heiraten.«

Sie schüttelte energisch den Kopf.

»Nein, nein. Nein.«

»Ganz still und heimlich«, flehte er. »Es würde niemand davon wissen, bis auf den Standesbeamten und einen Zeugen, den wir nach der Zeremonie ermorden würden. Warum denn nicht? Was spricht dagegen? Nur zwei Dinge: Du solltest jemanden Zertifiziertes heiraten und intelligente Kinder bekommen, und ich darf überhaupt keine Kinder haben. Nun, du sagst, du willst sowieso niemand anderes heiraten; also kannst du genauso gut mich heiraten. So viel zum ersten Grund. Und Kinder bekommen wir natürlich nicht; so viel zum zweiten. Also?«

»Es gibt noch einen dritten«, sagte Kitty. »Und zwar den einzig wichtigen. Es geht nämlich darum, was es für einen Eindruck macht. Egal, wie viele Leute wir umbringen, es wird irgendwie rauskommen. Es kommt immer raus. Obwohl ich mich seit 29 Jahren bemühe, ist es mir noch nie gelungen, dass etwas Anrüchiges nicht früher oder später ans Licht kommt. Das gibt es einfach nicht. Das solltest du als Regierungsbeamter eigentlich am besten wissen. Hat irgendeine Regierung es jemals geschafft, ihre dunklen Machenschaften lange geheim zu halten? Nein; sie kommen alle raus, wie – wie Blumen, die dem Tageslicht entgegenstreben, und dann muss man teuer bezahlen. Die ganzen anrüchigen Vorgänge unserer Abteilung kommen nach und nach ans Licht; man kann nichts verbergen, was nicht irgendwann entdeckt wird. Und mit unserer Heirat wäre es genauso. Du kannst dich darauf verlassen, dass unsere Sünde irgendwann auffliegt. Und das wäre nicht nur das Ende deiner Karriere, sondern wahrscheinlich auch das des Ministeriums; das Ministerium steht und fällt mit dir; und es steht jetzt schon auf ziemlich wackeligen Füßen ... Schade, dass du keine Ausnahmegenehmigung bekommst; aber in einem Fall wie deinem wird wirklich nie eine erteilt ... Nein, das können wir nicht machen. Du bist zuallererst der Minister für Verstand und erst viel, viel später der arme Nicky Chester, der gerne sein Mädchen heiraten will. Und das arme Mädchen, das gerne Nicky Chester heiraten würde, das zählt überhaupt nicht ... Ich will gar nicht hochtrabend von Prinzipien daherreden, aber wir sollten wenigstens ein bisschen vernünftig sein ...«

Er beobachtete sie launisch unter gerunzelter Stirn hervor, lehnte sich an einen Birkenstamm und rupfte mit seinen ungewöhnlich schlanken Fingern Hände voll feuchtem Moss aus.

»Vernünftig«, wiederholte er. »Es ist vernünftig, sich das zu nehmen, was man will, wenn es niemandem schadet. Und ich sage dir noch etwas – dass ich es nicht bekomme, das macht mich ganz kaputt – mich und meine Arbeit. Ich wollte mich nicht wieder verlieben; ich hatte gehofft, das hätte ich hinter mir; ich habe versucht, von dir keine Notiz zu nehmen. Aber es ging nicht, und jetzt kann ich mich nicht einfach wieder entlieben, und ich habe es satt, so weiterzumachen. Außerdem habe ich mehr Lebenserfahrung als du, im Privaten wie im Beruflichen, und zufällig weiß ich von einigen Vorgängen, die nicht ans Licht gekommen sind und es auch nie werden; einige davon habe ich selbst im Ministerium veranlasst, und nicht einmal das grelle Licht, das auf unser Haus fällt, hat sie zum Vorschein gebracht, und der Himmel steh uns bei, dass es auch nie geschieht. Du glaubst doch nicht, dass die ganzen dunklen Geheimnisse aus dem Krieg alle herausgekommen sind? Natürlich nicht. Es gibt einige, die bleiben verborgen, bis … nun, sagen wir bis zum nächsten Krieg … Kitty, lass es uns wagen. Es ist das Risiko wert, ganz bestimmt. Wir verpassen sonst – wir verpassen das Beste im Leben, nur weil wir uns nicht trauen. Ich dachte, du machst ständig Sachen, nur um sie zu machen. Ich dachte, du sagst nie Nein zum Leben. Das passt überhaupt nicht zu dir.«

»Ach«, murmelte Kitty. »Das Leben … Es hat so viel zu bieten. Das hier ist nur ein Teil davon.«

»Solange man es will«, gab er zweifellos zutreffend zurück, »scheint es aber das Allerwichtigste zu sein.«

»Das stimmt«, räumte sie ein. »Ist es nicht verrückt, wie stark es ist, dieses merkwürdige, verzweifelte Verlangen nach ausgerechnet diesem einen Menschen von allen auf der Welt. Es ist wirklich unvergleichlich … Aber es gibt auch anderes. Zum Beispiel Witze oder Geschäfte oder Musik, Theaterstücke und Filme, schöne Kleider oder russische Politik, absurde Menschen, griechische Dichtung oder die Versager der Welt, die alle auf einer Insel zusammengesperrt sind, Essen und Trinken, unsere Karrieren, Primeln im Wald, oder den Zensor ... Meine Güte, das ganze Leben ist doch wie eine einzige wahnwitzige Revue. Es darf doch nicht nur diese eine Sache zählen, nur weil sie am Wichtigsten ist. Es ist so gewöhnlich. Unsere Herzen sind nicht gebrochen, und wir werden es überleben. Wir wollen uns amüsieren, und Liebe und Ehe, die sollen zur – ach, sie können bleiben, wo sie wollen, wenn wir sie nicht haben können ... Übrigens, wenn es dich tröstet (mich tröstet es), ich wäre keine besonders gute Ehefrau; ich bin eine viel bessere Freundin. Ich will zu viel vom Leben. Ich bin habgierig und egoistisch. Ich würde dich nur langweilen.«

»Das tust du jetzt schon«, gab er zurück. »Du langweilst mich gerade zu Tode. Ich habe schon genug Freunde, vielen Dank. Und was spielt es für eine Rolle, was du für eine Ehefrau wärst? Du redest, als würdest du eine Sekretärinnenstelle ablehnen. Ich will dich, keine Ehefrau.«

»Du hast mich doch«, sagte Kitty, »nur eben nicht als Ehefrau ... Wenn dir das nicht genügt, dann lassen wir es. Nicky, ich glaube, wir lassen es lieber. Es funktioniert nicht. Ich kündige sofort. Ich suche mir eine andere Arbeit.«

»Nein«, sagte er niedergeschlagen. »Das ist nicht nötig. Warum solltest du deine Karriere opfern? Wir müssen uns ja nicht begegnen. Wir sollten uns eigentlich nicht begegnen, wenn wir es nicht gerade so einrichten. Wahrscheinlich hast du Recht und wir treffen uns lieber nicht mehr. Es bringt ja nichts, wenn wir diese Szene immer und immer wiederholen und uns gegenseitig verletzen. Wir haben die Schwachstelle erreicht; ich halte es nicht mehr aus … Ich denke, wir belassen es dabei, dass du mir Bescheid sagst, wenn du deine Meinung änderst und mich doch heiraten willst. Das machst du doch, falls es dahin kommt, nicht wahr?«

»Ja«, sagte Kitty. Mehr konnte sie nicht sagen, da sie den Tränen nah war.

Einen Augenblick klammerten sie sich eng umschlungen aneinander. Dann sagte er: »Mein liebster Liebling, ich liebe dich. Könntest du nicht … Kannst du nicht? …«, und sie flüsterte sehr blass: »Ich liebe dich auch. Ich glaube, ich bete dich an«, und sie legte ihre Wange an seine Hand, so dass er ihre Tränen spüren konnte.

Sie gingen gemeinsam durch den Aprilnachmittag, der weinte wie ein Kind, das sie betrogen und verlassen hatten. Es sollte keinen weiteren Tag wie diesen geben, nicht den ganzen lieblichen erwachenden Frühling und auch den ganzen Sommer nicht.

6.

Ivy und Betty Delmer, die den Nachmittag in Beaconsfield verbracht hatten, sahen die beiden am Bahnhof von Beaconsfield.

»Das ist doch dein Minister mit Miss Grammont«, sagte Betty.

Ivy spähte den Bahnsteig entlang. Ihr schien, als wäre Miss Grammonts Spaziergang mit dem Minister nicht sonderlich erfolgreich gewesen; sie sahen beide blass und erschöpft aus, und Miss Grammont hatte offenbar geweint.

Plötzlich traf Ivy eine Erkenntnis über diese beiden von ihr so bewunderten Menschen, und ihr Mund blieb vor Verwunderung über ihre eigenen Gedanken offen stehen. Der Minister – und Miss Grammont! Das war doch einfach unglaublich. Minister taten so etwas nicht; sie waren zu ehrbar und erhaben. Und überhaupt, was hatte dieser Minister, der für die Ehe nicht zertifiziert war, mit der Liebe zu schaffen? Bestimmt irrte sie sich, sagte sich Ivy, bestimmt hatte sie die Blicke missverstanden, die die beiden einander zum Abschied zugeworfen hatten.

»Sind die beiden dicke?«, fragte Betty mit unbefangener Neugier. Betty fand nichts dabei; sie hatte keine Ahnung von Ministern im Allgemeinen und diesem Minister im Besonderen.

»Ach, ich glaube, sie kennen sich ganz gut«, antwortete Ivy. »Miss Grammont ist ziemlich klug, weißt du. Es würde mich nicht wundern, wenn er wichtige Dinge mit ihr besprechen würde.«

»Wie langweilig«, erwiderte Betty und schwenkte ihre Primeln. »Lass uns nicht ins gleiche Abteil steigen wie sie. Ich weiß nie, ob ich die Leute vom End House eigentlich kennen sollte oder nicht; Daddy und Mutter denken, ich kenne sie nicht, und es ist peinlich … Dabei würde ich Miss Ponsonby und ihr süßes Baby gerne kennenlernen, auch wenn sie nicht respektabel sind, sie sieht so nett aus, und ich würde gerne alles über die Bühne erfahren. Aber mit Miss Grammont kann ich nichts anfangen. Ihre Kleider sind ja ganz in Ordnung, aber sie ist bestimmt hochnäsig … Stell dir vor, am Sonntag mit einem Minister auszugehen! Na, besser sie als ich.«

»Keine Sorge, mein Kind«, sagte Ivy. »Kein Minister wird dich jemals bitten, mit ihm auszugehen. Und was Chester angeht, der würde dich wahrscheinlich gleich nach eurem ersten Gespräch hinrichten lassen; er ist gut darin, die Welt von geistig Zurückgebliebenen zu befreien.« Doch insgeheim dachte sie: »Wie ungeheuer interessant, ob zwischen den beiden etwas vorgeht.« Sie fragte sich, was die anderen im Büro darüber dachten, oder ob sie überhaupt schon jemals darüber nachgedacht hatten.

8. Kapitel

Von Herzenswünschen und Szenenwechseln

1.

Für Kitty stand fest, dass es an der Zeit war, sich eine neue Anstellung zu suchen. Das kam in ihrem Leben häufig vor; meist weil sie sich langweilte, gähnte, eine Veränderung brauchte, weil das Leben sie zu frischen Wäldern und neuen Weiden[27] rief und sie dem Ruf folgte. Viele Beschäftigungen hatte sie auf diese Weise leichtfertig aufgegeben; dies ist einer der Gründe, weshalb Menschen, die das Leben als Varietétheater betrachten, nicht richtig vorankommen; sie vergessen, dass das Leben real und ernst ist, und wenn sie gehen, hinterlassen sie keine Fußspuren im Sand der Zeit. Sie machen keine Karriere, sie bringen es zu nichts, sie verdienen langfristig gesehen nicht viel Geld, wiewohl sporadisch etwas hereinkommt, und manchmal sogar im Überfluss. Es ist nicht so, dass sie ihre Talente verstecken, sie spielen eher mit ihnen.

Damit soll nur erklärt werden, dass für Kitty Grammont die Aussicht auf einen Berufswechsel keine solche Zumutung darstellte wie für andere Leute. Es schien ihr sogar durchaus erstrebenswert. Chester hatte zwar gesagt »Wir müssen uns nicht begegnen«; doch wenn zwei Menschen, die sich lieben, im gleichen Haus arbeiten, und seien sie noch so weit voneinander entfernt, dann stören sie einander, sind sich der Nähe des jeweils anderen bewusst. Und Chesters Gegenwart durchdrang das gesamte Ministerium; er hatte allem seinen Stempel aufgedrückt;

man konnte ihm nicht entkommen. Seine Untergebenen führten seinen Namen stets im Munde, er klapperte von allen Schreibmaschinen; man konnte keinen offiziellen Brief schreiben, der nicht anfing mit »Im Auftrag des Ministers erkläre ich …« und endete auf »im Namen des Ministers für Verstand«. Überdies sah man ihn ein- und ausgehen, man traf ihn in den Fluren und Fahrstühlen und beim Essen in der Kantine, und sein persönlicher Assistent forderte am Telefon ständig Aufmerksamkeit für ihn. Nein, vor dem Minister gab es kein Entkommen. Und das hieß auch: keinen Seelenfrieden, nichts von der früheren unbeschwerten Lebens- und Arbeitsweise; stattdessen ein andauerndes aufwühlendes, rastloses, schmerzendes Verlangen. Und weil Kitty nicht die Absicht hatte, sich dem auszusetzen, teilte sie Vernon Prideaux mit, dass sie gehen werde, sobald sie eine andere Arbeit gefunden habe. Er sah sie entgeistert und verärgert an und fragte: »Du liebe Güte, warum das denn?«

»Ich langweile mich«, sagte Kitty, »und brauche eine Veränderung. Ich bin es leid, für diese autokratische Regierung zu arbeiten. Ich will etwas mit mehr Abwechslung, mit mehr Herz – in einem Wanderzirkus oder als Begleitung einer reichen Amerikanerin auf Weltreise; oder sonst irgendwas, solange es mich nur amüsiert.«

»Es wird in *diesem* Zirkus hier noch genug Amüsement geben«, sagte Prideaux, »bevor wir mit allem durch sind, würde ich meinen … Im Ernst, Kitty, ich finde das unvernünftig. Du schlägst alle deine Aussichten in den Wind; du steigst gerade auf und kannst noch viel mehr erreichen, wenn du bleibst. Selbst wenn die Sache scheitert, was ziemlich wahrscheinlich ist, wirst du von hier aus eine andere Arbeit finden, so gut wie du bist. Denk doch an deine Karriere. Und überhaupt, du bist unersetzbar. Wer um alles in der Welt soll denn deine Arbeit machen? Ich finde, du solltest dabeibleiben.«

Doch Kitty war anderer Meinung. »Es wird auch ohne meine Hilfe gehen. Und was meine Karriere angeht – ein lustiges Wort übrigens –, bin ich mir nicht sicher, ob ich überhaupt eine habe. Falls ja, dann ist sie so wechselhaft, dass ein paar mehr Höhen und Tiefen auch nichts mehr schaden. Und meine Unersetzbarkeit, ach, jeder ist ersetzbar, in jedem Ministerium; wir sind einfach zu viele. Und überhaupt – überhaupt muss ich einfach weg.«

Prideaux fand das so frivol, so dumm, so unwürdig, so lästig und so weibisch, dass er außer sich war. Er läutete nach einer Stenotypistin und sagte: »Wenn du unbedingt meinst. Miss Eargerton« (Miss Eagerton war die Nachfolgerin von Miss Pomfrey und besser als sie), »schicken Sie doch bitte bei Gelegenheit in der Geschäftsstelle nach Miss Grammonts Unterlagen«, womit das Thema vorerst abgeschlossen war.

Kitty ging zurück an ihren Schreibtisch und schrieb einen Brief an die A. S. E.[28] über irgendeine missliche Vereinbarung, die mit ihnen über die Befreiung einiger ihrer Mitglieder von den Verstandsschulungen getroffen worden war. Persönlich bedauerte Kitty, dass die Vereinbarung nicht so weitreichend war, wie es die A. S. E. gewünscht hatte; sie fand, dass sie sowieso schon viel zu schlau waren. Fast bedauerte sie sogar, dass die ihnen gemachten Versprechen nicht eingehalten wurden; eine aufrührerische Meinung, die an sich schon darauf hindeutete, dass es für Kitty an der Zeit war, zu gehen. Nachdem sie den A. S. E.-

Fall abgehandelt hatte, wandte sie ihre Aufmerksamkeit einer Akte zu, die vom M.V. 1 hinuntergeschickt worden war mit dem Vermerk »Weitergeleitet zur Behandlung des imaginären Kummers dieses Mannes«. Der imaginäre Kummer bestand darin, dass die Ehefrau des betreffenden Mannes von einem Omnibus überfahren worden war und er um eine Woche Aufschub seiner Verstandsschulung ersuchte, um die Beerdigung zu regeln. So waren sie bei M.V. 1; sie waren nicht absichtlich grausam, es mangelte ihnen nur ein wenig an Flexibilität und Fantasie.

Ivy Delmer, die auf Prideaux' Klingeln hin gekommen war, saß mit ihrem Stift bereit, das runde Gesicht über ihr Notizbuch gebeugt. Sie hatte Prideaux' Anweisung an seine Sekretärin gehört und richtig geschlussfolgert, dass Miss Grammont entweder eine Gehaltserhöhung bekommen oder gehen würde, und aus Prideaux' Verhalten und seiner Stimme schloss sie, dass es wohl Letzteres war. Sie fragte sich, ob dies irgendetwas mit dem Minister zu tun haben könnte und was dieser am Sonntag wohl zu Miss Grammont gesagt hatte. Sie war neugierig und interessiert, mehr noch als am Sonntag, denn allen, denen gegenüber sie das Thema erwähnt hatte, war die Intimität zwischen Kitty und dem Minister auch schon aufgefallen; jeder schien die beiden schon hier oder dort zusammen gesehen zu haben. Bis auf Ivy dachte niemand, dass zwischen den beiden mehr als Freundschaft war, allerdings hatte auch niemand anderes gesehen, wie die beiden sich auf dem Bahnsteig in Beaconsfield angeschaut hatten. Das hatte nur Ivy gesehen, und das sagte sie auch …

Kitty hatte recht; in einem Ministerium blieb nichts verborgen, beziehungsweise galt das eigentlich überall. Untrüglich, beharrlich, unvermeidlich drängte alles ans Tageslicht, und das war auch richtig so.

2.

An den Abenden studierte Kitty auf der Suche nach einer neuen Anstellung die Anzeigenspalten der Tageszeitungen. Sie hatte diese immer schon gerne gelesen; gemeinsam mit den Anzeigen des Kaufhauses von Mr Selfridge und dem Pelman-System[29] bildeten sie den seichteren und unterhaltsameren Teil jeder Tageszeitung; doch nun las Kitty sie aufmerksam. Besonders erbaulich fand sie die Spalte »Persönliches« der *Times*.

»Ruhiger, kultivierter Herr (Kriegsteilnehmer, musikalisch) würde gerne eine kluge und sympathische Dame kennenlernen.« Kitty verwarf das; sie war sich nicht sicher, ob sie sympathisch war, und die Begriffe waren zu unbestimmt. Besser war »Vermögende Dame, mit hohen Ansprüchen an Geschmack und Kultur, sucht fähige Reisebegleitung. Kunstkenntnisse unerlässlich, gute Herkunft bevorzugt. Muss fließend kontinentale Sprachen sprechen und Bahnfahrpläne verstehen.« Kitty merkte sich diese Anzeige (da sie, bis auf die Herkunft, alle Qualifikationen besaß) und las weiter, vorbei an »Schreib mir, Liebling, alles ist vergeben«, »Würde die Dame im Pelzhut, die letzten Samstag um halb vier in einem Hammersmith-Aerobus gefahren ist, sich mit A. C. in Verbindung setzen«, »Niemand hat Gott je gesehen«, bis zu »Junge, erfolgreiche, gebildete Kriegswitwe sucht Anstellung als Sekretärin oder persönliche Mitarbeiterin bei Adligem, Parlamentsmitglied oder Herren.« Dort ließ sie ihren Finger ruhen. »So eine setze ich auch auf«, sagte sie zu ihrer Cousine. »Kriegswitwe. Das wollte ich schon immer werden. Das klingt gut. Elspeth, ich kaufe mir ein paar Blumen und fange als Witwe an. Als Kriegswitwe …«

»Wenn du eine neue Arbeit suchst, und dann auch noch eine mit Reisen und Abwechslung«, sagte ihre Cousine, »dann verstehe ich nicht, warum du nicht zu Neil auf die Pazifischen Inseln gehst. Wo Neil ist, gibt es bestimmt Reisen und Abwechslung zu Genüge.« Sie betrachtete Kitty forschend durch einen Wirbel aus Zigarettenrauch. Doch die beugte sich nur gelangweilt über die *Times* und manikürte sich die Nägel.

»Neil würde mir nur auf die Nerven gehen. Ich bin mittlerweile zu alt für ihn. Außerdem wäre es nicht anständig; immerhin habe ich unsere Verlobung gelöst. Der letzte Brief kam noch nicht zurück, weißt du, also hat er ihn vielleicht bekommen. Und überhaupt …« Kitty hielt nur einen Augenblick inne und fügte im gleichen beiläufigen Tonfall hinzu: »Überhaupt bin ich viel zu verliebt in Nicholas Chester, auch wenn ich ihn nicht haben kann, um mit irgendjemand anderem etwas anfangen zu können.«

Ihre Cousine nickte. »Das wusste ich doch, Liebes, natürlich. Da habt ihr einander also gegenseitig entsagt. Wie blöd. Aber das wird nicht lange anhalten. Das tut es nie. Dann werde doch so lange eine junge, erfolgreiche Kriegswitwe, um dir die Zeit zu vertreiben.«

3.

Doch in manchen Nächten dachte Kitty, dass sie nicht einfach eine junge, erfolgreiche Kriegswitwe werden konnte, keine Begleitung, wie fähig auch immer, einer reisenden Dame von Geschmack, Kultur und Vermögen, keine Mitarbeiterin, wie persönlich auch immer, eines Adligen, Parlamentsabgeordneten oder gar eines Herren; dass keiner dieser Berufe (waren es denn Berufe? Sie versuchte noch immer, dieses Wort zu definieren) ihr die Zeit vertreiben würde, dass eigentlich nichts sie vertreiben konnte, außer für Nicholas Chester zu arbeiten, ihn gelegentlich zu sehen, seine Stimme zu hören … Sie hatte schon immer einen Hang zu nächtlichen metaphysischen Grübeleien gehabt, selbst in Nächten der Verzweiflung, also grübelte sie über diese seltsame und doch weit verbreitete Krankheit, die sie und Nicholas Chester (und zwar, wie sie beide freimütig bekannt hatten, nicht zum ersten und wahrscheinlich auch nicht zum letzten Mal) befallen hatte. Was war das, dieses außergewöhnlich drängende Gefühl, dieses völlig unverhältnismäßige Verlangen nach der Gesellschaft ausgerechnet dieses einen Menschen von allen Menschen auf der Welt, das jedes andere Verlangen, jedes andere Gefühl verblassen ließ? Das den Verstand eines Mannes wie Nicholas Chester derart verdarb und verdrehte, dass er bereit war, alle seine langgehegten Prinzipien über Bord zu werfen, die Fracht, die er so lange entschlossen gewesen war durch Stürme und Bedrängnisse bis ins Land seiner Träume zu tragen? Das ihn sagen ließ: »Niemand wird es herausfinden, und wenn doch, dann lass sie doch, verdammt sollen sie sein«? … Dieses Verlangen nach dem Anderen; es hatte schon immer einen ungemein dynamischen Effekt auf uns Menschen. Wenn es ins Spiel kommt, fallen Prinzipien, Ritterlichkeit, Anstand, Intellekt, Humor, Kultur, Anmut und Licht, kurz: all das, was wir Zivilisation nennen, wie ein Kartenhaus in sich zusammen, nur damit wir dieses überwältigende Verlangen, das wir mit der gesamten animalischen

Welt teilen, befriedigen können. An diesem Fels mag die Welt, die erbärmliche, eifrige, schlaue, dumme, so stark beeinträchtigte Welt, zerschmettern. Es war vielleicht das einzige, das die Menschheit tatsächlich auf ewig daran hindern würde, eine kluge und erfolgreiche Spezies zu scin, das sie auf ewig unten, irgendwo auf dem Niveau der anderen Tiere halten würde.

Vor Kittys wachen Augen zogen Gesichter vorüber; die einfältigen, zufriedenen Gesichter von Müttern, die sich über die Früchte der Liebe an ihrem Busen beugten; gemächliche, sanfte, verheiratete Gesichter ... Diese Sache war unwiderstehlich und gewiss unvermeidlich; wenn sie endete, würde die Menschheit enden, da nur sie die fortgesetzte Bevölkerung der sowieso schon übervölkerten Erde vorantrieb. So war es wohl; man musste es hinnehmen; es gab womöglich niemanden, der zur Reife heranwuchs und ihr entkam, niemand, dessen Leben nicht irgendwann in gewissem Maß von dieser seltsamen Kraft durcheinandergebracht wurde. Es war blinder Instinkt; ihm nachzugeben führte am Ende nicht einmal zum Guten – sofern das Gute Abenteuer, Romantik und die erfreulichen Gelegenheiten des Lebens bedeutete, die Freiheit der Städte in aller Welt – kurz, alles, was über die bloße Häuslichkeit hinausging. Denn was war schließlich die Ehe? Ein Sichbinden, ein Schließen von Türen, das Ende der Jugend, die Zügelung des Abenteuergeistes, der die ganze Welt für sich beanspruchen will. Stattdessen ein eingehegtes und nüchternes Leben, am immer gleichen Ort, im immer gleichen Haus, vielleicht mit Kindern, die es zu versorgen und beaufsichtigen galt; als respektables, versichertes, reifes, gesetztes Mitglied der Gesellschaft, das Anteil am Schicksal des Landes nimmt.

Nie wieder durfte man mit dem Leben scherzen und dem Tod ins Gesicht lachen; diese beiden (natürlich wichtigen, doch nicht unbedingt ernsten) Dinge sind nun zu bedeutsam, um damit zu spielen.

Zu diesem behäbigen Ende gelangen die heiteren und unbeschwerten Wilden; sie verschließen die Tür vor den Herausforderungen des Lebens und lassen sich nieder. Dazu verlockt der unentrinnbare Instinkt die Menschen, wie das Stück Käse die Maus in die Falle lockt.

So sinnierend wendete Kitty ihr Kissen hin und her, auf der Suche nach der weicheren Seite. Wie sehr sie doch die Dummheit verabscheute! Und um wieviel mehr Nicholas Chester die Dummheit verachtete! Für ihn war sie ein Fluch, die Wurzel allen Übels, der Goliath, den er besiegen wollte, das blinde Ungeheuer, das auf den Knochen der Menschen hockte, der sabbernde Idiot auf dem Dorfanger. Und nun war er selbst gefangen in den zerstörerischen Klauen des Ungeheuers, nur weil er, wie man so sagt, der Liebe anheimgefallen war. Welch ein Meisterwerk ist der Mensch! ... Und auch Kittys Lebenslust schwankte gefährlich in ihren Grundfesten, zersetzt von diesem heimlich nagenden Gefühl.

Um das unleugbare Verlangen zu besänftigen, setzte sie sich schließlich auf, mit schmerzendem, fieberndem Kopf, schaltete das Licht an und schrieb auf ein Stück Papier »Nicky, ich heirate dich jederzeit, wenn du noch willst«, faltete es und legte es auf ihr Nachtschränkchen. Dann lag sie endlich ruhig, das rastlose Verlangen in ihr gestillt, und unter ihren geschlossenen Lidern drängten sich Tränen hervor, weil sie wusste, dass sie den Brief nicht abschicken würde. Sie würde ihn nicht abschicken, weil auch

Chester tief in seinem Inneren wusste, dass es besser war, wenn sie sich trennten; auch er kämpfte für die Sache, an die er glaubte; er wollte Kitty, doch er wollte es ohne sie schaffen. Sie musste ihm gestatten, nach seinen Prinzipien zu leben, anstatt ihn unter diese Prinzipien hinabzuziehen.

Es gab Momente, in denen sich Kitty wünschte, sie könnte an einen Gott glauben und beten. Es musste, so dachte sie, tröstlich sein. Manchmal wünschte sie sogar, sie wäre christlich und könnte im Verlust Erfüllung finden. Zumindest vermutete sie, dass es Christen so ging.

Doch sie war keine Christin und konnte nicht beten; sie konnte sich nur zusammenreißen und dem Leben im Geist der fröhlichen Pierrette begegnen, mit Schellen und Narrenkappe auf dem schmerzenden Haupt, mit etwas Puder, um die Tränen zu verdecken, und versuchen, Elspeth und ihre Kolleginnen im Büro nicht anzufahren. An Letzterem scheiterte sie für gewöhnlich. Die kleinen dummen Telefonistinnen, die auf Kittys Klingeln antworteten (wenn sie sich denn dazu herbeiließen), erzählten sich, Miss Grammont sei ungehalten. Die Schreibkräfte waren es leid, dass die Briefe ständig zum nochmaligen Tippen zurückkamen, weil sie eine Kleinigkeit in Miss Grammonts Handschrift nicht richtig erkannt oder einen winzigen Tippfehler gemacht hatten. Diese Dinge ließen sich doch sicher mit einem Stift und etwas Geschick berichtigen.

Die unleidliche Stimmung, bei der sich ihre Frustration in Wut entlud, wechselte sich ab mit Fröhlichkeit, dem respektlosen und oft profanen Leichtsinn, mit dem Kitty für gewöhnlich den einschüchternden Aspekten des Lebens gegenübertrat. Manche Menschen besitzen diese Fähigkeit, am Mast eines untergehenden Schiffes eine bunt geflickte Fahne zu hissen und bis zum bitteren Ende wehen zu lassen.

4.

Während Kitty über ihre Zukunft nachdachte und die Vorteile und Amüsements erwog, die von einer Karriere als Kriegswitwe, persönliche Mitarbeiterin, Reisebegleitung, archäologische Forscherin in Mazedonien oder Kreta oder als Chormädchen auf der Varietébühne unter Pansys Anleitung zu erwarten waren – die allesamt ihre angenehmen Seiten zu haben schienen –, wurden ihr zwei Vorschläge unterbreitet. Einer kam von einer ihrer Cousinen, die Lektorin bei *Stop It* war und anbot, ihr eine Stellung in der Redaktion zu verschaffen.

»Müsste ich mich dann nicht auf einen bestimmten Standpunkt festlegen?«, erkundigte sich Kitty. »Ich kann mich nämlich unmöglich auf einen Standpunkt festlegen.«

»Ach du lieber Himmel, nein«, versicherte ihre Cousine. »Ganz gewiss nicht. Ganz im Gegenteil«, und Kitty sagte: »Gut, ich denke darüber nach.« Sie fand den Vorschlag recht ansprechend.

Man kann es natürlich nicht direkt »auf einen Standpunkt festgelegt« nennen, wenn man jede Woche darauf hinweisen soll, dass gewisse Dinge gestoppt werden müssen, in einer Welt, in der sogar deren überzeugteste Fürsprecher zugeben müssen, dass dem tatsächlich so ist.

Stop It war auf jeden Fall eklektisch in dem Sinn, dass die Zeitung sich von allen möglichen denkenden oder handelnden Gruppen Aktivitäten aussuchte, deren Beendigung sie forderte. Die Frage, die sich den

Lesern dabei aufdrängte, war: Wenn es nach *Stop It* ginge, was bliebe dann überhaupt noch übrig?

»Sehr wenig«, hätte der Herausgeber geantwortet. »Ein weißes Blatt. Dann können wir noch einmal neu anfangen.«

Stop It hattc ihre anfängliche Zurückhaltung teilweise abgelegt: Es war mittlerweile recht oft möglich, aus ihrer nach wie vor kryptischen Ausdrucksweise einige der Dinge herauszulesen, die ihrer Meinung nach gestoppt werden sollten. Nachdem sie Dora einige Zeit erfolgreich entgangen war, forderte sie sie nun geradezu heraus. Da der Zeitschrift aller Wahrscheinlichkeit nach zwar kein langes, aber ein offenbar vergnügliches Leben bevorstand, dachte Kitty, dass sie mitmachen sollte, solange es noch ging.

Aus den Rängen der Bürokratie abrupt in die der Meuterer zu desertieren, erschien Kitty, die sich schon immer in den unterschiedlichsten Situationen wohl gefühlt hatte, keineswegs befremdlich. Vielleicht ist es sogar die einzige Möglichkeit, im Leben all die vielfältigen und so unterschiedlichen Bedürfnisse der komplizierten menschlichen Natur zu befriedigen. Da sie natürlich nicht alle gleichzeitig befriedigt werden können, scheint Abwechslung hier die beste Lösung zu sein. Es ist eigentlich erstaunlich, dass nicht mehr Menschen das tun, dass Mitglieder der Radikalen, der Tories und der Labour-Partei beispielsweise nicht öfter untereinander die Posten tauschen, um am Dienstag die intellektuellen und emotionalen Bedürfnisse zu befriedigen, die am Montag zu kurz kamen; dass Mr Ramsay Macdonald und Lord Curzon nicht gelegentlich die Reden des anderen halten, und zwar nicht aus irgendeinem launischen Wunsch, Erstaunen hervorzurufen, sondern aus der schieren Notwendigkeit ihrer Natur heraus; dass Mr Massingham und Mr Leo Maxse, oder Mr A. G. Gardiner und Mr Gwyne, oder Mr J. C. Squire und Mr J. St. Loe Strachey, oder Mr Garvin und Mr J. A. Spender nicht von Zeit zu Zeit vereinbaren, die Büros zu tauschen und die Zeitungen des anderen zu leiten; oder dass Mr Arthur Ransome und Mr Stephen Graham während ihrer Reisen durch Russland nicht manchmal die Stifte tauschen, wenn sie nach Hause schreiben.[30] Es muss vielen Menschen ein undemokratischer Instinkt der Zentralisierung inne sein, dass sie ihre zahlreichen geringeren Meinungen und Impulse autokratisch den dominanten und beherrschenden unterwerfen, ein Mangel also am wahrhaft demokratischen Wunsch, allen eine Chance zu geben. Sie sagen mit dem Psalmenschreiber »Gefestigt ist mein Herz« und »Ich habe den Weg gewählt und werde ihn bis zum Ende gehen«, und nennen es das *Finden des wahren Selbst.* Und es mag so sein; es bringt jedenfalls den Verlust vieler anderer Selbsts mit sich, die aufzugeben oder vielmehr ständig zu verleugnen und allmählich verkümmern zu lassen, womöglich das Leben erleichtert.

Doch Kitty, deren Herz nicht gefestigt war, betrat die wechselnden Szenerien des Lebens mit der Bereitschaft, jeden erdenklichen Standpunkt einzunehmen, ohne sich zwangsläufig auch darauf festzulegen, und mit einer noch größeren Bereitwilligkeit, von allem auf Erden oder im Himmel zu behaupten, dass es gestoppt werden sollte.

Sie erzählte Prideaux, dass sie das Angebot in Betracht zog.

»Dieses Wurstblatt!«, schnaubte Prideaux. »Der Name allein disqualifiziert es schon. Sie sind auf dem falschen Dampfer. Du solltest nicht darauf aus sein, Dinge zu stoppen; sie müssen weitergehen … Wenn du zum Journalismus willst, warum bewirbst du dich nicht auf eine Stelle bei *Intelligence*?« *Intelligence*, oder *Das Wöchentliche Bulletin des Ministeriums für Verstand* (um den Untertitel zu nennen, der humorvoll von jemandem gewählt worden war, der sich entweder die Öffentlichkeit oder das Ministerium als kranken Mann vorstellte), war eine vom Ministerium herausgegebene Wochenzeitschrift, die neben der wöchentlichen Berichterstattung über die Arbeit, die Entscheidungen und Verlautbarungen des Ministeriums auch dazu diente, Verbindung zwischen den Gemeinden und dem Hauptquartier zu halten, lokale Aktivitäten abzustimmen sowie landesweit Berichte über den Zustand der öffentlichen Meinung zu sammeln. Sie war nur für den Umlauf innerhalb des Ministeriums gedacht. »Warum denn nicht?«, wiederholte Prideaux, der von seiner Idee ganz eingenommen war. »Es wäre schließlich Abwechslung genug: Du würdest wahrscheinlich eine der reisenden Reporterinnen sein und putzige Anekdoten vom Land schreiben; ich weiß, dass sie noch ein paar Reporter suchen. Warum bewirbst du dich nicht? Ich kann mit M.V.B. darüber reden, wenn du willst.« (M.V.B. war die Abteilung, die das Bulletin herausgab.)

»Wäre es denn interessant?«, fragte Kitty.

Prideaux meinte, dass es das durchaus wäre. »Und zudem«, fügte er hinzu, »würdest du dem Ministerium verbunden bleiben und könntest später wieder ins Hauptquartier zurückkommen, wenn du willst … Und in der Zwischenzeit hättest du deinen Spaß … Wir haben eine ziemlich turbulente Zeit vor uns, und es wäre schade, wenn du sie verpasst. Die A.S.E.-

Geschichte wird uns bestimmt noch vor dem Ende dieses Monats zum Verhängnis werden. Und die Ausnahmen für Schwachsinnige und die ausgesetzten Babys wahrscheinlich auch. Und dann erst die Journalisten; es kommt eine üble Harke auf uns zu. Ach, auf jeden Fall wird es interessant. Ohne Chester und sein bemerkenswertes Talent, sich bei den Leuten beliebt zu machen, hätten wir ganz schlechte Aussichten. Aber Chester wird das schon schaffen. Wenn sie ihn im Krieg zum Leiter der Rekrutierungsbehörde gemacht hätten, dann hätte er dort wahrscheinlich sogar die Überprüfung der Ausnahmen ohne Diskussion durchgebracht ... Willst du es nicht versuchen?«

»Also gut«, stimmte Kitty zu. »Wenn du meinst, dass ich Aussichten habe, die Stelle zu bekommen. Es ist mir nicht so wichtig, was ich mache, wenn ich nur nicht mehr in diesem Gebäude sein muss.«

Auf Prideaux' Empfehlung bekam sie die Stelle tatsächlich und wurde von ihrer Abteilung als reisende Reporterin für *Intelligence* zu M.V.B. versetzt. Auf die Stelle bei *Stop It* verzichtete sie mit einigem Bedauern; die Zeitschrift hatte etwas Skurriles an sich, das ihr gefiel und das einer offiziellen Zeitschrift schon fast zwangsläufig abgeht; doch die Laufbahn als reisende Reporterin schien vielversprechend. Neben den gewichtigeren Berichten vom Land bestand eine Seite der *Intelligence* jede Woche aus Anekdoten, die in der herrlich unvermittelten und belanglosen Manier der billigen Tagespresse gehalten waren; etwa: »Eine Frau beantragte beim Tribunal in Cuckfield, von der Verstandsschulung befreit zu werden, und zwar mit der Begründung, dass sie eine unzertifizierte Ehe geschlossen und daraufhin Zwillinge geboren habe, weshalb ihre geistige Verfassung sicherlich so beschaffen sei, dass sie von der Schulung unmöglich profitieren könne.« »In einem Graben zwischen Amersham und Chesham Bois wurden drei ausgesetzte Babys gefunden.« »Die Bauernvereinigung in Essex hat eine Hühnerrasse gezüchtet, die das ganze Jahr hindurch jeden Tag ein Ei legt. Die Bauern schreiben diesen Erfolg der Verbesserung ihrer Methoden durch die Verstandsschulungen zu.« »Auf den Antrag eines Arbeiters in der Weißblechproduktion auf berufsbedingte Freistellung vom Gesetz zum Geistigen Fortschritt entgegnete der Vorsitzende des Tribunals in Margam …« (irgendeines der geistreichen Dinge, die Vorsitzende eben sagen und die an dieser Stelle nicht wiedergegeben werden müssen). Es war offenbar die Aufgabe der Reporter, diese trivialen Anekdoten zu sammeln (oder zu erfinden) und zu verbreiten, ebenso wie wichtige Nachrichten, etwa von den Unruhen in Nottingham, dem Stand der Intelligenz oder auch nicht unter den Landwirten in Suffolk und so weiter.

Kitty hoffte sehr, dass man sie nach Irland schicken würde, wo, wie so oft, interessante und undurchsichtige Zustände herrschten. Irland war vom Verstandsgesetz ebenso wie von anderen Gesetzen ausgenommen, stand aber unter genauer Beobachtung mit der Absicht, es einzubeziehen, sofern es gefahrlos möglich schien. Indessen profitierten jene Teile der Bevölkerung, die es nach Ansicht der englischen Regierung nicht nötig hatten, von den Verstandsschulungen, während die Masse der Landbevölkerung von ihren Priestern angewiesen wurde, derart gottloses und ketzerisches Lernen zu meiden wie den Teufel. Doch insgesamt schien es denkbar, dass die seltsamen Pfade, die das Verstandsministerium wies, endlich zur

Lösung der Irischen Frage führen könnten. (Was die Irische Frage zu diesem Zeitpunkt war, will ich hier nicht zu erklären versuchen: Es muss genügen, wenn ich bemerke, dass es immer eine geben wird.)

5.

Doch Kitty wurde nicht nach Irland geschickt, sondern stattdessen kreuz und quer durch England. Zuerst ging es nach Cambridge. In Cambridge war man der Verbesserung seines Verstands nicht abgeneigt; man trug sich mit einer liebenswerten Vernünftigkeit und wusste, wie wichtig Verstand ist. Überdies hegte man eine Zuneigung für Chester, der das Trinity College absolviert hatte. Daher waren die Berichte aus Cambridge insgesamt erfreulich, trotz einiger Unruhen (die verschiedene Gründe hatten) im King's College, im Downing College und in Trinity Hall und einer kleinen gärenden Revolte im Vorort Barnwell. Es gab an der Universität sogar einen regsamen Ableger der S. I. L. (Stop-It-Liga), dessen Augenmerk jedoch gegenwärtig nicht vorrangig darauf gerichtet war, die Arbeit des Ministeriums für Verstand zu stoppen.

Es war natürlich ein seltsames und ganz neues Cambridge, das Kitty hier vorfand. Sie hatte Cambridge vor dem Krieg gekannt; seitdem war die Stadt vom wüsten und verwüstenden Krieg heimgesucht worden, und nun war, auf der anderen Seite dieser trennenden Kluft, ein neues und ungekanntes Cambridge entstanden, ein Cambridge, das zur Hälfte aus jungen Kriegsveteranen bestand, die das Wissen um rote Horizonte, Schlachten, Mord und plötzlichen Tod in den gleichgültigen, wachsamen, erfahrenen Augen trugen; wenn sie durch die Straßen schlen-

Dummheit ist er unausweichlich, Völkerbund hin oder her«, dann brüllten sie allesamt und jubelten.

Also fuhr er umher und sagte diese Dinge, überzeugte und besänftigte die Arbeiterschaft im ganzen Land; die Arbeiterschaft, dieses furchteinflößende Ungeheuer, das von allen guten Staatsmännern gefürchtet und umschmeichelt wird und das doppelt so furchteinflößend war, seit es in den Schlachten des Großen Krieges die Macht gespürt hatte, die in der Einheit von Männern und Waffen liegt.

9. Kapitel

Die gewöhnliche Schar

1.
Es war nach einer solchen Zusammenkunft, Ende Juli in Chesterfield, dass sich Kitty und der Minister zum ersten Mal wieder begegneten. Kitty berichtete zu dieser Zeit gerade für das *Bulletin* aus Derbyshire. Die Versammlung in Chesterfield besuchte sie in offizieller Funktion. Es war eine gute Versammlung; Chester sprach gut, und das Publikum (das hauptsächlich aus Bergarbeitern bestand) hörte gut zu.

Es war sehr heiß an diesem Abend. Das Gemeindehaus war stickig und voller verschwitzter, kohleverschmierter, nicht ganz sauber gewaschener Gesichter. Auch Kitty schwitzte, obwohl sie noch knapper bekleidet war als sonst. Chester war verschwitzt und blass und sah, trotz seiner flammenden und mitreißenden Inbrunst, erschöpft und angespannt aus. Kitty, die ebenfalls erschöpft und angespannt war, beobachtete, wie er während seiner Rede die Hände unruhig auf dem Pult bewegte.

Er sprach gerade über die Forderung der Bergarbeiter nach Lohnerhöhungen, damit sie sich die Steuern auf ihre unzertifizierten Kinder leisten konnten, da erblickte er Kitty. Seine Augen blieben für einen Augenblick an ihren haften, und er hielt mitten im Satz inne. »… liefe das dem Zweck des Gesetzes zuwider«, beendete er ihn schließlich und blickte woanders hin. Kitty war überrascht von seinem Stocken; es war ungewöhnlich für ihn. Normalerweise hätte er, der das öffentliche Reden gewohnt, der gegen Notfälle gewappnet und auf jegliche Unterbrechungen seines Redeflusses gefasst war, weitergesprochen, ohne innezuhalten oder sich etwas anmerken zu lassen. Dass er es nicht getan hatte, zeigte nur, wie überaus angespannt er war, dachte Kitty, ganz ähnlich wie sie selbst bei diesem heißen Wetter, den ständigen Zugfahrten, Übernachtungen in Gasthöfen und dem Schreiben absurder Berichte.

Quer durch den Versammlungsraum sah sie jetzt nichts als diese schmale, gebeugte Gestalt, die Gesten dieser nervösen, elastischen Hände, dieses bleiche, verschwitzte Gesicht mit den schiefen Augenbrauen und dem schiefen Lächeln.

Es war lange her, dass sie ihn zuletzt gesehen und gesprochen hatte; bei seinem Anblick wallte etwas in ihr auf und ließ sie schwindeln. Es war bedrohlich heiß; die Hitze machte sie ganz willenlos und schlaff … Ob es ihm auch so ging?

2.

Kurz bevor er zum Schluss kam, sah er sie noch einmal an, und seine Augen sagten: »Warte auf mich.«

Sie wartete bei einer kleinen Gruppe an der Tür, durch die er hinauskommen würde. Er kam mit seiner Sekretärin, dem Bürgermeister und noch einigen anderen, mit denen er sich unterhielt. Als er sie sah, blieb er stehen und sagte, so dass alle es hören konnten: »Wie geht es Ihnen, Miss Grammont? Ich habe Sie schon länger nicht mehr gesehen. Sie schreiben jetzt immer die Berichte für das Bulletin, nicht wahr? Ich würde gerne mit Ihnen darüber sprechen. Wenn Sie mir ihre Adresse geben, könnte ich in etwa einer halben Stunde bei Ihnen vorbeikommen.«

Sie gab ihm die Adresse ihrer Unterkunft in der Little Darkgate Street, worauf er nickte und weiterging. Das hatte er gut gemacht; niemand konnte etwas dabei finden, das über das rein Geschäftliche hinausging. Minister müssen die Kunst der Täuschung beherrschen, müssen wissen, wie man gewisse Situationen verschleiert; es ist Teil ihres Berufs.

Kitty ging zurück in ihre Unterkunft, wusch sich zum siebzehnten Mal an diesem Tag und probierte, ob sie sich in einer noch luftigeren Bluse vielleicht weniger matt und überhitzt und etwas mehr als Herrin ihrer Sinne fühlen würde. Doch stattdessen wurde ihr noch heißer, sie wurde noch matter und noch weniger Herrin von irgendetwas.

Um halb zehn kam Chester. Auch er war überhitzt und matt und Herr von nichts. Und er hatte nicht einmal eine luftige Bluse zur Linderung.

Er sagte: »Meine Liebe – meine Liebe«, und dann eine Weile nichts mehr. Endlich brach es aus ihm heraus: »Meine Liebste, das muss aufhören. Ich halte es nicht mehr aus. Wir müssen heiraten.«

»Also gut, das müssen wir wohl«, antwortete Kitty. Sie war zu verschwitzt, zu matt, zu müde, um zu widersprechen.

»Sofort«, sagte Chester. »Ich besorge uns eine Lizenz … Am besten machen wir es in irgendeinem kleinen Ort auf dem Land, wo niemand weiß, wer wir sind. Ich werde einen anderen Namen annehmen müssen … In den Chiltern Hills gibt es einen Ort, wo ich manchmal übernachte. Sie sind dort ziemlich dumm – sogar jetzt noch«, fügte er mit dem Anflug eines verzagten Lächelns hinzu. »Dort sollten wir einigermaßen sicher sein. Aber eigentlich ist es mir auch egal; wir machen es einfach.«

Sie unterhielten sich leise in dem schummrigen, schwülen Zimmer, dessen Fenster zur schwülen Straße hin offen standen.

»Ich hatte solche Sehnsucht nach dir«, sagte Chester. »Ich habe mich in den letzten drei Monaten so nach dir gesehnt. Ich habe mich noch nie so sehr nach etwas gesehnt. Es war eine – eine scheußlich Zeit.«

»So siehst du auch aus«, sagte Kitty. »Und ich ebenfalls – nicht wahr? Es liegt aber zum Teil an der Hitze und am Staub, bei uns beiden – der Kohlestaub hier in dieser Stadt saugt sich richtig fest – und zum Teil auch an der Müdigkeit, und bei dir kommt zweifellos noch die Belastung durch deine Ministerpflichten dazu; aber zum Teil sind es bestimmt auch unsere gebrochenen Herzen ... Nicky, ich bin zu schwach, um mich zu streiten. Ich weiß, dass es ganz und gar falsch ist, was wir machen wollen; aber mir geht es wie dir – es ist mir ziemlich egal. Wir heiraten in deinem blöden Dorf, unter falschem Namen. Das gilt dann trotzdem, oder? Ach, wie auch immer. Es würde mich nicht einmal besonders stören, wenn es nicht gälte, weißt du. Ich könnte auf das ganze Theater mit dem Standesamt auch verzichten, wenn du meinst, dass es sicherer ist. Was soll denn schließlich passieren? Am Ende läuft es doch auf das Gleiche hinaus, nur mit weniger Aufhebens. Und es geht niemanden außer uns etwas an.«

»Nein«, sagte Chester. »Ich glaube, das wäre ein Fehler. Es wäre falsch. Ich halte nichts davon, das Rechtliche auszulassen; es zeugt von einem Mangel an sozialer Verantwortung, Selbstkontrolle und Intelligenz und öffnet einem Zustand Tür und Tor, der im Grunde unzivilisiert ist. Das gefällt mir nicht. Es wirkt auf mich immer unangenehm und rückständig;

wie ein Schritt in die falsche Richtung. Nein, das machen wir nicht. Ich nehme lieber das Risiko auf mich, dass es an die Öffentlichkeit kommt. Ich verrate ein Prinzip, aber ich will nicht mehr verraten als nötig.«

Kitty lachte insgeheim und schob ihre Hand in seine. »Also gut, dann musst du das auch nicht. Wir binden uns ganz offiziell in deinem Dorfamt, behalten einige unserer Prinzipien und pfeifen auf das Risiko … Eigentlich sollte ich es dir ausreden, weißt du. Wenn es herauskommt, dann ist es nicht nur um deine Karriere geschehen, sondern vielleicht auch um das Ministerium, was wiederum den Intellekt des Landes gefährden würde. Möglicherweise säen wir also gerade die Saat für einen neuen Weltkrieg; aber ach, ich bin es leid, ständig auf irgendwelchen Prinzipien zu beharren.«

»Dafür ist es sowieso zu spät«, sagte Chester. »Jetzt müssen wir weitermachen.«

Er zückte seinen Taschenkalender und sagte, er wäre am 10. August frei, also würden sie an diesem Tag heiraten und danach gemeinsam für vierzehn Tage nach Italien fahren. Sie trafen die Vorkehrungen, die unter diesen besonderen Umständen zu treffen waren, und dann ging Chester zurück in sein Hotel.

Die ehrfurchtgebietende, schwüle Nacht, in der die Schmelzöfen von Chesterfield keuchten, lag wie eine Drohung über der seltsam verwinkelten, schwarzen Stadt. Kitty lehnte sich aus dem Fenster und lauschte dem Hall von Chesters sich entfernenden Schritten nach, fuhr sich, weil sie Kopfschmerzen hatte, mit den Händen durch ihr feuchtes Haar und murmelte: »Es ist mir egal. Es ist mir egal. Wozu lebt man schließlich, wenn man nicht haben darf, was man will?«

Womit sie einen eigentümlichen Instinkt des Menschen zum Ausdruck brachte, an dem letzten Endes selbst die größten Anstrengungen sozialer und ethischer Reformer scheitern müssen.

3.

Sie heirateten also. Chester nahm dafür den Namen Gilbert Lewis an; es war fast erschreckend einfach. Der Trauzeuge betrachtete ihn aufmerksam, aber so schaute er wahrscheinlich alle Leute an, die heirateten. Weder er noch der Standesbeamte sahen so aus, als wären sie besonders intelligent oder als würden sie Chesters Gesicht mit irgendetwas in Verbindung bringen, das sie kannten.

Nach der Zeremonie fuhren sie für zwei Wochen nach Italien, wo man im August vor englischen Urlaubern einigermaßen sicher ist. Sie wohnten in Cogoleto, einem winzigen Fischerdorf fünfzehn Meilen westlich von Genua, das in einer kleinen Bucht zwischen Olivenhainen und dem Meer lag. An diese abgelegene Küste kommen in den Sommermonaten die Menschen aus den heißen Städten im Landesinneren, besetzen jedes Hotel und jeden Gasthof oder schlagen am Strand ihre Zelte auf und verbringen dann heitere, faule, amphibische Tage im und am Meer, das gegenüber den englischen Meeren den unschätzbaren Vorteil besitzt, dass es immer da ist.

Auch die Chesters verbrachten einige amphibische Tage. Sie standen früh auf, wenn das Meer noch kühl und glatt im Morgenlicht lag und der Sand ihnen noch nicht beim Laufen die Füße verbrannte. Dann glitten sie vom sanft abfallenden Ufer ins Wasser und schwammen und schwammen und schwammen. Sie waren beide gute Schwimmer. Chester war stärker und schneller, aber Kitty konnte mehr Kunststücke. Sie konnte Saltos im Wasser schlagen wie ein Aal, sich auf den Grund des Meeres setzen und mit den Kieseln spielen, während sie mit offenen Augen durch das klare Türkis nach oben sah. Als sie von einem Boot aus schwimmen gingen, sprang sie rückwärts und kopfüber vom Bug, schoss unter dem Boot hindurch und tauchte genau hinter dem Heck wieder auf. Chester war ebenfalls nicht schlecht; ihrer beider Können erregte staunende Bewunderung bei den *bagnanti*, die meist nur im seichten Wasser planschten oder mit Schwimmgürteln ein paar Meter weiter draußen auf und ab wippten. Chester und Kitty schwammen eine Meile hinaus, ließen sich dann auf dem Rücken treiben und schauten in den meerblauen Himmel, noch bevor die Sonne hoch genug gestiegen war, um sie zu blenden und zu verbrennen. Dann schwammen sie zurück, zogen sich im Gasthaus um und tranken ihren Morgenkaffee, spazierten die Küste entlang, aßen zu Mittag und suchten sich danach eine einsame kleine Bucht im Schatten der Felsen, wo sie die Mittagshitze abwechselnd im Wasser und am Strand verbrachten. Wenn sie aus dem Wasser kamen, legten sie sich in den brennend heißen Sand und ließen sich trocknen, unterhielten sich oder lasen. Nachdem die Mittagshitze ein wenig abgeklungen war und das Meer ganz glatt und still im späten Nachmittag dalag und sich ohne eine einzige Welle mit einem sanften Flüstern hin- und herwog, gingen sie weiter landeinwärts; sie kletterten auf steilen, gepflasterten Maultierpfaden, die sich die Hügel hinaufwanden, vorbei an grauen Olivenhainen, Zitronen- und Orangengärten, Weinbergen mit reifenden Reben und einfachen weißen Bauernhäuschen, bis sie zu den kahlen, wilden Hügeln voller Pinien und Felsen kamen, wo jede kleinste Bewegung der vom Meer kommenden Luft den heißen, süßen Duft von Myrte und Wacholder aufwehte.

Oft kletterten sie auch auf diesen oder jenen Gipfel der über der Bucht wachenden Hügelkette, und oben angelangt ruhten sie sich an einem alten Ziehbrunnen oder einem kleinen Schrein aus und sahen über die ins Abendlicht getauchten Hügel und das Meer, im Osten der helle Schein von Genua, das wie eine Perle, wie ein Geist, zwischen dem durchsichtigen Meer und dem Himmel schimmerte, im Westen die Spitze von Savona, die dunkel aus der feurigen Flut hervorstach.

Es gab einen Hügel, den sie oft bestiegen, ein kleiner, steiler, pinienbewachsener Berg, dessen Gipfel von einer alten Kapelle gekrönt war. Die kleine Kapelle war der Madonna della Mare geweiht, und in ihrem Inneren hingen Miniaturschiffchen als Votivgaben dankbarer Seeleute, die von der Madonna aus den Gefahren des Meeres gerettet worden waren. Außerhalb der Kapelle stand neben einem alten Brunnen ein blassrot bemalter Schrein, aus dem Mutter und Kind gütig auf die verwelkten Blumen hinablächelten, die fast immer auf dem Sims vor ihnen lagen.

Bei dem Schrein und dem Brunnen saßen Chester und Kitty, während das Licht langsam auf den Hügeln erstarb, bis die unteren Hänge im Abendschatten lagen und nur noch sie beide auf dem Gipfel wie verzaubert in einem Kreis aus Feengold übrig waren.

Eines Abends, als sie dort saßen, kam ein schwachsinniger *contadino* aus der Kapelle geschlurft und bettelte sie an. Chester wies ihn schroff zurück und wandte sich ab. Der Idiot blieb stehen, brabbelte ein wirres Gebet, verbeugte und bekreuzigte sich vor dem Schrein, von wo er auch keine Hilfe erhielt, und watschelte schließlich niedergeschlagen den Hügel hinab, wobei er ein unverständliches Lied vor sich hin summte.

Als Kitty Chester ansah, bemerkte sie erstaunt, dass sein Gesicht starr vor Abscheu war; er sah aus, als müsste er sich ein Schaudern verkneifen.

»Wie sehr du sie hasst, Nicky«, sagte sie erstaunt.

»Das tue ich«, antwortete er grimmig und sprach dann von etwas anderem.

Doch bald darauf begann er unvermittelt zu reden. »Ich habe dir nie richtig von meiner Familie erzählt, nicht wahr, Kitty, oder von meinen sogenannten jungen Jahren?«

»Das hast du natürlich nicht«, antwortete sie, »ebensowenig wie ich. Wir interessieren uns beide nicht sonderlich für die Vergangenheit; du lebst in der Zukunft und ich in der Gegenwart ... Ich würde es aber trotzdem gerne hören.«

»Dieser Schwachsinnige hat mich daran erinnert«, sagte Chester bitter. »Ich hatte eine Zwillingsschwester, die so war, und einen Bruder, der nicht weit davon entfernt war. Davon weißt du ja bestimmt; aber du kannst dir nicht vorstellen, niemand, der es nicht selbst erlebt hat, kann sich jemals vorstellen, wie es war ... Zuerst, als ich anfing, es nicht mehr einfach hinzunehmen als etwas, das nun einmal so ist, machte es mich nur wütend, dass so etwas überhaupt möglich ist, und es tat mir schrecklich leid um Joan und Gerald, die so durchs Leben gehen mussten, die sich und anderen so wenig von Nutzen waren und eine solche Belastung für mich und Maggie (meine älteste

Schwester; ich würde mich freuen, wenn du sie eines Tages kennenlernen würdest). Ich erinnere mich, dass ich Maggie sogar einmal fragte, ob es nicht das Beste wäre, wenn man sie in den Wald bringen und dort zurücklassen würde, so wie heute die Babys. Ich dachte wirklich, es wäre zu ihrem Besten; ich jedenfalls hätte es an ihrer Stelle so gewollt. Aber Maggie sah das nicht so; sie war in dieser Hinsicht geduldiger als ich, das ist sie immer. Als ich dann älter wurde, war ich wütend auf meine Eltern, die eigentlich überhaupt keine Kinder hätten bekommen dürfen; sie waren Cousin und Cousine ersten Grades, und Geistesschwäche lag in der Familie … So kam ich dazu, über dieses Thema nachzudenken. Ich weiß noch, dass ich meinen Vater einmal, als ich ungefähr siebzehn war, fragte, wie er diese Ehe mit seinem Gewissen vereinbaren konnte (er war zu dieser Zeit Dekan). Ich war damals wahrscheinlich ein selbstgefälliger junger Schnösel; ich erinnere mich sogar daran, dass ich einer war. Er wies mich ganz richtig darauf hin, dass eine solche Frage mir nicht zusteht und dass alles, was ist, von der Vorsehung gesandt und somit richtig sein musste. Ich ließ jedoch nicht locker; ich führte an, dass es nicht ‚war' und damit auch nicht notwendigerweise richtig sein konnte, bis er und meine Mutter es machten; doch er beendete das Gespräch, und das wohl im rechten Moment. Es war zu dieser Zeit schwer, mit meinem Vater zu diskutieren; heute ist es einfacher, wenn auch nicht wirklich leicht. Ich glaube, die Beschränkung der weltlichen Zuständigkeiten von Bischöfen hat ihm gutgetan; es hat ihn, wie man wohl so sagt, in einen Stand der Gnade versetzt. Vermutlich würde er es heute nicht wieder tun, wenn er sein Leben noch einmal leben würde. Aber dennoch hat er es getan, und das Ergebnis waren zwei schwachsinnige Kinder und eines, das als Erwachsener die Dummheit so verabscheut wie manch andere (womöglich) das Laster, wenn sie mit dessen Auswirkungen in Berührung gekommen sind. Es wurde bei mir zur Besessenheit; wo ich auch hinsah, sah ich Dummheit, wie sie alles zerstörte, jeden Weg versperrte, allen die Hände band. Der Burenkrieg fiel gerade in meine Schulzeit ... mein Gott ... Dann ging ich nach Cambridge, und dort fing ich an, die Sache ernsthaft zu durchdenken. Was mich immer am meisten fuchste, war, dass die Menschen ja eigentlich so erstaunlich *klug* sind; wunderbar klug, wenn man darüber nachdenkt und uns mit den anderen Tieren vergleicht, die uns in vielerlei Hinsicht ähnlich sind. All das, was wir zu vollbringen im Stande sind; der animalische Zustand, dem wir entwachsen sind; die Dinge, die wir entdeckt und geschaffen haben – da schwirrt einem der Kopf. Und wenn wir schon so klug sein können, warum sollten wir dann nicht noch ein wenig klüger werden? Warum müssen wir in Vielem so entsetzlich dumm sein? Was für eine Verschwendung ... Was könnten wir alles erreichen, wenn wir unsere Kräfte voll entfalten würden. Aber irgendwie vermasseln wir es dann doch immer: Nichts klappt so ganz, wie es sollte. Denk doch nur an die Jahrtausende der Haushaltsführung und was es in diesem Zusammenhang für wirklich kluge Erfindungen gegeben hat – und dann sieh dir das Elend an, das in den Bauernhäusern herrscht; wie die Frau versucht, das Essen zu kochen und das Haus zu putzen und sich um die Kinder zu kümmern und Wäsche zu waschen, alles von Hand und mit den unmöglichsten Gerätschaften. Warum haben wir noch keinen Ausweg aus diesem elendigen, mühsamen Gewurstel gefunden? Und warum gibt es überhaupt noch Häuser, die so gebaut und eingerichtet sind? Wenn wir schon so klug sind, dass wir Häuser bauen können, warum bauen wir sie dann nicht richtig? Und so ist es mit allem. Zum Beispiel auch in der Medizin. Ich staune über die Fortschritte, die es dort gab; aber warum gibt es überhaupt noch Krankheiten? Und warum gibt es nicht für jede Krankheit eine Heilung? Und warum versagen Ärzte so hoffnungslos, wenn sie etwas diagnostizieren müssen, das nur ein wenig abseits des Gewohnten liegt? Da ist es wieder; wir sind in gewisser Weise klug, aber nicht annähernd klug genug oder so klug, wie wir sein müssten, um es zu schaffen. Das Gleiche gilt für die Politik; außer dass wir da nur sehr selten überhaupt klug waren; das kommt erst noch. Und unser Bildungssystem ... meine Güte ... Das Problem ist, dass die Menschen im Allgemeinen nicht *wollen*, dass andere zu klug werden; es könnte ihnen in die Quere kommen. Also wird der Trieb, weiterzuwursteln, alles so zu nehmen, wie es ist (und es so zu lassen), und die Vorliebe für oberflächliches Geschwätz in der Literatur, der Politik, der Wissenschaft, Kunst und Religion auf diesem Niveau bedient ... Aber ich wollte mich jetzt gar nicht so weit in die Sache hineinsteigern; ich wollte dir nur erzählen, wie ich dazu kam, über all das nachzudenken.«

»Erzähl ruhig weiter«, sagte Kitty. »Es gefällt mir. Es fühlt sich vertraut an, als würde ich in einer Besprechung sitzen, die du leitest ... Was ich aber daraus ableite, ist, dass wenn deine Eltern nicht Cousins ersten Grades mit Schwachsinn in der Familie gewesen wären, dann gäbe es heute kein Ministerium für Verstand. Das heißt also, dass dein Vater Recht hatte und alles was ist, auch richtig ist … Die interessante Frage ist natürlich: Was wäre, wenn wir irgendwann wirklich viel klüger wären, als wir es heute sind? Also abgesehen davon, dass Haushalte besser geführt und Krankheiten besser behandelt und der Verkehr besser geregelt und bessere Bücher geschrieben oder eben nicht geschrieben würden, und so weiter? Was würde mit den Staaten, den Gesellschaften und Regierungen geschehen, wenn die Menschen insgesamt intelligenter würden? Ich kann es mir nicht vorstellen. Aber ich glaube, es wäre ein ziemlicher Aufruhr … Vielleicht werden wir es ja schon bald erfahren.«

»Nein«, sagte Chester. »Das werden wir wohl nicht. Vielleicht wird es ein ziemlicher Aufruhr; aber es wird nicht daran liegen, dass die Menschen zu klug, sondern dass sie nicht klug genug geworden sind. Es wird die kurzsichtige Dummheit der Menschen sein, die gegen das schlussendlich Beste aufbegehren.«

»So wie du und ich vielleicht auch.«

»Ganz genau. So wie du und ich vielleicht auch … Was wir tun, ist leider ganz typisch, Kitty. Darüber sollten wir uns keine Illusionen machen. Wir tun es, weil wir denken, dass es das wert ist; aber wir tun es sehenden Auges. Zum Glück sind wir beide realistisch genug, um zu wissen, was wir tun, und uns nicht mit irgendwelchem scheinheiligen Geschwätz den Verstand zu vernebeln … Das ist wahrscheinlich einer der Gründe, weshalb ich dich liebe, mein Herz – dein Sinn für Realismus. Bei dir gibt es kein Geschwätz, keine Scheinheiligkeit, keine Sentimentalitäten. Du bist nüchtern und klarsichtig.«

»Oder auch zynisch«, sagte Kitty.

»Ja. Vielleicht eher zynisch. Unnötig zynisch sogar, glaube ich. Etwas mehr Idealismus würde dir guttun.«

»Vielleicht bekomme ich ja welchen von dir ab. Du hast ja einigen, nicht wahr? Wie der Mann, so die Frau; ich bin vermählt mit und so weiter ... Und du bist viel klüger als ich, also hast du wahrscheinlich Recht ... Wir sind doch schrecklich verschieden, Nicky, mein Liebster, nicht wahr?«

»Das sind wir zweifellos. Aber wer ist das nicht?«

Eine Weile lagen sie schweigend in der warmen Süße der Bergkuppe, während das goldene Licht davonglitt und nur die reine grüne Stille des Abends zurückließ; sie sahen einander an und spekulierten über die seltsamen Unterschiede zwischen den Menschen und die Mysterien der Persönlichkeit, dieser winzige Punkt, auf den all die im Laufe der Zeit konzentrierten Kräfte der Vererbung drängen, so dass es kaum vorstellbar scheint, dass die Welt selbst sie überhaupt fassen kann, und doch sind sie in einer kleinen, gewöhnlichen Seele enthalten, die unter ihrem Gewicht nicht zusammenbricht.

So sahen sie einander an, spekulierend, bis aus dem Spekulieren Sehen wurde, und statt Persönlichkeiten wurden sie einander Personen, und Chester sah Kitty, mit ihren roten Lippen, goldenen Augen und schwarzen Wimpern, von Sonne und Meer zu einem sanften Nussbraun gebräunt, und Kitty sah Chester, lang, schlank und blass, mit schwarzen Brauen, die sich über tiefen, scharfsinnigen, verträumten Augen wölbten, und Lippen, die eine seltsame Verbindung von Tragödie und Komödie andeuteten.

»Ist es nicht spaßig«, sagte Kitty, »dass du du bist und ich ich? Ich finde (du nicht?), es ist sicher der größte Spaß seit Anbeginn der Welt. Das denke ich zumindest ... Und überall gibt es Millionen Menschen, die das Gleiche denken. Wir sind Teil der gewöhnlichen Schar, Nicky – der gewöhnlichsten, allergewöhnlichsten Schar. Ich glaube, mir gefällt das ganz gut – so gewöhnlich zu sein, meine ich. Es ist doch amüsant, findest du nicht?«

»Ja«, sagte er und lächelte sie an. »Ich glaube schon.«

Sie lagen immer noch da, nebeneinander in der außergewöhnlich stillen Süße des Abends. Kitty drückte ihre Wange in das kurze warme Gras. Nicht weit von ihrem Ohr zirpte eine Zikade hell und monoton; in der Ferne ertönte von den Hügeln der einsetzende Abendgesang der Frösche.

Kitty schien es plötzlich, und nicht zum ersten Mal, als entgleite sie der Gegenwart, ihrem eigenen Leben und dem Leben um sie herum; sie sah es aus der Ferne, ein aufgeregter kleiner Punkt im Universum, wo die Menschen sich vergnügten und glücklich waren, wo die lustige Welt sich immerzu im Kreis drehte, wo man lachte und weinte und rannte und schlief und liebte und hasste, und doch war von außen betrachtet alles überhaupt nicht wichtig ... Sie fühlte sich wie eine ungeborene Seele oder eine längst gestorbene, die dem Treiben der Welt mit unbeteiligtem, mitleidigem Interesse zusah ...

Chesters Hand an ihrer Wange holte sie abrupt zurück.

»Meine Liebste«, sagte er, »lass uns zurückgehen. Es wird bald dunkel.«

4.

Eines Tages bekamen sie einen Schreck, denn sie trafen jemanden, den sie kannten. Sie begegneten ihm im Meer; immerhin war er in einem Boot und sie waren im Wasser. Sie schwammen gerade etwa eine Meile vom Ufer entfernt im perlglatten, goldenen Meer, im Auge der aufgehenden Sonne. Eine halbe Meile weiter draußen lag eine Segeljacht wie ein gemaltes Schiff auf einem gemalten Ozean. Von der Jacht her kam ein Boot heran, das von einem Mann gerudert wurde, und es sauste genau zwischen die Schwimmenden und die aufgehende Sonne. Chester und Kitty trieben auf dem Rücken und wirbelten mit den Füßen den goldenen Pfad der Sonne auf, und Kitty trällerte ein Liedchen, das die griechischen Ziegenhirten morgens auf den Hügeln über Korinth singen.

Der Mann im Boot lehnte sich über die Reling und rief, auf die Ruder gestützt: »*Hallo*, Chester!«

Als sie die Stimme hörte, durchfuhr es Kitty wie ein elektrischer Schlag, denn sie gehörte Vernon Prideaux. Sie verlor die Nerven, den Kopf und jeden Sinn für Anstand, drehte sich platschend auf den Bauch und tauchte ab wie ein Tümmler, um nur so schnell wie möglich von Chester, Prideaux und der ganzen Situation wegzukommen. Beim Auftauchen prustete sie vor Lachen. Als sie um sich blickte, sah sie Chester auf das Boot zuschwimmen. Was würde er wohl sagen? Würde er sie erwähnen oder in diskretes Schweigen hüllen? Und hatte Prideaux sie erkannt oder nicht?

»Du Irre«, sagte sie zu sich selbst. »Natürlich hat er dich erkannt. Du hast vor lauter Aufregung den schlimmsten Ausweg gewählt.«

Umgehend schwamm sie zurück, diesmal an der Wasseroberfläche, und grüßte Prideaux, als sie sich dem Boot näherte.

»Hallo Vernon. Einen wunderschönen guten Morgen wünsche ich dir. Ich dachte, ich zeige dir mal, wie gut ich tauchen kann … Wie kommst du denn hierher? Ach, mit der Jacht natürlich ...« Sie hielt inne und fragte sich, wer jetzt wohl an der Reihe wäre, etwas zu sagen, dann ergriff sie wieder das Wort. »Ist es nicht verrückt? Mr Chester und ich wohnen beide hier in der Nähe.«

Prideaux' aufmerksames, wohlerzogenes, vollkommen höfliches Gesicht sah kurz so aus, als wäre es in der Tat ein wenig verrückt; dann schluckte er seine Überraschung hinunter.

»Ach tatsächlich? Es ist eine wunderbare Küste, nicht wahr? Das dort ist wahrscheinlich Cogoleto? Wir machen leider gar keinen Halt; wir fahren direkt weiter nach Genua ... Wartet, ich komme rein.«

Er tauchte pfeilgerade vom Bug ins Wasser, mit der gleichen Präzision, mit der er Protokolle schrieb, Abordnungen empfing, heikle Situationen ignorierte und alles andere tat. Bei ihm musste man sich nie Sorgen machen; man konnte sich darauf verlassen, dass er nicht stümperte.

Sie plantschten gemeinsam und unterhielten sich, bis Kitty sagte, sie müsse los, um dann ungerührt wie jemand, der zum Frühstück erwartet wird, in Richtung Ufer zu schwimmen. Kurz darauf sah sie, dass Prideaux zurück zur Jacht ruderte und Chester westwärts schwamm, als würde er in Varazze wohnen.

»Wie taktvoll«, dachte Kitty. »So benimmt man sich also, wenn man eine heimliche Liebschaft pflegt. Wir führen eine geheime Ehe; da scheint es keinen großen Unterschied zu geben ... Es wäre mir viel lieber gewesen, wenn wir Vernon davon erzählt hätten; er würde bestimmt dichthalten, und ich hätte gerne sein Gesicht gesehen und gehört, was er dazu zu sagen hat. Wie grässlich er uns finden würde ... Ich kenne niemanden, der das mehr missbilligen würde ... Nun, es ist jedenfalls interessanter als eine Ehe, die man nicht verstecken muss, aber dafür auch weitaus weniger friedlich.«

Sie trafen sich im Hotel zum Frühstück wieder.

»Musstest du quer durch die ganze Bucht schwimmen, mein armer Liebster?« erkundigte sich Kitty. »Das tut mir wirklich leid. Übrigens ist mir aufgefallen, dass Vernon gar nicht gefragt hat, wo wir wohnen, und uns auch nicht auf die Jacht eingeladen hat. Meinst du, er hat uns auch nur ein einziges Wort geglaubt?«

Chester hob die Brauen. »Seine geistige Kategorie ist A, wenn ich mich nicht irre«, entgegnete er.

»Nun«, sagte Kitty, »er darf auf keinen Fall wissen, dass wir verheiratet sind, selbst wenn er denkt, wir hätten uns hier verabredet. Jedenfalls ist Vernon sehr diskret, er wird schon nichts ausplaudern.«

Chester aß schweigend anderthalb Brötchen. Dann stellte er unbewegt fest: »Kitty, die Sache kommt raus. Darauf können wir uns jetzt schon einstellen. Wir werden immer wieder Leute treffen, und sie werden nicht alle so diskret sein. Es wird rauskommen, so sicher wie die Blumen im Frühling blühen oder die Ingenieure von Clyde nächste Woche streiken.«

Sie sahen einander schweigend über den Frühstückstisch hin an. Dann, weil es nichts anderes zu geben schien, das der Lage entsprach, fingen sie beide an, hilflos zu lachen.

Drei Tage später kehrten sie auf getrennten Wegen nach England zurück.

10. Kapitel

Ein Ministerium in Bedrängnis

1.

Der Herbst war eine fieberhafte Zeit im Werdegang des Ministeriums. Schon oft in der Geschichte harrten Menschen aus dem einen oder anderen Grund in banger Vorahnung Stunde um Stunde des Zeichens, das ihren Untergang ankündigen würde. So erwarteten unsere Vorfahren am Ende des zehnten Jahrhunderts das Donnern des Weltuntergangs; doch die unterschiedlichen Gefühle, die sie dabei hatten, können wir heute nur erahnen. Lebendiger im Gedächtnis ist das bange Abwarten der ersten Augusttage des Jahres 1914. Die Gefühle von Kabinetten, die ihrer Abdankung entgegenblicken, des Oberhauses, das seine Abschaffung vorausahnt, von Kriminellen, die ihr Urteil erwarten, von Zeitungen, die verzweifelt um ihr Überleben kämpfen, von Besatzungen sinkender Schiffe, die sich mit Mühe über Wasser halten, von Ministerien, die ihr frühzeitiges Ende kommen sehen, all das sind Mysterien, die der Außenwelt verborgen sind, heilige Erde, die von den Massen nicht betreten werden darf.

Das Ministerium für Verstand kämpfte in diesem Herbst wacker um sein Leben; wie Sisyphos den Stein der menschlichen Perversität, der menschlichen Dummheit, des menschlichen Eigensinns bergauf schieben musste, der ständig drohte, zurückzurollen und ihn zu zermalmen. Hier wurden Zugeständnisse gemacht, dort Versprechen gegeben (und da oder dort sogar gelegentlich gehalten). Täglich wurden neue Anweisungen herausgegeben, alte abgeändert oder zurückgezogen, weitreichende und komplizierte Vereinbarungen mit verschiedenen Gruppen und Klassen getroffen. Im ganzen Land entstanden »kleine Ministerien« zur regionalen Verwaltung der Vorschriften, wie der Herbst die Blätter verteilte der Parlamentarische Sekretär beruhigende Antworten und Versprechungen, die dann aufgelesen, gehamstert und in manch einem bescheidenen, manch einem stattlichen Haus eingehend begrübelt wurden. Es wäre müßig, diese abgedroschenen, armseligen Kampagnen eines strauchelnden Ministeriums im Einzelnen nachzuerzählen. Ministerien mögen in unbeschwerten Zeiten einen jeweils eigenen, besonderen Stempel tragen, doch wenn Schmerz und Sorge sie umwölkt, werden sie einander ziemlich ähnlich. Mit den immer gleichen Künsten umwerben sie eine verunsicherte, scheue und schwer zufriedenzustellende Öffentlichkeit; eine Öffentlichkeit, die nur zu bereit ist, das Schlimmste von ihnen anzunehmen, zu unbarmherzig und fantasielos gegenüber ihren guten Absichten, zu überspannt, um zu bemerken, was falsch gemacht wurde, zu unwillig, Erfolge einzugestehen, zu bereit, Misserfolge zu verurteilen, ohne das Ausmaß der Versuchungen zu berücksichtigen.

Ministerien haben es schwer; ihre Hand richtet sich gegen jeden Einzelnen, und die Hand jedes Einzelnen richtet sich gegen sie. Für das Gute, das sie tun, geben die Menschen ihnen Schlechtes zurück, und für das Schlechte nichts Gutes. Und sie sind – nicht zu vergessen – trotz all ihrer Fehler intelligenter und hegen bessere Absichten als die große Mehrheit all ihrer Kritiker. Die Kritiker schreien »schafft sie uns vom Hals«, ohne sich jemals zu fragen, wer die Aufgabe besser erfüllen sollte, immer vorausgesetzt natürlich, dass die Aufgabe erfüllt werden muss. Im Fall des Ministeriums für Verstand sah die Mehrheit der Öffentlichkeit nicht ein, weshalb die Aufgabe überhaupt erfüllt werden sollte, was die Angelegenheit verkomplizierte. Es war wie mit der Rekrutierungsabteilung während des Krieges oder dem Zensurbüro oder dem Ministerium für Ernährung; nicht nur ihre Methoden, sondern schon ihre Funktion war unerwünscht. So wie die meisten Menschen nicht per Gesetz rekrutiert werden und sich ihre Lektüre oder Ernährung nicht per Gesetz vorschreiben lassen wollten, so wollten sie nicht per Gesetz intelligent gemacht werden. All diese Dinge mochten dem Wohl der Nation dienen und taten es zweifellos auch, doch sie waren im Augenblick einfach unangenehm, und wenn das höhere Gut (insbesondere wenn dieses nicht zwangsläufig dem eigenen entsprach) und die eigene unmittelbare Bequemlichkeit aufeinanderprallen, ist es für gewöhnlich nicht das höhere Gut, das gewinnt.

So kämpfte das Ministerium für Verstand, mehr noch als andere Ministerien, gegen große Widerstände. In allen Abteilungen herrschte fieberhafte Geschäftigkeit. Von früh bis spät telefonierten die Telefone, schrieben die Schreiber, tippten die Tippmamsells gegen die Zeit, Deputationen deputierten, Komittees kommittierten, Beamte berieten sich, Boten rannten mit dringenden Protokollen und handschriftlichen Notizen hin und her. Anweisungen und Rundschreiben sprudelten, Telegramme wurden in wilder Hast an die lokalen Ministerien und Tribunale verschickt, die Angestellten kamen früh und gingen spät, arbeiteten oft auch sonntags und wurden dünn und magenkrank und nervös und reizbar.

2.

Sogar Ivy Delmer war blass und niedergeschlagen, weniger von der Arbeitsbelastung als von privaten Sorgen. Diese vertraute sie eines Tages Kitty an, die durch einiges diskretes Strippenziehen (wozu war man schließlich mit einem Minister verheiratet, wenn solche Kleinigkeiten sich nicht arrangieren ließen) zurück ins Hauptquartier versetzt worden war und in ihrer alten Abteilung arbeitete. Sie fuhren eines Montagmorgens gemeinsam von Little Chantreys zur Arbeit.

»Ich frage Sie, Miss Grammont, was würden Sie tun? Ich bin B3 und er ist C1 (ich bin mir sicher, dass sie ihn falsch klassifiziert haben, denn er ist wirklich kein bisschen dumm, nicht so wie manche anderen Männer, wissen Sie, er ist sogar richtig klug in manchen Dingen – Ideen und so), aber natürlich wäre es gegen die Regularien, wenn wir heiraten würden. Aber wir haben uns nun mal gern, und wir glauben beide, dass es immer so bleibt. Und weder er noch ich wollen jemanden heiraten, der A ist, zumal ich denke, dass kein A jemals auf diese Weise an uns denken würde, Sie wissen schon, Miss Grammont, lachen Sie nicht, und wenn wir uns trennen, dann wären wir beide im Leben unglücklich ... Aber bestimmt fänden es alle schrecklich falsch, wenn wir uns so richtig verloben würden, wo ich doch im Ministerium arbeite. Wahrscheinlich sollte ich es wirklich sein lassen mit meinen ganzen Gefühlen ... Es ist aber so, dass ich in letzter Zeit meine Meinung über das Ministerium geändert habe, jetzt, wo ich öfter darüber nachdenke, und – Sie werden bestimmt entsetzt sein – aber ich bin mir nicht mehr sicher, ob ich das alles billige.«

»Um Himmels Willen, nein«, sagte Kitty. »Ich billige grundsätzlich keine Ministerien. Das ist es nicht, was man für sie empfindet. Mitleid; Erbarmen, vielleicht sogar ein wenig Zuneigung, ja; aber Billigung – nein, ganz und gar nicht.«

»Nun, verstehen Sie, was ich meine, es ist ja in der Theorie alles schön und gut, aber ich kenne ehrlich gesagt ziemlich viele Leute, deren Leben deshalb verkorkst und zerstört wurden – und es erscheint mir wirklich hart. Schon allein in Little Chantreys sind es ein Haufen Leute; natürlich begegnen wir denen oft, weil sie Vater und Mutter davon erzählen … Und all die armen ausgesetzten Babys … Ach was, ich denke, das ist schon in Ordnung. Ich bin gerade einfach nur ein bisschen durcheinander … Aber jetzt frage ich Sie, wo ich nun diese Gefühle habe und tun will, was ich mir vorgenommen habe (zumindest hoffen wir, dass wir es irgendwann tun werden), sollte ich da weiter im Ministerium arbeiten? Wäre das denn redlich? Würden *Sie* es tun, Miss Grammont?«

Kitty wurde ein wenig rot, was ihr zu Ehren und Ivy zu einer gewissen Überraschung gereichte. Für sie passten Miss Grammont und Erröten nicht zusammen, zumal es dafür gerade keinen Anlass zu geben schien.

»Nun, ja, ich denke schon. Ich finde nicht, dass Sie Ursache haben, zu kündigen – es sei denn natürlich, Sie halten es nicht aus und wollen es so … Schließlich würde man ja kaum je bei einer Arbeit bleiben, wenn man sie vollständig billigen müsste. Nein, ich denke, das würde zu nichts führen.«

»Meinen Sie wirklich? Nun, dann werde ich wohl noch ein Weilchen bleiben. Es ist mir natürlich in gewisser Weise sogar lieber, da wir bestimmt das Geld brauchen werden, falls wir jemals heiraten. Nicht dass ich sparen würde; ich gebe jeden Penny aus, den ich verdiene, leider. Aber natürlich entlastet es meinen Vater, dass er nicht mehr für mich sorgen muss … Haben Sie nicht das Gefühl, Miss Grammont, dass diese ganze Einmischung in das Privatleben der Leute ein Fehler ist? Das denke ich in letzter Zeit sehr oft. Nur wenn ich die Reden des Ministers lese, dann ändere ich wieder meine Meinung; er erklärt es so famos, und ich denke dann, dass ich vielleicht ein selbstsüchtiges kleines Scheusal bin. Es ist mir egal, was andere über ihn sagen, ich finde ihn ganz wundervoll.«

»Das ist er wohl«, sagte Kitty.

»Ach, er würde mich bestimmt fürchterlich verabscheuen, wenn er davon wüsste, nicht wahr?«

»Nun …«, sagte Kitty. Und vielleicht war es gut, dass sie in diesem Augenblick Marylebone erreichten.

Diese Unterhaltung war typisch, ebenso wie Ivy Delmers Standpunkt typisch war für das, was wir in Ermangelung einer besseren Bezeichnung als das Denken im ganzen Land bezeichnen müssen. Die Gesetze waren ja alle schön in der Theorie oder solange sie nur die anderen betrafen, doch wenn sie das eigene Leben durcheinanderbrachten – Hände weg. War der einzige Unterschied zwischen jemandem wie Ivy Delmer und jemandem wie Nicholas Chester, dass Ivy sich selbst etwas vormachte (»Es geht mir ja nicht um mich, sondern ums Prinzip«), während Chester sehenden Auges scheiterte? Womit vielleicht auch gesagt wäre, dass Ivy als B3 klassifiziert war und Chester als A.

Im ganzen Land sagten die Menschen, entsprechend ihren unterschiedlichen Temperamenten, das eine oder das andere: »Natürlich geht es mir nicht um mich, sondern ich finde das System falsch«, oder (andersherum) »Es mag ja in der Theorie richtig sein, aber ich lasse mich doch davon nicht einschränken«, oder »Ich lasse mir das nicht gefallen, und überdies ist es ganz falsch.« Natürlich gab es auch solche mit mehr Gemeinsinn, die sagten »Es ist ein ausgezeichnetes System und ich werde mich daran halten«, oder »Obwohl es ein schlechtes System ist, müssen wir uns damit arrangieren.« Doch sie waren in der Minderheit.

3.

Bis November verlief die Kampagne gegen das Ministerium noch einigermaßen sachlich und beschränkte sich hauptsächlich auf die Ablehnung des Systems. Sie wurde in der Presse angeführt von den Zeitungen der Labour-Partei, die sich die Zwangsmaßnahmen verbaten, von der *Nation*, die sich das verbat, was sie – zu Recht oder zu Unrecht – mit dem oft missbrauchten Terminus »Preußentum« bezeichnete, vom *New Witness*, der sich die Einmischung in die zufriedene Dummheit der Landbevölkerung verbat (die dadurch unangenehmerweise so klug werden würden wie die Juden), und von *Stop It*, die sich alles verbat. Unterstützung bekam das Ministerium von den gemäßigteren Meinungsorganen der Sorte, die man vor dem Krieg konservativ und liberal genannt hätte. Und natürlich, unverbrüchlich, von der *Hidden Hand*.

Doch im Laufe des Novembers kam ein neues Element zu den Angriffen hinzu – das persönliche Element. Teile der Presse, die das Ministerium unterstützten, brachten nach und nach ihre Unzufriedenheit mit dem Minister zum Ausdruck. Die *Times* deutete vorsichtig an, dass vielleicht ein wenig frisches Blut in bestimmten Abteilungen wünschenswert sei. Die *Daily Mail,* in ihrer offeneren und direkteren Art, verkündete in dicken Schlagzeilen »Nicky macht schlapp«. Minister müssen diese Andeutungen über ihre Person ertragen, wenn sie durch London laufen; auf der Flucht vor den älteren Herren, die vor Cox's die *Daily Mail* verkauften, wurde Chester in der Strand mit dem *Herald* konfrontiert, der lautstark forderte »CHESTER MUSS WEG«. Und dann (doch das kam später) mit dem *Patriot*, was noch viel, viel schlimmer war.

Die *Patriot*-Geschichte war anders als die anderen. Der *Patriot* war auch eine andere Zeitung. Der *Patriot* gab sich persönlich und häuslich und beschäftigte sich gewissenhaft nicht nur mit den öffentlichen Verfehlungen prominenter Persönlichkeiten, sondern auch mit den Skandalen aus ihrem Privatleben. Er förderte Dinge zutage. Er erging sich in Andeutungen und Anspielungen, schalkhaft und launig im Ton und nicht immer diskret in der Sache. Der *Patriot* war schon in diverse Gerichtsprozesse verwickelt gewesen, verkündete jedoch: »Wir haben keine Angst vor Strafverfolgung.« Jede Woche gab es eine Rubrik mit offenen Briefen an Personen unterschiedlichen Bekanntheitsgrads, in denen das Blatt ihnen mitteilte, was es von ihnen hielt. Der Schwachpunkt dabei war, dass der *Patriot* keine Zeitung war, die von diesen prominenten Personen gelesen wurde; seine Leser waren die Unbedeutenden und Unbedarften, die diese Briefe zweifellos sehr erbaulich fanden. Sein Herausgeber war Mr Percy Jenkins, ein Herr von beachtlichem Talent und, wie man sich erzählte, genügend persönlichem Charme, dass es ihm zum

Vorteil gereichte. Was ihm an ästhetischem Geschmack fehlte, das machte er durch Tatkraft und Patriotismus wett, und das Volk bejubelte ihn als Freund des Volkes. Den ganzen Oktober über litt Mr Jenkins offenbar unter dem Wunsch, ein persönliches Interview mit dem Minister für Verstand zu führen. Er schrieb ihm privat Briefe, in denen er diesem Wunsch Ausdruck verlieh und die vom Sekretär des Ministers mit unterkühlter Zurückweisung beantwortet wurden. Er erkundigte sich telefonisch, ob und wann ihm das Vergnügen zuteilwerden dürfe, den Minister zu treffen, worauf ihm mitgeteilt wurde, dass der Minister leider gerade keine Zeit für Vergnügungen habe. Er sprach im Ministerium vor und gab seine Karte ab, aber man sagte ihm, dass er, da er keinen Termin habe, leider nicht weiter vordringen dürfe als bis zum Wartesaal. Am Abend suchte er den Minister unter dessen Privatadresse auf, fand ihn aber beschäftigt.

Danach bekam der Minister offenbar Mitleid, denn Mr Jenkins erhielt einen Brief von dessen Sekretär, der ihm mitteilte, dass er, wenn er den Minister zu treffen wünsche, am folgenden Montag um halb zehn Uhr abends zu ihm nach Hause kommen solle. Und das tat Mr Jenkins. Er wurde in das Arbeitszimmer des Ministers geführt. Chester saß am Kamin und las *Erzählungen eines Großvaters aus der schottischen Geschichte.* Man traf ihn nie beim Briefeschreiben an, wie man es von einem Mann der Öffentlichkeit erwarten würde; sein Sekretär schrieb all seine dienstlichen Briefe, und seine privaten Briefe wurden überhaupt nicht geschrieben, weil Chester der Meinung war, dass sich die Briefe, die man erhält, von selbst beantworten, wenn man sie nur lange genug liegen lässt.

Mr Jenkins setzte sich, nachdem er dazu aufgefordert wurde, und sagte: »Sehr freundlich von Ihnen, dass Sie mir dieses Interview geben, Sir.«

Chester ließ sich jedoch zu keiner weiteren Freundlichkeit herbei, sondern antwortete steif: »Ich habe nur sehr wenig Zeit. Ich bin, wie Sie sehen, beschäftigt« – er deutete auf die *Erzählungen eines Großvaters* – »und wäre Ihnen dankbar, wenn Sie gleich auf Ihr Anliegen zu sprechen kämen, Sir, und zwar so geradeheraus, wie es Ihnen möglich ist.«

»Nun, ich will nicht gleich mit der Tür ins Haus fallen«, murmelte Mr Jenkins freundlich, »doch Sie haben ganz Recht, Sir, ich habe ein Anliegen. Wie ihnen zweifellos bekannt sein wird, bin ich Herausgeber einer Zeitung – des *Patriot* – vielleicht sind Sie ja mit ihr vertraut.«

»Im Gegenteil«, sagte Chester, »eine solche Vertrautheit wäre ganz unmöglich. Doch ich habe davon gehört. Ich weiß, auf welche Zeitung Sie sich beziehen. Bitte fahren Sie fort.«

»Die meisten«, erwiderte Mr Jenkins ein wenig verdrießlich, »finden eine enge Vertrautheit mit dem *Patriot* durchaus nicht unmöglich. Seine Auflage ...«

»Das ist jetzt wohl nicht nötig, Mr Jenkins. Würden Sie bitte freundlicherweise zu ihrem Anliegen kommen?«

Mr Jenkins zuckte die Schultern.

»Ihre Zeit scheint äußerst begrenzt zu sein, Sir.«

»Alle Zeit«, gab der Minister zurück, wobei er, wie es oft seine Gewohnheit war, ins Metaphysische verfiel, »ist begrenzt. Im Grunde konstituiert sich die Zeit ja erst durch ihre Begrenztheit. Was aber ›äußerst begrenzt‹ heißen soll, vermag ich nicht zu sagen. Doch wenn Sie meinen, dass ich dieses Gespräch möglichst kurz zu halten wünsche, dann haben Sie recht.«

Mr Jenkins beeilte sich fortzufahren.

»Der *Patriot* beschäftigt sich, wie Sie vielleicht schon gehört haben, mit der Wahrheit. Sein Ziel ist es, korrekte Informationen in Hinblick auf alle Angelegenheiten zu verbreiten, seien sie nun öffentlich oder privat. Und das tut er, soviel darf ich sagen, ausgesprochen erfolgreich. Nun, Mr Chester, wie Sie natürlich wissen, interessiert sich die Öffentlichkeit sehr für Sie. Es gibt derzeit niemanden, der mehr im Rampenlicht steht, oder, wenn ich so sagen darf, umstrittener ist. Deshalb würde ich mich natürlich freuen, wenn ich einige Artikel von öffentlichem Interesse zu diesem Thema liefern könnte, und ich wäre Ihnen dabei sehr dankbar für jede Unterstützung … Nun, Mr Chester, ich habe kürzlich etwas sehr Interessantes über Sie gehört. Die Leute erzählen sich, dass Sie in letzter Zeit sehr oft in Begleitung einer bestimmten Dame gesehen werden.« Er machte eine Pause.

»Fahren Sie fort«, sagte Chester.

»Es heißt sogar«, fuhr Mr Jenkins fort, »dass Sie zusammen aufs Land gefahren sind … also, nur Sie beide … an den Wochenenden …«

»Fahren Sie fort«, sagte Chester.

Mr Jenkins fuhr fort. »Es wird auch noch anderes erzählt; doch ich möchte meinen, das sind nur Gerüchte. Man erzählt sich die seltsamsten Dinge über Personen der Öffentlichkeit. Neulich traf ich jemanden, der in Buckinghamshire lebt, irgendwo in den Chiltern Hills, der eine sonderbare und zweifellos irrige Theorie über Sie hat … Nun, im Interesse des Landes, Mr Chester (mir liegt das Wohlergehen

Auge, dann kannst du versuchen, den Splitter aus dem Auge deines Bruders herauszuziehen‹. Wir möchten Ihnen an dieser Stelle nur raten, diese Sprüche zu beherzigen, bevor Sie weitere Anordnungen in Bezug auf die Ehe und ähnliche Privatangelegenheiten erlassen. Und noch ein dritter Spruch: ›Kann ein Blinder einen Blinden führen? Werden nicht beide in eine Grube fallen?‹ Sie täten gut daran, sich das zu Herzen zu nehmen.«

Das war alles in jener Woche. Doch es genügte, um unter der Leserschaft des *Patriot* Spekulationen und Gerede aufkommen zu lassen. In der kommenden und den darauffolgenden Wochen erschienen weitere Andeutungen, die weiteres Gerede nach sich zogen. In einer Woche gab es eine Karikatur von Chester, an dessen Mantel sich mehrere unverkennbare, aber auch unverkennbar minderbemittelte kleine Chesters klammerten. Das Bild trug den Titel »Ganz der liebe Herr Papa. Was wir in naher Zukunft womöglich zu erwarten haben.«

Mr Percy Jenkins verstand sein Geschäft. Und seit ihrem Gespräch hegte er eine heftige Abneigung gegen den Minister für Verstand.

4.

«Es wird ihm viel schlechter gehen, noch bevor ich mit ihm fertig bin«, sagte Chester zu Kitty. Sie saßen auf Kittys Sofa über einer Ausgabe des *Patriot*. Kitty lebte nun alleine in der Wohnung, da ihre Cousine plötzlich auf die Idee gekommen war, zu heiraten.

»Ich habe ja immer gesagt, es kommt raus«, war Kittys Antwort. »Und jetzt siehst du es.«

»Natürlich wusste ich, dass es rauskommen würde«, sagte Chester ruhig. »Es war unvermeidlich.

Aber noch ist es nicht so weit. Noch ist alles nur Gerede. Es ist zwar anrüchiger, aber dafür nicht so ernst wie die Angriffe der Labour-Partei gegen das Ministerium, die Stop-It-Kampagne und der Ruf nach einer Wirtschaftsregierung. Wirklich, eine Wirtschaftsregierung! Der letzte Schrei an sinnloser Stümperei …«

»Trotzdem, sagte Kitty ernst, »müssen wir beide vorsichtiger sein, Nicky. Wir waren zwar vorsichtig, dachte ich, aber anscheinend nicht vorsichtig genug.«

»In dieser wachsamen Welt«, sagte Chester, der müde war, »kann man nicht vorsichtig genug sein, wenn man etwas Falsches tut. Man kann zu vorsichtig sein (das wollen wir übrigens nicht), aber man kann nicht vorsichtig genug sein.«

5.

Doch Chester sah Kitty in diesen Tagen sowieso nicht sehr oft, weil er sich mit vielen anderen treffen und beraten musste – mit dem Arbeitgeberverband, den Ärzten, den Holzfällern, mit der Wollindustrie, den Bauern, den Baumwollspinnern und den Zeitungsredaktionen, mit der Kirche, den Eltern, dem Ministerrat, der Admiralität, mit dem Schulamt und dem Verteidigungsministerium, mit dem Ministerium für Wiederaufbau und der Abteilung für Propaganda. Und mit der A.S.E.

Man kann nur hoffen, dass Konferenzen nützlich sind; falls sie es nicht sind, dann dürfte es jedenfalls nicht an mangelnder Praxis liegen.

Auch Prideaux und die anderen Abteilungsleiter empfingen in ihrem bescheideneren Rahmen Abordnungen und konferierten. Ob der Vorwurf, dass das Ministerium nicht versuchte, sich der Sorgen und Beschwerden der Bevölkerung mitfühlend anzunehmen, nun stimmte oder nicht (und um den Ministerien Gerechtigkeit widerfahren zu lassen: Diese Vorwürfe stimmen meistens nicht), so steht jedenfalls fest, dass die Sorgen und Beschwerden der Bevölkerung ins Ministerium drangen, und zwar täglich von halb zehn Uhr morgens bis sieben Uhr abends. Nach sieben durften keine Sorgen mehr eindringen, aber die höheren Angestellten blieben oft bis spät in die Nacht, um mit den bereits anwesenden zu ringen.

In der Zwischenzeit legte die Regierung Zusicherungen in so viele der sich ihr entgegenstreckenden Hände, wie sie nur konnte. Zusicherungen können, trotz einer gewissen ihnen anhaftenden Bumeranghaftigkeit, gelegentlich zweckdienlich sein. Sie haben verschiedene Eigenschaften; gibt man sie, dann hat man ein wenig Ärger abgewendet, ein wenig Zufriedenheit geschaffen, ein wenig Zeit gewonnen. Erhält man sie, bedeutet es normalerweise, dass andere (hoffentlich) früher als man selbst zu etwas Unangenehmem gezwungen sein werden. Wenn andere sie erhalten, bedeutet es eine ungerechte Begünstigung. Wenn (oder falls) man sie erfüllt, bedeutet es, dass man dadurch in der sachgemäßen Erledigung seiner Arbeit stark eingeschränkt wird. Wenn man sie bricht, bedeutet das Ärger. Und wenn man davon nur als Außenstehender hört, bedeuten sie eine moralische Lektion – dass man halten muss, was man verspricht, aber dass man ganz gewiss nie und nimmer etwas versprechen darf.

Fest steht jedenfalls, dass das Ministerium für Verstand zu dieser Zeit zu viele Versprechen gab. Kein Ministerium der Welt hätte jemals so viele Versprechen halten können. So versprach man beispielsweise den verheirateten Frauen, dass zuerst die unverheirateten Frauen für die Verstandsschulungen einberufen werden würden. Man versprach den Bergbauingenieuren, dass ungelernte Arbeiter die Schulungen vor den gelernten Arbeitern machen würden; allen Eltern von fünf Kindern, dass die Eltern von sechs Kindern in jedem Fall mehr pro Kind zu zahlen hätten als sie; den Minderbemittelten, dass sie die Verstandsschulungen nicht mitmachen müssen. Letzteres sorgte im Parlament für große Aufregung. Es wurden erschütternde Fälle von Schwachsinnigen, die von den örtlichen Verstandsräten bedrängt und schikaniert wurden, vorgebracht und untersucht. (Frage: »Ist es nicht so, dass das Ministerium für Verstand in dieser Angelegenheit, die Schwachsinnigen zu schikanieren, vollkommen herzlos geworden ist?« Antwort: »Mir liegen diesbezüglich keine Informationen vor.« Frage: »Wird es eine Untersuchung zum Fall des minderbemittelten Mädchens in Perivale Halt geben, die drei Mal als für die Schulung untauglich abgelehnt wurde und schließlich bei einer erneuten Prüfung bestand, worauf sie während der Schulung an akutem Schwachsinn und Mumps erkrankte?« Antwort: »Es ist eine Untersuchung dazu im Gange.« Und so weiter und so weiter und so fort.)

Doch in den Augen der Öffentlichkeit war der wichtigste Beweis für die Herzlosigkeit des Ministeriums, dass es die Bedürfnisse des menschlichen Herzens unterdrückte und ignorierte. Was sollte man von einem Ministerium halten, das sich absichtlich und gefühlskalt zwischen Liebende stellte und eine Kluft zwischen Eltern und ihrem ungeborenen Kind errichtete, so dass das Kind entweder nie geboren wurde oder, wenn es doch geboren wurde, verlassen und der Barmherzigkeit des Staates ausgesetzt oder behalten und so schwer mit Geldbußen oder Gefängnisstrafen belegt wurde, dass die Eltern versucht sein könnten, sich zu fragen, ob das unglückliche Kind das alles wert war?

»Und *ihn* wollen sie besteuern!«, rief so manche Mutter aus, während sie die offensichtlichen Begabungen ihres Einjährigen bewunderte. »Wo er doch so klug ist wie nochwas. Schaut ihn euch doch an … Und der kleine Albert von nebenan, für was seine Eltern einen dicken Bonus bekommen haben, und dann hat man es eine Woche lang die ganze Straße rauf und runter gehört, wie sie ihn versoffen haben, er kann immer noch nicht laufen, und wenn man mit ihm spricht, schaut er kaum auf. *Das* nenne ich mal defizitär. Es ist nicht gerecht, egal was sie sagen.«

»Und trotzdem«, sagte Nicholas Chester zu seinen Kollegen, »scheint es mir einen wesentlich höheren Anteil an intelligent aussehenden Kleinkindern unter drei Jahren zu geben als früher. Das heißt, intelligent aussehend *für Kleinkinder.* Denn natürlich sind Kleinkinder keine intelligenten Geschöpfe. Ihr geistiges Niveau ist niedrig. Jedenfalls beobachte ich eine deutliche Verbesserung.«

Und eine deutliche Verbesserung war in der Tat zu beobachten.

Doch unter den Großen Unverbesserten und unter denen, die keine Verbesserung wünschten, wuchs die Unzufriedenheit; die langsame, gekränkte Unzufriedenheit der Dummen, denen persönliche Freiheit wie die Luft zum Atmen ist und das Wohlergehen ihrer Spezies wie ein unnützer, nicht greifbarer Traum, der die Beachtung praktisch veranlagter Männer und Frauen nicht verdient.

11. Kapitel

Der Sturm auf das Ministerium

1.
Im Dezember beging Dora eine Dummheit. Es ist unnötig zu sagen, dass sie auch in anderen Monaten Dummheiten beging; man muss befürchten, dass sie vor dem Verstandsgesetz geboren wurde; ihre geistige Kategorie musste weit unter C3 sein. Doch diese besondere Dummheit muss hier erwähnt werden, weil sie eine verheerende Auswirkung auf das bereits prekäre Schicksal des Ministeriums für Verstand hatte. Mit ihrer festen und geübten Hand nahm sie gleichzeitig vier Zeitschriften in den Griff, die eine rebellische Haltung gegenüber dem Verstandsgesetz einnahmen – die *Nation*, *Stop It*, den *Herald* und den *Patriot*. Damit verärgerte sie auf einen Schlag beträchtliche Teile der Nachdenklichen, der Fortschrittlichen, der Arbeiter (gemeinhin, doch fälschlicherweise als das Proletariat bekannt) und der Vulgären.

»Setzt sie ab, diese Idioten«, bemerkte Chester bitter; doch da war das Unglück bereits geschehen.

»Wann endlich«, fragte Vernon Prideaux, »begreifen die Regierungen, dass revolutionäre Propaganda, die im ganzen Land verbreitet wird, niemals einen solchen Schaden anrichten kann wie derartige Aktionen?«

Chester meinte, wenn man das Ministerium fur Verstand für – sagen wir – fünfzig Jahre seine Arbeit machen ließe, dann wären nach dieser Zeit sogar die Regierungen klug genug, um zu grundlegenden Erkenntnissen wie diesen zu gelangen. Wenn nur das

Ministerium diese Gelegenheit bekäme, wenn es nur die gegenwärtigen Widerstände überstehen könnte, wenn sich das Land daran gewöhnen würde ... Gewohnheit: Darum ging es. Irgendwann gewöhnten sich die Leute an alles. An alle möglichen Grausamkeiten. Schulbildung, Impfungen, Steuern, Hygiene, Demokratie ... Es war alles nur eine Frage der Gewöhnung.

2.

Obwohl die Behörden auf Ärger vorbereitet waren, sahen sie die Ereignisse des zweiten Weihnachtsfeiertages, dieses schicksalhaften Tages in der Geschichte des Ministeriums, nicht voraus.

Im Ministerium war so viel zu tun, dass viele der Angestellten bis auf den Weihnachtstag keinen Urlaub nahmen. Wie jeder weiß, der es schon einmal ausprobiert hat, eignen sich Feiertage hervorragend zum Arbeiten, weil es keine Störungen durch die Außenwelt gibt, keine Anrufe, keine Besucher, keine Registratur, die unaufhörlich eingehende Korrespondenz schickt. Die lärmende, aufdringliche Öffentlichkeit entschwindet dem Blick und dem Gehör, damit sich die Ministerien in der akademischen Abgeschiedenheit ihrer Büros ungestört ihrem Wohlergehen widmen können. Wenn es auf der Welt einen ewigen Feiertag gäbe (manche behaupten, doch mit wenig Grund, dass uns dies im Himmel erwartet), dann würden die Ministerien aufblühen; das Regieren würde zu reiner Mathematik, eine abstrakte Wissenschaft, unbeeinträchtigt vom aufreibenden Kontakt mit all den menschlichen Anliegen, die sie so grob, so hartnäckig zu Boden ziehen.

Am zweiten Weihnachtsfeiertag arbeitete der Minister selbst den ganzen Tag, und etwa ein Viertel der höheren Angestellten befanden sich ebenfalls an ihren Arbeitsplätzen. Doch um sieben war nur noch der Minister da, der in seinem Arbeitszimmer mit Prideaux sprach.

Die Prozession zog, zunächst in Form von vier Wolken, jede klein wie eines Mannes Hand,[33] von Norden, Süden, Osten und Westen herbei und vereinigte sich auf dem Trafalgar Square. Von dort aus marschierte sie auf der Whitehall bis zum Westminster und das Embankment entlang. Sie schien recht harmlos; eine Feiertagsmenge von Männern und Frauen mit Transparenten, wie früher, als die Leute für ihr Wahlrecht demonstrierten, für die Auflösung der Kirche, für Frieden oder billiges Essen. Der Hauptunterschied zwischen dieser und früheren Demonstrationen war, dass eine große Zahl der Teilnehmer wie von selbst in einen Gleichschritt zu verfallen schien und im Takt marschierte, wie Soldaten. Es war heutzutage eine Eigenart der meisten Demonstrationen; diese soldatische Kunst, einmal erlernt, lässt sich nicht wieder vergessen. Man könnte dabei über die Vorteile und Gefahren eines Volks von Soldaten ins Grübeln geraten, dieser zwangsläufigen Folge einer Armee von Bürgern.

Die Prozession zog vor das Ministerium für Verstand und hielt eine Kundgebung ab. Der Vorsitzende der Stop-It-Liga, ein feuriger junger Mann mit einem Megafon, hielt auf den Stufen des Ministeriums eine kurze und aufrüttelnde Rede, die er mit den Worten beendete: »Sollten nicht alle, die die Freiheit lieben und die Tyrannei hassen, keine Zeit verlieren, sondern den Ort, an dem all dies getan wird, vernichten?

Deshalb sind wir heute Abend hier – um dieses Gebäude kaputtzuschlagen und der Regierung zu zeigen, was die Männer und Frauen Englands wollen! Also los, Jungs!«

Zu spät begriffen die zuschauenden Polizisten, dass die Demonstranten es ernst meinten und die Kundgebung aufgelöst werden musste.

Der Minister und Prideaux hörten die Reden von draußen durch ein offenes Fenster. »Rendle«, sagte Prideaux. »Skandalöse Fehlplanung. Was treibt die Polizei überhaupt? Nun ist es zu spät zum Eingreifen … Wissen sie eigentlich, dass wir hier sind? Wahrscheinlich nicht.«

»Das sollten sie aber«, antwortete Chester und trat hinaus auf den Balkon.

Draußen trat ein kurzes Stocken ein, dann brach ein gewaltiges Geschrei los.

»Es ist der Minister! Bei Gott, da ist Nicky Chester, der Mann, der uns das alles eingebrockt hat!«

Ein Redner übertönte die anderen.

»Ruhe! Seid still! Lasst ihn sprechen. Wir wollen hören, was er zu sagen hat.«

Mit einem Mal herrschte Stille, die ahnungsvolle, beängstigende Stille einer wartenden Menge.

Sie wurde von Chesters scharfer und durchdringender Stimme durchschnitten.

»Ihr Dummköpfe. Verschwindet von hier und geht nach Hause. Wisst ihr nicht, dass ihr euch in ernsthafte Schwierigkeiten bringt – dass ihr dafür ins Gefängnis kommen könnt? Verschwindet, bevor es zu spät ist. Mehr habe ich nicht zu sagen.«

»Mehr hat er nicht zu sagen«, wiederholte die Menge. »Mehr hat er nicht zu sagen, nach all dem Ärger, den er uns beschert hat!«

Eine gewandte, wohlgefällige Stimme erhob sich über die anderen.

»Das ist nicht alles, was er zu sagen hat. Da wäre noch etwas. Er muss nur zwei einfache Fragen beantworten. Erstens: *Sind Sie für die Ehe zertifiziert, Mr Chester, oder gibt es in Ihrer Familie Fälle von Geistesschwäche?«*

Der Minister sah vom Balkon auf die ihm zugewandten Gesichter hinab, die im kalten Mondlicht weiß schienen, und sagte dann mit klarer Stimme: »Ich bin nicht für die Ehe zertifiziert, aus dem von Ihnen genannten Grund.«

»Danke«, sagte die Stimme. »Habt ihr das alle gehört? Der Minister für Verstand ist nicht für die Ehe zertifiziert. In seiner Familie gibt es Fälle von Geistesschwäche. Nun, Mr Chester, Frage Nummer zwei, bitte. *Ist es korrekt, dass Sie im vergangenen August geheiratet haben?«*

»Das ist korrekt, Mr Jenkins.«

Neben sich hörte Chester Prideaux murmeln – »Grundgütiger!« –, und dann brach unten das Getöse der Menge los.

»Na los, Jungs!«, rief jemand. »Los, zerschlagen wir diese verdammte Schau, und schnappen wir uns den verdammten Schauspieler, bevor er sich aus dem Staub macht!«

Die Männer stürzten die Stufen empor, drängten sich durch die Eingangstüren und stürmten die Treppe hinauf.

»Das«, stellte Prideaux fest, »wird ein ziemliches Fiasko. Ich gehe und versuche, Rendle zur Vernunft zu bringen. Er führt sie wahrscheinlich gerade die Treppe hoch.«

»Das wird wohl nicht nötig sein«, sagte Chester. »Rendle und seine Freunde kommen anscheinend gerade rein.«

Die Tür wurde aufgesprengt und Männer kamen hereingestürmt. Chester und Prideaux stellten sich ihnen entgegen.

»Hier ist er, Jungs! Hier ist Nicky Chester, der verheiratete Mann!«

Chester und Prideaux wurden umzingelt und gefasst.

»Tut ihm nicht weh«, rief jemand. »Wir hängen ihn draußen vom Balkon und fragen die Jungs unten, was wir mit ihm machen sollen.«

Sie zerrten ihn hinaus auf den Balkon, warfen ihn über das Geländer und ließen ihn an einem Arm und einem Bein über der Menge baumeln. Einer rief: »Hier ist der Minister, Jungs! Nicky, der Minister für Verstand!«

Als die Menge aufblickte und ihn in der Luft schwingen sah, erhob sich ein großes Gejohle.

»Ja«, fuhr der Sprecher vom Balkon aus fort, »hier ist Nicky Chester, der Mann, der es wagt, uns Briten vorzuschreiben, wen sie heiraten und welche Kinder sie bekommen dürfen, und dann geht er hin und heiratet. Er bricht heimlich seine eigenen Gesetze und denkt, es kommt nicht raus.« (»Ich wusste immer, dass es rauskommen würde«, murmelte der Minister, der unhörbar gegen diese Fehleinschätzung seiner Intelligenz protestierte.) »Aber es ist rausgekommen«, fuhr der Redner fort. »Und was sollen wir jetzt mit ihm anstellen, mit diesem Mann, der sich nicht an die Gesetze hält, die er anderen aufzwingt? Dieser Mann, der es wagt, von anderen zu verlangen, dass sie ertragen, was er selbst nicht ertragen will? Was sollen wir mit ihm machen? Sollen wir ihn runter auf die Straße werfen?«

Einen Augenblick lang schien es, als hinge das Schicksal des Ministers in der Schwebe wie er selbst.

Sie schwangen ihn leicht hin und her, wie um Schwung zu holen …

Dann rief jemand: »Wir lassen ihn diesmal noch laufen, er ist ja frisch verheiratet. Er soll nach Hause gehen zu seiner Frau und nicht mehr in der Regierung herumpfuschen!«

Die Menge schüttelte sich vor Lachen; und in diesem rauen, gutgelaunten, höhnischen Lachen schien sich der Minister für Verstand aufzulösen.

Sie zogen Chester wieder hinein. Jemand sagte: »Jetzt fackeln wir das verdammte Ministerium ab. Verliert keine Zeit, Jungs.«

Chester und Prideaux wurden bestimmt, aber nicht unsanft die Treppen hinunter und aus der Tür hinausbugsiert. Als die beiden im Griff von jeweils zwei strammen ehemaligen Wachmännern vor dem Gebäude erschienen, wurden sie mit Geschrei begrüßt, das zum Teil aus Ärger, aber zu drei Vierteln aus Gelächter bestand. Für Chester war es das dumme Gelächter des britischen Volkes über Ideen, und insbesondere über Ideen, die gescheitert waren. Doch es enthielt, scharf und stechend, ein anderes, ein verächtliches Lachen, das sich gegen einen Mann richtete, der seinen eigenen lächerlichen Ideen nicht gerecht geworden war, das Lachen der nicht allzu ehrlichen Welt, die dennoch die Ehrlichkeit achtete, über die Heuchelei und den Betrug der anderen.

»Es ist nur recht, dass sie lachen«, dachte Chester. »Es ist lustig, verdammt lustig.«

Und als er so auf den Stufen seines in Verruf geratenen Ministeriums stand und auf die Menge der gekränkten, ihn verachtenden britischen Öffentlichkeit hinabsah, die darauf aus war, alles zu zerstören, was ihm wichtig war, fing er selbst an zu lachen.

Sein Lachen blieb natürlich ungehört, doch man konnte sehen, wie sein Gesicht, das eigentlich bedrückt und voller Scham sein sollte, sich zu dem traurigen, zynischen Grinsen verzog, das alle kannten, die ihn je auf der Bühne gesehen hatten.

»Lachst du etwa?«, rief jemand dumpf. »Du lachst über die Leute, die du betrogen hast! Mich und meine Frau hast du ruiniert – hast uns jeden Penny genommen, nur weil wir Zwillinge bekommen haben – und du – du stehst da und lachst! Du – du verdammter verheirateter Schwachkopf!«

Er stürzte sich die Treppe hinauf auf Chester, den er dem lockeren Griff seiner Bewacher entriss. Mit seinem Angreifer ringend stolperte der Minister die Treppen hinab und kopfüber ins Volk.

3.

Als die berittene Polizei die Menge endlich zerstreut hatte, stand das Ministerium für Verstand in Flammen, wie Sodom und Gomorrha, die verruchten Städte. Anders als in Sodom und Gomorrha wurde diese Feuersbrunst jedoch zu guter Letzt von der Feuerwehr gelöscht. Doch die roten Trümmer loderten noch bis tief in die Nacht: Zeugnis des Zorns eines großen Volkes, des Scheiterns einer großen Idee, des Untergangs eines Mannes, der, trotz der Schwächen, die er mit der Öffentlichkeit, die ihn zu Fall gebracht hatte, gemeinsam hatte, ein großer Mann war.

12. Kapitel

Trümmer

1.

Chester lag mit einem Schädelbruch und drei zerschmetterten Rippen in seiner Wohnung in der Mount Street. Er wurde von seiner älteren Schwester Maggie gepflegt, einer lieben, stillen, unscheinbaren Person, die das schiefe Lächeln ihres Bruders, jedoch mehr als seine zynische Geduld besaß. Ihre Geduld offenbarte sich in Form einer unerschöpflichen Toleranz, der Toleranz von jemandem, der auf alles Menschliche schaut und sieht, dass es nicht besonders gut ist und wahrscheinlich auch nicht wird. (Chester hatte von dieser Geduld nicht viel mitbekommen: daher all seine Hoffnungen und Überzeugungen, daher auch sein Niedergang.) Gegenüber Kitty, deren Bekanntschaft sie nun machte, war Maggie freundlich. (Die meisten Mitarbeiter des Ministeriums für Verstand waren vorübergehend beurlaubt, solange bis man sie woanders unterbringen konnte.)

Maggie sagte zu Kitty: »Mich überrascht es nicht. Es waren sehr hohe Ansprüche, denen er gerecht werden musste. Und es liegt nicht in unserer Familie, solchen Ansprüchen gerecht zu werden. Vielleicht liegt es in keiner Familie. Es tut mir nur leid um Nicky, weil er sich grämen wird.«

Sie machte Kitty keine Vorwürfe, sondern nahm ihre Anwesenheit einfach hin. So etwas wie mit Kitty konnte passieren, selbst im geordnetsten Leben. Als Kitty sich selbst Vorwürfe machte und sagte: »Ich habe sein Leben ruiniert«, antwortete Maggie nur ruhig: »Nicky lässt sich von niemand anderem als sich selbst sein Leben ruinieren. Wenn er entschlossen ist, etwas zu tun, dann tut er es.« Sie ließ sich auch nicht anmerken, ob sie fand, dass das, was Nick gewonnen hatte, aufwiegen konnte, was er verloren hatte.

Denn über das, was er verloren hatte, schien es keinen Zweifel zu geben. Er hatte seinen Ruf verloren, sein Amt und vorläufig auch sein öffentliches Leben. Das Ministerium für Verstand mochte weiterbestehen – und es sollte in der Tat weiterbestehen, geschwächt, ohne Einfluss und ohne viel Hoffnung, bis es irgendwann ein schmähliches Ende finden würde; sogar der zerstörte Amtssitz würde nach seinem Wiederaufbau weiterbestehen; doch es war ausgeschlossen, dass Chester weiterbestehen konnte.

Das Erste, was er tat, als er überhaupt irgendetwas Intelligentes tun konnte, war, einen Brief an den Ministerrat zu diktieren, in dem er seinen Rücktritt anbot. Es gibt natürlich beim Schreiben derartiger Briefe verschiedene Stile. Früher schrieb man (abhängig von den jeweiligen Umständen des betreffenden Falls):

»Sehr geehrter Herr Premierminister,

Auch wenn Sie oft und lange versucht haben, mich von diesem Kurs abzubringen ... usw., usw., ... werden Sie kaum überrascht sein ... mit schwerem Bedauern unsere stets harmonische Zusammenarbeit beenden ...« und so weiter.

Oder auch, ganz anders:

»Sehr geehrter Herr Premierminister,

nachdem ich gestern mit einigem Interesse in einer Tageszeitung die erste Andeutung darüber las, dass Sie einen Wechsel im Ministerium wünschen, dem ich die Ehre habe vorzustehen, wird es Sie wohl kaum überraschen ...«

Chester wählte keinen dieser Stile, sondern er schrieb knapp und ohne sich über die mutmaßliche Überraschung oder anderweitige Gefühle des Ministerrats auszulassen:

»Sehr geehrte Herren,

aufgrund der Tatsachen, die Ihnen zweifellos zu Ohren gekommen sind und die mein Verbleiben offensichtlich nicht mehr wünschenswert machen, trete ich von meinem Amt als Minister für Verstand zurück.«

Danach lag er viele ruhige, verschneite Tage und Nächte untätig im Bett, und niemand wusste, ob er jemals wieder genesen würde.

2.

Irgendwann fragte er nach Prideaux, und man sagte ihm, dass Prideaux nicht verletzt, sondern nur etwas zerknautscht worden war.

»Er kommt ziemlich oft vorbei und fragt nach dir«, sagte Kitty. »Würdest du ihn gerne irgendwann mal sehen? Wenn es der Arzt erlaubt?«

»Es ist mir gleich«, sagte Chester. »Ja, von mir aus.«

Also kam Prideaux eines Nachmittags vorbei (man hatte ihn ermahnt, nicht von Politik oder aufregenden Dingen zu sprechen), und es war ein seltsames Zusammenkommen zwischen ihm und Chester. Chester erinnerte sich an die letzten schockierten Worte, die er von Prideaux gehört hatte – »Grundgütiger!« – und fragte, ohne große Anteilnahme, wie Prideaux nun darüber dachte.

Doch es war nicht Prideaux' Art, zu sagen, was er darüber dachte.

Sie sprachen hauptsächlich über die Ereignisse jener Nacht. Chester hatte bereits ausführliche Berichte darüber erhalten; über das Feuer, den Kampf zwischen der Polizei und der Menge, bei dem mehrere Menschen ums Leben gekommen waren, über die Verhaftung der Rädelsführer und die Prozesse gegen sie. Auf Chesters Rolle bei den Ereignissen gingen sie nicht ein, bis dieser nach einer Pause plötzlich sagte: »Ich habe über etwas nachgedacht, bin aber zu keinem Schluss gekommen. Welchen Einfluss hatte die Enthüllung über mich auf die ganze Sache? Wäre es ohne sie auch so eskaliert?«

Prideaux schwieg. Er glaubte, dass Chester, wenn er eine weiße Weste gehabt hätte, an jenem Abend auf dem Balkon den Mob hätte aufhalten können.

Chester deutete das Schweigen.

»Vermutlich nicht«, sagte er teilnahmslos. »Trotzdem meine ich, dass es die Katastrophe nur beschleunigt hat. Das Ministerium war so oder so am Ende. Die Menschen waren entschlossen, Gesetze, die sie einschränken, nicht hinzunehmen – genau wie ich. Ich war nur ein Symptom, nicht die Ursache dieser Krankheit …«

Das war das, was einem Gespräch mit Prideaux über sein eigenes Handeln am nächsten kam.

»Jedenfalls«, sagte Prideaux traurig, »ist das Ministerium nun am Ende. Stell dir nur Frankie Lyle vor, den armen Kerl, wie er nach all dem versucht, weiterzumachen!« (Dieser Herr war zu Chesters Nachfolger ernannt worden.)

Chester lächelte schwach. »Der arme Frankie … Ich habe übrigens gehört, dass Monk nichts damit zu tun haben wollte. Ich kann es ihm nicht verdenken … Lyle wird keine Woche durchhalten; er wird bei jedem Punkt einknicken.«

In seiner müden, tonlosen Stimme lagen Bedauern und Verbitterung, denn alle Punkte, bei denen Lyle einknicken würde, waren seine Errungenschaften. Er hätte sie eine Woche lang verteidigen können und noch länger; er hätte sogar – das wäre durchaus möglich gewesen – das Ministerium ganz durch die Sache bringen können, wenn die Dinge anders gelaufen wären. Doch die Dinge waren nun einmal nicht anders gelaufen, und es lag nicht mehr in seiner Hand. Als Prideaux sich zum Gehen erhob, sah Chester ihn fast ein wenig vorwurfsvoll an. Prideaux hatte schließlich seine eigene Karriere nicht ruiniert …

Kitty gegenüber hatte Prideaux mehr von seinen Ansichten offenbart, als er sie zum ersten Mal nach den Ereignissen des zweiten Weihnachtsfeiertags traf. Er war gekommen, um sich nach Chesters Befinden zu erkundigen, und hatte Kitty dort angetroffen. Er hatte sie scharf und kühl angesehen, als hätte sie bei der Arbeit im Büro einen dummen Fehler gemacht.

»Du hast es also die ganze Zeit nicht geahnt«, hatte sie gesagt, ebenfalls kühl, weil sie ihm seinen Blick verübelte.

»Nicht dass es so weit ging«, hatte er entgegnet. »Ich wusste natürlich, dass ihr ein Verhältnis hattet. Da war dieses eine Mal in Italien … Aber – nun ja, ehrlich gesagt dachte ich, ihr wärt klüger.«

Ihr kurzzeitiger Groll verwandelte sich wieder in Reue.

»Das dachten wir auch – bis wir es taten … Habe ich sein Leben ruiniert, Vernon? Vermutlich schon.«

Er zuckte die Schultern. »Seine Karriere als Minister für Verstand hast du ruiniert, und er auch. Aber natürlich gibt es noch anderes. Chester kann nicht untergehen; er ist zu gut, als dass sie auf ihn verzichten können. Sie werden ihn schon irgendwie halten … Aber … also, was um alles in der Welt hat euch denn bloß geritten, Kitty?«

Darauf wusste sie keine andere Antwort als: »Wir dachten, wir machen es einfach«, worauf er sie angewidert verließ.

Selbst im Zustand der Selbstkasteiung und Reue genoss es Kitty, Prideaux zu provozieren.

3.

Pansy, die oft mit riesigen Sträußen von Gewächshausblumen zu Besuch kam, die Chester verabscheute, war deutlich mitfühlender. Sie war geradezu verzückt. Man konnte sie nicht zu Chester lassen; Kitty befürchtete, dass sie mit ihrer Überschwänglichkeit sein Fieber in die Höhe treiben würde.

»Jetzt kann ich es ja sagen, meine Liebe, aber ich dachte die ganze Zeit, dass es freie Liebe ist zwischen euch. Ich hatte nichts dagegen, weißt du. Aber so ist es natürlich respektabler. Diese Familie kann sich wahrlich keinen weiteren Skandal leisten; sonst verliert sie noch ihren guten Namen, und was Cyril wohl dazu sagen würde? Cheeper hätte es auch schwer getroffen. Nun, das nenne ich mal eine Ehe. Es war vernünftig von euch, diese ganzen albernen Gesetze in den Wind zu schlagen und es euch gut gehen zu lassen. Wie ich schon zu Tony sagte, was hat man davon, Gesetze zu machen, wenn man sie nicht selbst brechen kann? Jetzt, wo dein Nicky mit gutem Beispiel vorangegangen ist, sieht es doch so aus, als ob dieser ganze Spuk bald vorbei ist … Letzten Endes geht es doch darum, zu tun, was wir wollen, und Spaß zu haben, oder? Nicht darum, Gesetze einzuhalten und die blöde olle Welt zu verbessern.«

»Frag mich etwas anderes«, sagt Kitty. »Ich habe nicht die geringste Ahnung, Pansy, meine Liebe. Du hast normalerweise immer Recht, also wirst du wohl auch damit Recht haben. Aber mit Nicky darfst du nicht so reden, sonst bekommt er gleich einen Rückfall.«

»Und stell dir vor«, sinnierte Pansy, »jetzt habe ich den großen Minister für Verstand zum Schwager! Oder jedenfalls etwas in der Art; es kommt doch auf das Gleiche hinaus. Das werde ich von den Jungs und Mädchen noch lange zu hören bekommen ... Auf Wiedersehen, meine Gute; ich bin sowas von froh, dass du jetzt auch so eine glücklich verheiratete Frau bist wie ich.«

4.

Chester zeigte Kitty einen Brief von seiner Mutter, der Frau eines strauchelnden Bischofs irgendwo im Westen des Landes. Sie schrieb: »Sobald es dir gut genug geht, mein Lieber, musst du mit Kitty zu uns ziehen; sie wird bestimmt nichts gegen unsere einfache Lebensweise haben ... Mein lieber Sohn, wir sind froh, dass du dein Glück gefunden hast. Es tut uns leid wegen deines Zwischenfalls und dass du dein Amt verloren hast, was dir wahrscheinlich nahegehen wird ... Doch sind Liebe und Glück schließlich nicht viel wichtiger als ein Amt? ...«

»Wichtig«, wiederholte Kitty. »Was für ein seltsames Wort. Genau das, was Liebe und Glück nicht sind, sollte man meinen. Angenehm – schön – aber nicht wichtig... Mach dir nichts draus, Nicky, du wirst immer wichtig sein: Damit hat Vernon Recht. Sie werden dich irgendwo unterbringen, wo ‚privater Egoismus' keine Rolle spielt; vielleicht machen sie dich zum Peer ...«

Chester sagte, das würde ihn nicht im Geringsten überraschen.

»Sollen wir deine Familie besuchen fahren?«, fragte Kitty, und er antwortete trübsinnig: »Ich fürchte, wir müssen. Es wird bestimmt ziemlich anstrengend.«

»Ob sie dir wohl kondolieren werden?«, wollte sie wissen, und er antwortete: »Nein, sie werden mir gratulieren.«

Zwei Wochen später fuhren sie in den Westen. Bischof Chester wohnte in einem alten Häuschen in einem heruntergekommenen Viertel hinter der Kirche. Die Bischöfe residierten nicht mehr in den Bischofspalästen, die allesamt in Gemeindehäuser, Pfarrhäuser, Ferienheime, Armenhäuser und so weiter umgewandelt worden waren. Zölibatäre Bischöfe durften weiterhin darin wohnen, zusammen mit anderen Geistlichen der Diözese, aber Bischöfe mit Familien mussten sehen, dass sie woanders unterkamen. Und ob sie nun verheiratet waren oder nicht, reichten ihre Einkünfte nur noch für die apostolische Schlichtheit, die die Kirche, seit sie vom Staat befreit und für ihre Angelegenheiten selbst verantwortlich war, für richtig und angemessen befand.

Nicht alle Bischöfe fanden Gefallen an der neuen Ordnung; einige traten zurück und mussten durch Priester der neuen, strengeren Schule ersetzt werden. Doch um den Bischöfen Gerechtigkeit zuteilwerden zu lassen, was viel zu selten geschieht, sind sie zum überwiegenden Teil gute Christen und bereit, das zu tun, was ihrer Meinung nach zum Wohl der Kirche ist. Viele ihrer Kritiker waren überrascht von dem Ausmaß an Kompromissbereitschaft und Selbstaufopferung, das sich in den Rängen der Bischöfe offenbarte, als sie auf die Probe gestellt wurden. Wenn einige dabei versagten – nun, Bischöfe sind auch nur Menschen.

Bischof Chester hatte nicht versagt. Er hatte das schlichte Leben und das noch schlichtere Denken (die leider oft zusammenhängen!) mit Gelassenheit als seine christliche Pflicht angenommen. Falls es irgendjemanden der Kirche näher bringen sollte, der bislang vom Purpur und den feinen Stoffen von ihr ferngehalten worden war, wäre er mehr als belohnt. Falls nicht, dann war das nicht seine Aufgabe. Womit ich sagen will, dass Bischof Chester ein guter Mann war, obgleich kein kluger.

Er und seine Frau nahmen Chester und Kitty sehr freundlich auf. Chester sagte, er könne nicht länger als einen Tag und eine Nacht bleiben, dann müsse er zurück in die Stadt, wo er viel zu tun habe, darunter die Vorbereitung einer Klage wegen böswilliger Verleumdung gegen Mr Percy Jenkins und die Herausgeber und Eigentümer des *Patriot*. Kitty war über die Kürze des Besuchs nicht überrascht, denn es war ein peinlicher Besuch. Der Bischof und Mrs Chester begrüßten, wie ihr Sohn schon vorausgesagt hatte, dessen Zuwiderhandlung gegen seine eigenen Prinzipien, die sie – und zwar schon immer – monströs und unmenschlich fanden.

»Mein lieber Junge«, sagte der Bischof, »ich kann dir gar nicht sagen, wie dankbar ich bin, dass du dich endlich entschlossen hast, der Menschlichkeit ihren Lauf zu lassen. Menschlichkeit; die einfachen menschlichen Dinge; Liebe, Geburt, Familie. Es sind die einfachen, doch letzten Endes die tiefen und großen Dinge des Lebens. Kein Gesetz der Welt wird sie jemals ersetzen können.«

Und Mrs Chester betrachtete Kitty mit dem unbeschreiblichen Blick einer Schwiegermutter, die hofft, eines Tages Großmutter zu werden, und flüsterte ihr beim Gutenachtsagen zu: »Und bald dann, Liebes ...«

Sie trafen auch Chesters Zwillingsschwester. Sie war harmlos; sie häkelte sogar; und ihr Gesicht war das von Chester, nur unbehelligt von Gedanken. Mrs Chester sagte: »Nicky wird dir ja von unserem armen, leidenden Mädchen erzählt haben ...«

5.

Am nächsten Morgen reisten sie wieder ab. Im Zug saßen sie sich gegenüber, doch sie lasen die *Times* (jeder eine Hälfte) und sahen einander nicht in die Augen. Sie brachten es nicht fertig. So mussten sich Diebe, die noch ein Gewissen haben, fühlen, wenn andere Diebe, die keines mehr haben, sie zu ihren Verbrechen beglückwünschen. Zwischen ihnen stand ein Wesen, das sie verhöhnte, das zynisch und mit leerem Gesicht beständig wiederholte: »Ihr habt der Menschlichkeit ihren Lauf gelassen. Menschlichkeit, die einfachen menschlichen Dinge ... Kein Gesetz der Welt wird sie jemals ersetzen können ...« Und das Gesicht war wie das von Chesters Zwillingsschwester, dem armen, leidenden Mädchen.

Hier waren sie also angelangt; beim ersten der drei einfachen menschlichen Dinge, die der Bischof genannt hatte. Was sollte sie nun, da sie den langen Abhang dieses sanften, grünen Hügels hinabglitten, noch aufhalten auf ihrem Weg ins Tal, wo die anderen beiden warteten, zynisch, bei all ihrer Einfachheit, und unerbittlich?

Ohnmächtig blickte Kitty in die fragwürdige Zukunft. Als hätte jemand eine Seite umgeblättert, sah sie sich und Chester (vielleicht als Peer, warum nicht?), wie sie einander gegenübersaßen, nicht in einem Zug, sondern in einem einfachen menschlichen Zuhause, inmitten eines Familienlebens, zwei nutzlose, gefallene Menschen, die Theorien und Prinzipien in ein Inferno verwandelt hatten, die zurückgefallen waren in die Unbeholfenheit des Von-der-Hand-in-den-Mund-Lebens und die geistige Trägheit des primitiven Briten. Kitty hörte Chester in der zukünftigen, vageren Stimme eines Peers und Familienvaters, die dann die seine sein könnte, sagen: »Wir müssen einfach auf unser Glück vertrauen und uns irgendwie durchwursteln.«

So weit könnte es mit ihnen kommen …

Im nächsten Großen Krieg – und wer sollte ihn jetzt noch aufhalten, wenn solche wie sie daran gescheitert waren? – würden ihre Söhne kämpfen, ohne Talent, ihre Töchter die Kranken pflegen, ohne Geschick. Und so weiter und so weiter und so weiter …

So drehte sich die Welt weiter. Das Begehren des Einzelnen setzte sich durch, wie üblich, und seinem sanften Druck fielen Prinzipien und Ideale zum Opfer. Was sollte man in dieser Welt jemals erreichen? Nichts, niemals.

Plötzlich, als hätten sie beide das gleiche Bild gesehen, trafen sich ihre Blicke, und sie lachten kläglich.

Das konnten sie jedenfalls immer, selbst auf den Trümmern von ruinierten Karrieren, ruinierten Ministerien und ruinierten Idealen. Es war immerhin etwas; in einer traurigen und unsicheren Welt war es vielleicht sogar viel …

Anmerkungen

[1] Die »Life-and-Liberty«-Bewegung wurde während des Ersten Weltkriegs von William Temple, dem späteren Erzbischof von Canterbury, gegründet, mit dem Ziel, der Church of England mehr Unabhängigkeit vom Parlament zu verschaffen. Da in der Welt des Romans die Kirche vollständig »vom Staat befreit« ist, steht diese Bewegung hier wohl für die »fortschrittlichen« Mitglieder der Kirche, die diese Trennung befürworten.

[2] Doris Keane (1881–1945): US-amerikanische Theaterschauspielerin; Teddie Gerard (1890–1942): argentinische Theater- und Filmschauspielerin sowie Revuetänzerin und -sängerin. Beide traten in den 1910er Jahren in London auf.

[3] Der *New Statesman* wurde 1913 gegründet und gilt bis heute als linksliberale Zeitung. Im November 1914 veröffentlichte er ein Antikriegs-Supplement von G.B. Shaw. Der *Tatler* (gegründet 1901) war und ist ein illustriertes Unterhaltungsmagazin.

[4] »Nature made him and then broke the mold« [bei Macaulay »broke the die«], aus: Ariosto: *Orlando Furioso*, 1516, Nachdichtung von Karl Streckfuß, 1818/19.

[5] Robert Hall (1764–1831) war ein englischer Theologe, der sich für die Rechte der Arbeiter*innen und Armen einsetzte. Seine Schriften, darunter auch *Sentiments proper to the present crisis* (Gedanken zur gegenwärtigen Krise), sind größtenteils die Niederschriften seiner Predigten.

[6] Der Poetry Bookshop war eine Verlagsbuchhandlung für Lyrik im Londoner Stadtteil Bloomsbury, die vom Dichter Harold Monro gegründet wurde und von 1913 bis 1926 existierte. Der Laden war ein beliebter Treffpunkt für Schriftsteller*innen und Dichter*innen.

[7] *Doras Drahtseilakte* spielt auf das Akronym DORA des »Defence of the Realm Act« (Gesetz zur Verteidigung des Reiches) von 1914 an, das weitreichende Zensurmaßnahmen zur Folge hatte. Näheres dazu findet sich im Nachwort. Die beiden anderen Buchtitel (im Original *The Perils of Pauline* und *The Exploits of Elaine*) beziehen sich auf zwei beliebte US-amerikanische Stummfilmreihen gleichen Namens von 1914/1915, in denen Elaine bzw. Pauline immer wieder in halsbrecherische Gefahrensituationen geraten, aus denen sie stets in letzter Minute befreit werden.

[8] Alexander F. Kerenski (1881–1970): russischer Politiker, bekleidete nach der Februarrevolution 1917 verschiedene Positionen in der progressiven russischen Übergangsregierung, bis hin zum Ministerpräsidenten. Nach der Oktoberrevolution floh er ins Exil; Geddes-Familie: Vermutlich handelt es sich um Eric Geddes (1875–1937) und seinen Bruder Auckland Geddes (1879–1954), beide während des Ersten Weltkriegs Mitglieder der Regierung unter Lloyd George; Nelson Keys (1886–1939): britischer Theater- und Filmschauspieler.
[9] Lee White (1880–1927): US-amerikanische Revueschauspielerin und Sängerin.
[10] Carlo Dolci (1616–1686): italienischer Barockmaler.
[11] Psalm 14,1.
[12] Arnold Bennett (1867–1931): britischer Schriftsteller und Kritiker.
[13] Frederick Roberts, 1. Earl Roberts (1832–1914): britischer Feldmarschall, 1901 bis 1904 Oberbefehlshaber der britischen Armee. Er starb 1914 an einer Lungenentzündung, das im Text angegebene Todesdatum ist entweder ein Versehen oder Hinweis auf eine bereits früher abweichende Alternativgeschichte.
[14] David Thomas, 1. Viscount Rhondda (1856–1918): walisischer Politiker, von 1917 bis 1918 Minister für Ernährungsfragen.
[15] Das Zitat, das auch dem Roman vorangestellt ist, stammt nicht aus dem Buch Salomon, sondern aus Sirach 16,1.
[16] Ella Wilcox (1850–1919): US-amerikanische Schriftstellerin.
[17] Die Admiralität war ein Ausschuss, der bis 1964 für die Führung der Royal Navy verantwortlich war. Die Mitglieder dieses aus Seeadmiralen und Zivilisten zusammengesetzten »Board of Admiralty« nannten sich »Lords Commissioner of the Admiralty«.
[18] Der Generalquartierstab (»Quartermaster General«, QMG) war logistisch für den Transport, die Unterbringung und die Versorgung der Armeetruppen mit Nahrungsmitteln und Munition verantwortlich. Seinen Mitarbeiter*innen wurde nachgesagt, dass sie immer wüssten, wo es etwas zu organisieren gab.
[19] Sir Edward Carson (1854–1935) war ein irischer Jurist und unionistischer Politiker, der gegen die Selbstverwaltung Irlands innerhalb des Vereinigten Königreichs eintrat. Als 1912 ein entsprechendes Gesetz, der »Irish Home Rule

Act«, das Irland eine weitgehende Eigenständigkeit zuerkannte, vom britischen Parlament vorbereitet wurde, gründete er die »Ulster Volunteers«, eine paramilitärische Einheit, um die Anbindung der überwiegend protestantischen irischen Provinz Ulster, dem späteren Nordirland, an das Vereinigte Königreich notfalls mit Gewalt zu erhalten. Nachdem irische Nationalisten ebenfalls Milizen organisierten, stand Irland am Rand eines Bürgerkriegs, der nur durch den Ausbruch des Ersten Weltkriegs vorerst aufgehalten wurde.

[20] Roger Casement (1864–1916): britischer Diplomat, der sich 1913 dem irischen Unabhängigkeitskampf anschloss. Weil er für die irischen Republikaner mit Deutschland über Unterstützung und Waffenlieferungen verhandelte, wurde er in London wegen Hochverrats und Spionage hingerichtet.

[21] Während des Osteraufstands 1916 wurden in Dublin von irischen Republikanern mehrere strategisch wichtige Gebäude besetzt und die irische Unabhängigkeit ausgerufen. Der Aufstand wurde innerhalb von fünf Tagen von britischen Truppen niedergeschlagen und die Anführer des Aufstands wurden hingerichtet. Entgegen der damals weit verbreiteten Annahme war die irisch-nationalistische Partei Sinn Féin am Osteraufstand nicht beteiligt.

[22] Kerenski: vgl. Anm. 7; Alexander D. Protopopow (1866–1918): liberaler russischer Politiker, 1916 bis 1917 Innenminister unter Zar Nikolaus II. Während der Februarrevolution 1917 wurde er inhaftiert und im Oktober 1918 hingerichtet; Alexei M. Kaledin (1861–1918): russischer General in der Zarenarmee, der im Oktober 1917 einen kurzlebigen Kosakenaufstand gegen die Bolschewiken anführte. Im Februar 1918 nahm er sich das Leben; Arthur Ransome (1884–1964): britischer Schriftsteller und Journalist, von 1914 bis 1919 war er als Korrespondent in Russland, wo er die Russische Revolution wohlwollend begleitete; Lawr G. Kornilow (1870–1918): russischer General, ab Juli 1917 Oberbefehlshaber der russischen Truppen. Nach der Oktoberrevolution schloss er sich der antibolschewistischen Freiwilligenarmee an und wurde im April 1918 tödlich verwundet.

[23] »Nun aber bleiben Glaube, Hoffnung, Liebe, diese drei; aber die Liebe ist die größte unter ihnen.« 1. Korinther 13,13.

[24] Witan (auch: Witenagemot, aus *wita*: Weiser und *gemot*: Zusammenkunft): die Ratsversammlungen geistlicher und

weltlicher Würdenträger, die als Nachfolgeinstitution der germanischen Things zwischen dem 7. und 11. Jahrhundert den König in Angelegenheiten des Reiches beriet. Dänische Truppen überfielen den Norden Englands 1069–1070, wurden aber durch Geldzahlung von William dem Eroberer zum Abzug bewegt; Thomas Wentworth, 1. Earl of Strafford (1593–1641): englischer Politiker und Berater König Charles I., dessen absolutistische Bestrebungen 1642 den Englischen Bürgerkrieg auslösten. Strafford wurde bereits 1641 hingerichtet, sein König acht Jahre später; Pawel N. Miljukow (1859-1943): nationalkonservativer russischer Politiker, nach der Novemberrevolution bekämpfte er die Bolschewiken und ging 1918 ins Exil; David Lloyd George (1863–1945): liberaler britischer Politiker, ab 1908 Schatzkanzler, 1915–1916 Munitions- und Kriegsminister, 1916–1922 britischer Premierminister.

[25] Der Komponist Arthur Sullivan (1842–1900) und der Librettist William Gilbert (1836–1911) schufen zwischen 1871 und 1896 gemeinsam 14 komische Opern.

[26] Pisga: Im Alten Testament Bezeichnung des Berges Nebo, von dessen Gipfeln aus Moses erstmals Ausblick auf das Gelobte Land erhält (5. Mose 3,27). Er gilt als Ort des Segens für das Volk Israel, hier fungiert er als Metapher für Kontemplation und Entspannung

[27] »At last he rose, and twitched his mantle blue: / Tomorrow to fresh woods, and pastures new.« Der Schluss von John Miltons Pastoral-Elegie *Lycidas* (1637).

[28] Amalgamated Society of Engineers: eine Gewerkschaft für Arbeiter*innen und Handwerker*innen.

[29] Ein System zur Geistesschulung nach Christoph Ludwig Poehlmann, das Anfang des 20. Jahrhunderts in Großbritannien populär war und womöglich Pate für die Verstandsschulungen in diesem Roman stand.

[30] Ramsay Macdonald (1866–1937): britischer Politiker. 1911 wurde er Vorsitzender der Labour-Partei und wandte sich 1914 gegen den Eintritt Großbritanniens in den Ersten Weltkrieg. Später wurde er zwei Mal britischer Premierminister; George Curzon, 1. Marquess Curzon of Kedleston (1859–1925): konservativer britischer Politiker und von 1899 bis 1906 Vizekönig von Indien. Er war Mitglied des Oberhauses und gehörte den Kriegskabinetten von Asquith und Lloyd George an; Henry William Massingham (1860–1824): englischer Journalist, von 1907 bis 1923 Herausgeber der linksradikalen Wochenzeitung *The Nation*; Leopold Maxse (1864–1932): englischer Journalist, von 1893 bis 1932

Herausgeber der radikalkonservativen Zeitung *National Review*; Alfred George Gardiner (1865–1946): englischer Journalist, von 1902 bis 1919 Herausgeber der linksgerichteten Tageszeitung *Daily News*; Gwyne: Vermutlich gemeint ist Howell Arthur Keir Gwynne (1865–1950): walisischer Journalist und von 1911 bis 1937 Herausgeber der konservativen Tageszeitung *Morning Post;* John Collings Squire (1884–1958): britischer Schriftsteller und Literaturkritiker. Ab 1913 Literaturredakteur und später Herausgeber des linksgerichteten *New Statesman*; John Strachey (1860–1927): britischer Journalist und von 1887 bis 1925 Herausgeber der konservativen Wochenzeitschrift *The Spectator*; James Louis Garvin (1868–1947): britischer Journalist und von 1908 bis 1942 Herausgeber der linksliberalen Sonntagszeitung *The Observer*; John Alfred Spender (1862–1942): britischer Journalist und von 1896 bis 1922 Herausgeber der liberalen Tageszeitung *The Westminster Gazette*; Arthur Ransome (vgl. Anm. 22) berichtete für die *Daily News* aus Russland; Stephen Graham (1884–1975): britischer Journalist und Reiseschriftsteller, der für die *Times* aus Russland schrieb.

[31] An dieser Stelle weicht die nicht publizierte Erstausgabe von der 1919 veröffentlichten Ausgabe ab. Näheres dazu findet sich im Nachwort. Die Passage lautet in der Erstausgabe wie folgt:

»Nein? Und in welcher Form soll die Versicherung Ihrer Meinung nach erfolgen?«

Mr Jenkins zuckte mit den Schultern und antwortete mit seinem einnehmenden Lächeln: »Die in solchen Fällen übliche Form, Mr Chester ... Alles darüber hinaus überlasse ich Ihnen.«

Der Minister beugte sich vertraulich vor.

»Nun, Mr Jenkins, sprechen Sie frei heraus. Wie lautet Ihre Forderung? Sie wollen in Ihrer Zeitung einen Skandal über mich verbreiten, es sei denn, ich gebe Ihnen – wie viel? Scheuen Sie sich nicht, Ihren Betrag zu nennen: Sie sollen ihn bekommen, sofern er vernünftig ist ... Sie dürfen ihn nur nicht zu hoch ansetzen, sonst wird nichts daraus.«

»Fünfhundert?«, murmelte Mr Jenkins nach kurzem Zögern.

Der Minister stand auf.

»Vielen Dank, Mr Jenkins. Ich glaube, mehr brauchen wir nicht, oder, Oxford?«

Zwei Personen traten hinter einem Paravent hervor – ein

gerissen aussehender Anwalt und ein junger Mann mit einem Stenogrammheft.

»Danke, Mr Jenkins. Damit hätten wir alles, was wir für einen schönen Erpressungsfall brauchen«, sagte der Anwalt. »Ich hätte nicht erwartet, dass Mr Chester es schafft, Sie zu diesem Bekenntnis zu bringen – ich dachte, dafür wären Sie zu erfahren. Ein sehr geschickter Schachzug.«

»Eine solche Klage vor Gericht«, bemerkte Mr Jenkins aalglatt (er hatte schon vor langer Zeit gelernt, solche Vorfälle ohne allzu große Verlegenheit zu tragen), »wäre wohl das Ende Ihrer Karriere, Mr Chester. Die Wahrheit würde dann ans Licht kommen, wie Sie natürlich wissen.«

»Das weiß ich durchaus«, sagte Mr Chester ruhig. »Dennoch wird es eine Klage geben. Nur noch nicht sofort. Erst, wenn ich nicht mehr so beschäftigt bin. Sie dürfen jetzt gehen und die Wahrheit verbreiten, ganz wie es Ihnen beliebt. Guten Abend.«

So nahm die *Patriot*-Kampagne also ihren Lauf. Wenn der *Patriot* am Ende zahlen müsste, wollte er immerhin etwas für sein Geld bekommen.

Sie begann mit einem offenen Brief.

Rose Macaulay: *What Not. A Prophetic Comedy*. Handheld Press, Bath, 2019, S. 163–165.

[32] An dieser Stelle endet die veränderte Passage.

[33]»Siehe, es steigt eine kleine Wolke auf aus dem Meer wie eines Mannes Hand.« 1. Könige 18,44.

Rose Macaulay in den frühen 1920er Jahren
Foto: Howard Instead © National Portrait Gallery, London

Josefine Haubold

Rose Macaulay: »Lebefrau, Abenteurerin, Gelehrte«

Rose Macaulay gehörte zu den produktivsten und erfolgreichsten englischen Schriftstellerinnen ihrer Zeit. Sie veröffentlichte 23 Romane, drei Gedichtbände sowie zahlreiche literaturhistorische und historische Werke, Essaysammlungen und Reisebücher. Sie gewann drei bedeutende Literaturpreise und wurde aufgrund ihrer Verdienste um die englische Literatur zur »Dame of the British Empire« ernannt. Nach ihrem Tod erschien ihre Korrespondenz in mehreren Bänden, zudem wurden vier umfangreiche Biografien vorgelegt (zuletzt 2003).[1] Dennoch ist Macaulay heute im englischen Sprachraum überwiegend für ihre Reiseliteratur und ihren letzten Roman *The Towers of Trebizond* bekannt. Einige ihrer Werke waren zu Lebzeiten zwar in deutscher Übersetzung erschienen, heute kennt hierzulande jedoch kaum jemand mehr ihren Namen. Möglicherweise schwindet die Erinnerung an sie aus dem gleichen Grund, aus dem sie während ihrer Schaffensphase so erfolgreich

[1] Für eine ausführliche Übersicht über Macaulays Gesamtwerk siehe Alice R. Bensen: *Rose Macaulay*. New York, 1969; eine detaillierte und kommentierte Bibliografie liefert Kate Macdonald in: dies. (Hg.): *Rose Macaulay, Gender, and Modernity*. London/New York, 2018, S. 213–319. Darin finden sich unter anderem drei in der Zwischenkriegszeit veröffentlichte Dissertationen aus Deutschland zu Macaulays Werk und Wirken.

war; denn ihr belletristisches und essayistisches Werk war immer ihrer Gegenwart gewidmet. Klug und mit dem ihr eigenen Humor kommentierte und begleitete sie die Ereignisse ihrer Zeit, zu der nicht nur zwei Weltkriege gehörten, sondern auch die erste Welle der Frauenbewegung, das Ende des britischen Empires und der Übergang vom viktorianischen England zur Moderne.

What Not. A Prophetic Comedy wurde in England 2019, hundert Jahre nach seinem Erscheinen, neu aufgelegt, mit der vorliegenden Übersetzung erscheint der Roman erstmals auf Deutsch. Auch wenn die Gegenwart, die er kommentiert, eine hundert Jahre zurückliegende ist, sind viele der Fragen, die darin verhandelt werden, heute so aktuell wie damals.

Rose Macaulay wurde 1881 als zweites der sieben Kinder von George Macaulay und Grace Conybeare im englischen Rugby geboren. Der Vater arbeitete zu dieser Zeit als stellvertretender Schulleiter der hiesigen Schule. Als Rose sechs Jahre alt war, übersiedelte die Familie der Gesundheit der Mutter wegen nach Italien, in einen Ort namens Varezze an der ligurischen Küste, zwanzig Kilometer westlich von Genua, wo sie die kommenden sieben Jahre verbrachte.

Weitab von den Gepflogenheiten der britischen Heimat wuchsen die Macaulay-Kinder in einem Haus voller Freiheiten und Tiere auf, wobei die Mädchen ihren Brüdern bei allen sportlichen wie schulischen Aktivitäten (die Eltern unterrichteten ihre Kinder im Lesen und Schreiben, Mathematik, Latein und Italienisch) gleichgestellt waren. Die Mutter schneiderte Matrosenanzüge für alle, und den Großteil des Jahres rannten sie barfuß umher. So mussten sie in ihrer

Kindheit nicht die Unterschiede erfahren, die die viktorianische Konvention ihrer Zeit zwischen Jungen und Mädchen, zwischen Männern und Frauen machte. Diese Zeit hinterließ bei Macaulay nicht nur eine lebenslange Liebe zum Schwimmen und zum Meer (lange malte sie sich in ihrer Jugend eine Zukunft als Schiffskapitänin aus), auch die Idee, dass zwischen den Geschlechtern kein Unterschied sein dürfte, sollte sie ihr Leben lang begleiten und in vielen ihrer Romane Ausdruck finden.

1894 zog die Familie wieder nach England, auch um den Kindern eine formale Schulbildung zu ermöglichen. Die Sehnsucht nach dem paradiesischen Ort ihrer Kindheit sollte Macaulay ihr Leben lang nicht loslassen. Sie selbst kehrte immer wieder an diese Küste zurück, und auch in ihren Werken bildet sie oft einen Rückzugsort für die Figuren, unter anderem auch in *Was nicht alles*, wo Kitty Grammont und Nicholas Chester ihre geheime Hochzeitsreise ins nur wenige Kilometer von Varezze entfernte Cogoleto unternehmen und »amphibische Tage« und idyllische Stunden in der Macaulay aus Kindertagen vertrauten Umgebung verbringen.

Macaulay war weder eine enthusiastische noch eine besonders gute Schülerin, doch mit siebzehn gewann sie, die schon in Italien für ihre Geschwister Geschichten geschrieben hatte, einen Gedichtwettbewerb der Schülerzeitung; ihre erste Publikation. 1900 begann sie ein Geschichtsstudium am Somerville College in Oxford, einem der ersten Universitätscolleges für Frauen, das erst 21 Jahre zuvor gegründet worden war. Von unverheirateten und nicht berufstätigen Frauen ihrer Klasse wurde im spätviktorianischen England allgemein erwartet, dass sie sich mit Wohltätigkeitsarbeit, Teegesellschaften und gegenseitigen Besuchen beschäftigt zeigten. Das Studium befreite sie von diesen lästigen gesellschaftlichen Pflichten und bot ihnen Freiheiten und Entwicklungsmöglichkeiten, die ihre Mütter noch nicht gekannt hatten. Während des Studiums erlebte Macaulay die erste von mehreren depressiven Episoden in ihrem Leben, weshalb sie das Studium nicht mit der vorgesehenen Prüfung, sondern nur mit einem unbenoteten Abschluss beendete.

Nachdem im *Saturday Westminster* gelegentlich Gedichte von ihr veröffentlicht worden waren, erschien 1906 Macaulays erster Roman, *Abbots Verney*, dem in den nächsten sechs Jahren vier weitere folgen würden.[2] Zwei dieser frühen Romane spielen in Italien, sie sind geprägt von düsteren und bis zur Lebensunfähigkeit zerquälten Hauptfiguren. Auf diese frühen Werke war Macaulay in späteren Jahren nicht mehr besonders gut zu sprechen. Mit dem 1913 erschienenen *The Lee Shore*, in dem abermals die Küste um Varezze die Kulisse bildet, gewann Macaulay einen Literaturpreis in Höhe von 600 Pfund – eine beträchtliche Summe, wenn man bedenkt, dass sie mit der Verkaufsbeteiligung ihrer ersten beiden Romane 16 bzw. 53 Pfund verdient hatte. Mittlerweile hatte sie Kontakte zu anderen Schriftsteller*innen, die überwiegend in London lebten, und von dem Preisgeld konnte sie sich ebenfalls eine Wohnung in London leisten. Ihr folgender Roman *The Making of a Bigot*

[2] Macaulays erste fünf Bücher erschienen bei John Murray, die nächsten drei folgten bei Hodder & Stoughton. *What Not* wurde als einziges Buch bei Constable & Co veröffentlicht, für den Rest ihres Lebens blieb Macaulay bei William Collins.

(1914) ist ein Schlüsselroman der Londoner Literatur- und Kulturszene der Vorkriegszeit.[3]

Der Ausbruch des Ersten Weltkriegs löste in England in weiten Kreisen eine Kriegsbegeisterung aus, und auch an Rose Macaulay ging diese nicht vorbei, was in einigen ihrer zu Beginn des Krieges entstandenen romantisierenden Gedichten zum Ausdruck kommt. Zur Romantisierung des Krieges kam bei ihr noch die Kränkung, als Frau nicht am Kampfgeschehen teilnehmen zu können. Wie viele andere Frauen meldete sie sich zum Freiwilligendienst und wurde in einem neu eingerichteten Rekonvaleszentenheim für Hilfstätigkeiten eingesetzt, für die sie sich leider als überaus ungeeignet erwies.[4] Die im Land überwiegende Meinung, dass der Krieg gerecht und bald gewonnen sei, wich angesichts des zähen Stellungskriegs in Frankreich, von dem die jungen Männer verletzt und verstört oder nie zurückkehrten, bald der Ernüchterung. Die deutschen Luftangriffe mittels Zeppelinen auf britische Städte und die Einschränkungen bürgerlicher Freiheiten durch den »Defence of the Realm Act« (DORA) taten ihr Übriges. 1915 begann Macaulay mit der Arbeit an dem Roman *Non-Combatants and Others*, der 1916 erschien und als früher Antikriegsroman gelten kann, weil er sich »als einer der ersten Romane, wenn nicht als erster, mit der Realität des Großen Krieges auseinandersetzte anstatt mit dessen Fantasievorstellung«.[5] Der Protagonistin Alix, einer jungen Kunststudentin, enthüllen

[3] Vgl. Sarah LeFanu: *Rose Macaulay*. London, 2003, S. 101.
[4] Vgl. Jane Emery: *Rose Macaulay. A Writer's Life*. London, 1991, S. 152.
[5] LeFanu: *Rose Macaulay*, S. 108 [Übersetzung J.H.].

sich durch Erzählungen von Freunden und Bekannten auf Genesungs- oder Fronturlaub Stück für Stück die Gräuel des Krieges in den Schützengräben: die Gewalt, die Angst, die Kälte, das Chaos und das Entsetzen, explizite Schilderungen von Verstümmelungen und von Granaten zerstörten Körpern. Kurz nachdem sie die niederschmetternde Nachricht vom »Heldentod« des jüngeren Bruders erhalten hat, muss sie erfahren, dass dieser vor lauter Verzweiflung seinem Leben selbst ein Ende gesetzt hat. Am Schluss entscheidet Alix, sich der Friedensbewegung anzuschließen. Gegen Ende des Buchs lässt Macaulay ihre Figuren über die Zukunft nach dem Krieg diskutieren. Alix' Bruder Nicholas zeigt sich von der Möglichkeit der Freiheit wenig überzeugt und ahnt vielmehr das autoritäre Nachkriegsregime in *Was nicht alles* voraus: »Wie unwahrscheinlich! Nach dem Krieg, dem Despotismus und der Politik der starken Hand. Du glaubst doch nicht, dass die starke Hand loslassen wird, jetzt, wo sie uns so schön im Griff hat. [...] Der Krieg ist die Gelegenheit für Tyrannen. Die Regierung lernt gerade erst, wie weit sie gehen kann.«[6] Von der Kritik wurde der Roman nicht gut aufgenommen, der Autorin wurde unter anderem vorgeworfen, dass sie übertreibe und den britischen Soldaten in den Rücken falle.

Der kriegsbedingte Arbeitskräftemangel führte dazu, dass Frauen zunehmend berufstätig wurden; als Pflegerinnen in Sanatorien, als Erntehelferinnen in der Landwirtschaft und auch im öffentlichen Dienst wurden zunehmend Frauen eingestellt, um die in den

[6] Rose Macaulay: *Non Combatants and Others*. London, 1916, Kap. XVI [Übersetzung J.H.].

Krieg einberufenen Männer zu ersetzen. Während vor dem Krieg nur etwa 65.000 Frauen im öffentlichen Dienst tätig waren – fast ausschließlich als Telefonistinnen, Schreibkräfte und in ähnlichen Positionen mit geringen Aufstiegschancen –, waren es zu Kriegsende dreimal so viele. Dabei wurden auch gezielt Akademikerinnen für verantwortungsvolle und eigenständige Tätigkeiten in den Ministerien und Verwaltungen angeworben. Nach einem kurzen Intermezzo als »land girl«[7] arbeitete Macaulay ab 1917 in London als Verwaltungsassistentin im »War Office«, dem Vorgänger des Verteidigungsministeriums, in der Abteilung für Ausnahmen von der Wehrpflicht und Kriegsdienstverweigerer. Dafür pendelte sie vor und nach ihren zehnstündigen Arbeitstagen täglich drei Stunden von Beaconsfield (dem Ort, von dem aus Kitty und Nicholas Chester ihren Ausflug in den Wald unternehmen), wo sie nun mit ihrer Mutter lebte (der Vater war 1915 gestorben) nach London und zurück. Anfang 1918 wurde sie in das neu gegründete »Ministry of Information« versetzt, in dem sämtliche bislang verstreuten mit Öffentlichkeitsarbeit und Zensur befassten Komitees, Regierungs- und Verwaltungsabteilungen zentral koordiniert wurden. In den Zuständigkeitsbereich des Ministeriums fielen

[7] Während des Ersten Weltkriegs wurden in Großbritannien Frauen dazu aufgerufen, sich der »Women's Land Army« anzuschließen, um die durch die Wehrpflicht fehlenden männlichen Arbeitskräfte in der Landwirtschaft zu ersetzen. Mehrere Zehntausend Frauen, darunter auch viele, die über keinerlei entsprechende Erfahrungen verfügten, folgten dem offiziellen Aufruf – zusätzlich zu den Hunderttausenden Landfrauen, deren Arbeitspensum sich durch den Wegfall der Männer vervielfachte.

fortan die Pressearbeit, die Überprüfung und gegebenenfalls die Zensur kriegsrelevanter Inhalte in der Presse, in Büchern, Filmen, Fotografie und Kunst, sowie die Durchführung von Kampagnen im In- und Ausland. Dabei griff man gerne auf die Dienste bekannter Schriftsteller*innen zurück: Das Ministerium wurde anfangs vom Schriftsteller John Buchan geleitet (1918 wurde der Zeitungsverleger Max Aitken, der kurz zuvor zum Lord Beaverbrook geadelt worden war, Minister für Information, eine Entscheidung, die weithin als Versuch der Regierung kritisiert wurde, Einfluss auf die Presse zu nehmen), die Abteilung für Deutschland leitete H. G. Wells, Arnold Bennet die französische Abteilung. Macaulay kam aufgrund ihrer Italienischkenntnisse in die Abteilung für italienische Feindpropaganda. Ihr Vorgesetzter war der aus Irland stammende Romancier und ehemalige Priester Gerald O'Donovan. O'Donovan war ein leidenschaftlicher Politiker, kompromisslos in jeder Sache, der er sich verschrieb. Mit ihm begann sie eine Beziehung, die bis zu seinem Tod im Jahr 1942 andauern sollte. Da O'Donovan verheiratet war, blieb die Beziehung über all die Jahre geheim, weshalb Rose Macaulay ihr Leben lang der Ruf als exzentrische Jungfer begleitete.[8]

1917, während ihrer Zeit im »War Office«, begann Macaulay die Arbeit an *Was nicht alles*. Die distanzierten Beobachtungen des Behördenalltags können daher

[8] So bezeichnete etwa Virginia Woolf Macaulay als »Eunuch« (Emery, *A Writer's Life*, S. 186.); der Literaturkritiker V. S. Pritchett erinnerte sich an sie als »diskrete, gelehrte, unerschrockene Jungfer mit respektlosem Blick und schlagfertigem Witz« (ebd., S. 297; Übersetzung J.H.).

womöglich auch Rückschluss auf die eigenen Gefühle der Autorin geben, die sich bei der Arbeit in ihrer neuen Abteilung der geliebten Heimat Italien plötzlich als Feindin gegenüberfand. Auch die heimliche Liebe zwischen Kitty und ihrem Amtsleiter Nicholas Chester mitsamt ihren Verwicklungen am Arbeitsplatz und Kittys Widerständen können vom moralischen Dilemma zeugen, das die Autorin angesichts der Beziehung zu ihrem verheirateten Vorgesetzten erlebte. Die Widmung des Buchs »Für die Staatsbediensteten, die ich kannte« schließt in fast kühner Weise Gerald O'Donovan mit ein. Die Figur der Kitty Grammont, die in Cambridge studiert hat, als Pamphletschreiberin im Ministerium beginnt und der im Laufe der Handlung verschiedene andere qualifizierte Stellen angeboten werden, weil man sie für »unersetzlich« hält, ist nicht nur eine Vertreterin eines sehr neuen Typus der hochqualifizierten berufstätigen Frau, die zu dieser Zeit in der Literatur noch kaum vorkam, sondern weist darüber hinaus einen Werdegang auf, der dem Macaulays durchaus ähnelt. Mit ihrem Selbstbewusstsein und ihrem Chic kann sie als »Fantasie-Alter-Ego«[9] der notorisch unmodisch gekleideten und von Selbstzweifeln geplagten Macaulay gelten.

Nach dem Waffenstillstand wurde das Ministerium aufgelöst und Macaulay nahm in ihrem Verlag Constable eine Stelle als Lektorin an. 1920 erschien der Roman *Potterism. A Tragi-farcial Tract*, eine Abrechnung mit der britischen Sensationspresse – ihr erster Bestseller, mit dem sie eine der wenigen Frauen

[9] Emery: *A Writer's Life*, S. 162.

ihrer Zeit wurde, die ihren Lebensunterhalt vom Schreiben bestreiten konnten. 1920 lernte Macaulay die damals außerhalb ihrer literarischen Kreise noch unbekannte Virginia Woolf kennen. Trotz ihrer biografischen Ähnlichkeiten kam zwischen den beiden zeitlebens nicht mehr als ein scheuer gegenseitiger Respekt zustande, stets begleitet von rivalisierenden Sticheleien. Sie begann auch, jüngere Schriftstellerinnen zu fördern und mit Verlagen zusammenzubringen, darunter Rosamond Lehmann, Elizabeth Bowen und Ivy Compton-Burnett, mit denen sie später enge Freundschaften pflegte.

Für ihr folgendes Werk *Dangerous Ages* (1921), in dem eine Ehefrau und Mutter an ihrem vierzigsten Geburtstag beschließt, ihr Leben wieder selbst in die Hand zu nehmen, gewann Macaulay den mit 1000 Francs dotierten Prix Femina–Vie Heureuse. Es gehört zu den wenigen ihrer Werke, die ins Deutsche übersetzt wurden – und das gleich zwei Mal: 1932 als *Gefährliche Jahre*, dt. von Elsie McCalman (Reiss Verlag), und 2020 als *Ein unerhörtes Alter*, dt. von Irma Wehrli (Dumont).

In den folgenden Jahren veröffentlichte Macaulay fast jedes Jahr einen Roman, darunter *Crewe Train* (1926; deutsch als *Irrwege*, übersetzt von Paul Cohen-Portheim, 1932 bei Th. Knaur Nachf.), eine Satire auf den prätentiösen Londoner Literatur- und Kulturzirkus aus der Perspektive einer Nicht-Dazugehörigen. Während ihrer überaus produktiven schriftstellerischen Karriere war Macaulay auch immer journalistisch tätig; sie schrieb für Tageszeitungen, Zeitschriften und Literaturmagazine wie *Time and Tide, New Writing, Times Literary Supplement, Spectator* und *New Statesman* und produzierte

Sendungen für die BBC. 1925 erschien ein Band mit gesammelten Essays, *A Casual Commentary*. Sie setzte sich journalistisch für die Gleichberechtigung von Frauen[10] und für den Völkerbund ein, den sie als »eine der wenigen Hoffnungen für diese geplagte Welt«[11] bezeichnete, und gehörte 1928 im Prozess gegen die lesbische Schriftellerin Radclyffe Hall wegen des Vorwurfs der Obszönität in ihrem Roman *The Well of Loneliness* zu den Zeug*innen der Verteidigung (das Buch wurde dennoch als obszön verboten). Sie veranstaltete und besuchte Literaturzirkel und Partys, wo sie für ihre Großzügigkeit, ihren Scharfsinn und ihren Witz geschätzt wurde – auf dem Nachhauseweg zogen es die Gäste jedoch meist vor, zu laufen, anstatt sich von ihr im Auto mitnehmen zu lassen, weil sie eine halsbrecherische Fahrweise an den Tag legte.[12] Ihre Freundin Rosamond Lehmann beschrieb sie als »immer in Bewegung; physisch, intellektuell, spirituell. Sie schien nie zu essen, zu trinken oder zu schlafen.«[13] Außerdem unternahm sie viele und weite Reisen, alleine, mit Freund*innen und auch gemeinsam mit ihrem Freund Gerald O'Donovan. Ihre Biografin Sarah LeFanu zeigt sich in Anbetracht dieser Liebesbeziehung beeindruckt von Macaulays

[10] Kate Macdonald widmet in ihrem Aufsatz »Constructing a public persona. Rose Macaulay's non-fiction« einen langen Abschnitt Macaulays feministischen Schriften und öffentlichen Interventionen. In: Kate Macdonald (Hg.): *Rose Macaulay, Gender, and Modernity*. London/New York, 2018, S. 118–136, hier 123 ff.

[11] Zit. nach LeFanu, *Rose Macaulay*, S.163 [Übersetzung J.H.].

[12] Vgl. ebd., S. 186.

[13] Zit. nach Emery, *A Writer's Life*, S. 297 [Übersetzung J.H.].

Fähigkeit, »ihr Gefühlsleben so einzurichten, dass ihre Affäre geschützt war und sie selbst Zeit zum Schreiben hatte: Es ist ungewöhnlich für eine Schriftstellerin, dass sie sich selbst diesen emotionalen Raum schafft, in dem sie ihrer Kunst nachgehen kann, ohne Liebe oder Freundschaften opfern zu müssen.«[14]

Ab den 1930er Jahren wandte sich Macaulay verstärkt akademischen und (literatur-)historischen Themen zu und verfasste unter anderem eine Biografie über John Milton (1934) und den historischen Roman über die Cromwell-Ära *They were Defeated* (1932). 1935 und 1936 erschienen *Personal Pleasures* und *The Minor Pleasures of Life*, zwei Sammlungen trivialer und bedeutsamer Annehmlichkeiten des Lebens, gespickt mit Gedichten und philosophischen Betrachtungen.

Im Sommer 1939 verschuldete Macaulay einen Autounfall, bei dem ihr Beifahrer Gerald O'Donovan verletzt wurde. Kurz darauf erlitt er einen Schlaganfall.

Im Herbst erklärte Großbritannien Deutschland den Krieg. Auch wenn sie als Pazifistin den Kriegseintritt zunächst kritisiert hatte, wurde bald klar, dass es mit Hitler keinen Frieden geben konnte, und so blieb Macaulay während des »Blitz«, der Bombardierung englischer Städte durch die deutsche Luftwaffe, in London und fuhr Verletzte in die Krankenhäuser. 1941 wurde ihre Wohnung durch einen Bombeneinschlag zerstört, darin all ihr Besitz, ihre Bücher, Briefe und Manuskripte, unter anderem auch das von ihr so genannte »große Lebenswerk«, ein Bestiarium über Tiere in der Literatur, an dem sie seit vielen Jahren gearbeitet hatte. Kurz darauf wurde ein Magen-

[14] LeFanu, *Rose Macaulay*, S. 9. [Übersetzung J. H.].

geschwür bei ihr diagnostiziert, ein Jahr später starb Gerald O'Donovan. Die beiden Verluste, von denen sie den einen nicht öffentlich betrauern durfte, behandelt sie in ihrer Kurzgeschichte *Miss Anstruther's Letters* (1942).

Nach dem Krieg nahm die mittlerweile deutlich über 60-jährige Macaulay ihre Reisen wieder auf, aus denen sich ihr Spätwerk speiste: eine ganz eigene Form aus Reisebeschreibungen, historischen Recherchen und essayistischen Betrachtungen zu einzelnen Ländern und Motiven, darunter *The Pleasure of Ruins* (1953, dt. als *Zauber der Vergänglichkeit*, übers. von Wolf-Dieter Bach, Droemer-Knaur 1966), eine ausführlich recherchierte Sammlung eigener und fremder Betrachtungen von und über Ruinen weltweit.

In ihrem letzten Roman *The Towers of Trebizond* (1956, dt. als *Tante Dot, das Kamel und ich*, übers. von Walter Schürenberg, Claasen 1958), der nach einer Reise Macaulays in die Türkei und den Nahem Osten entstand, absolviert die Protagonistin eine abenteuerliche Reise auf einem Kamel durch die Ruinen des Byzantinischen Reichs und des Heiligen Landes und sinniert dabei über Moral und Religion. Das Buch, das bis heute als Macaulays Meisterwerk gilt, wurde ein Riesenerfolg, seine Anfangszeile »Take my camel, dear« (»Nimm mir das Kamel ab, meine Liebe«) zum geflügelten Wort. 1951 erhielt Macaulay in Cambridge die Ehrendoktorwürde der Literaturwissenschaften, 1958 wurde sie zur »Dame of the British Empire« ernannt. Im Herbst desselben Jahres starb sie an einem Herzinfarkt.

Es sei erstaunlich, schreibt ihre Biografin Sarah LeFanu, »dass eine Autorin, die zu ihren Lebzeiten so produktiv und erfolgreich war, nach ihrem Tod von der Literatur- und Kulturkritik so systematisch marginalisiert wurde. Vielleicht liegt es daran, dass sie nie lange genug an einem Ort, einer Gruppe zugehörig war. Ihr Platz in der englischen Literatur des zwanzigsten Jahrhunderts ist ein unbestimmter, wechselhafter […]. Ihr Ton war stets geprägt von Skepsis, Fragen und Zweifeln, nicht nur in Bezug auf die sie umgebende Welt, sondern auch über ihr Recht, diese Welt mittels Sprache neu zu erschaffen.«[15]

Als Macaulay *Was nicht alles. Eine prophetische Komödie* schrieb, war der Erste Weltkrieg noch im Gange; die Soldaten starben weiterhin in großer Zahl an der Front, die Zivilbevölkerung war zermürbt von den Strapazen, die der Krieg auch für sie mit sich brachte: die Sorge und Ungewissheit um die eingezogenen Freunde, Brüder und Söhne, die Luftangriffe, der Hunger, die Teuerung und Lebensmittelrationierung. Über dem Roman liegt, bei aller Komik und ironischen Distanziertheit, der dunkle Schatten des Krieges, von dem bereits Macaulays vorhergehendes Werk *Non-Combatants and Others* geprägt war – der Krieg ist sogar die unmittelbare Ursache für das bizarre Unternehmen der Regierung, die Bevölkerung klüger machen zu wollen. Die Welt im Roman ist insofern utopisch, als dass sie den Zustand nach dem (gewonnenen) Krieg ausmalt, gleichzeitig ist es eine Welt, die den Krieg keinesfalls überwunden hat. Die Bevölkerung, insbesondere deren männlicher Teil, ist traumatisiert und verstört oder hat mehr oder weniger wirksame Strategien gefunden, um mit den

[15] LeFanu, *Rose Macaulay*, S. 6. [Übersetzung J.H.].

erlebten Traumata umzugehen. Der staatliche Autoritarismus, von dem die Kriegsjahre innenpolitisch gezeichnet waren, die Zensur und die staatlichen Sonderbefugnisse auf Grundlage des »Defence of the Realm Act« (DORA), sie werden im Roman mit dem Ende des Krieges nicht aufgegeben, sondern sogar noch weiter getrieben.

Der »Defence of the Realm Act« (Gesetz zur Verteidigung des Königreichs) trat 1914 nur wenige Tage nach dem Eintritt Großbritanniens in den Ersten Weltkrieg in Kraft und verlieh der Regierung weitreichende Befugnisse, im Rahmen eines vereinfachten Verfahrens Gesetze zu erlassen, die während des Kriegs das Land und die Truppen schützen, die Moral aufrecht erhalten und den Fortgang kriegswichtiger Produktion gewährleisten sollten. In diesem Zusammenhang wurden unter anderem die Öffnungszeiten von Pubs sowie das Streikrecht eingeschränkt und die Arbeitszeiten bei sinkenden oder gleichbleibenden Löhnen verlängert. Des Weiteren wurde es verboten, öffentlich über Militärangelegenheiten zu sprechen, es wurde eine Zensur der privaten Korrespondenz mit den an der Front stationierten Soldaten sowie der Presse eingeführt, wobei sich letztere zu einer entsprechenden Selbstzensur in Verteidigungs- und Geheimdienstangelegenheiten bereit erklärte. Insbesondere in den ersten Jahren des Krieges wurden diese Eingriffe in die Grundrechte von der Bevölkerung als notwendige Opfer für einen raschen Sieg bereitwillig hingenommen, erst später, als die Moral aufgrund des anhaltenden Kriegszustands allmählich sank, regte sich Widerstand. Das Erschrecken darüber, wie schnell ein Land unter dem Einfluss des Krieges in einen staatlichen und gesellschaftlichen Autoritarismus verfallen kann, teilt Macaulay mit pazifistischen Autor*innen ganz Europas während dieser Zeit. Das Hinnehmen und die Rechtfertigung der staatlichen Eingriffe vonseiten der Bevölkerung zu Kriegszeiten mögen Macaulay zu dem Gedankenexperiment verführt haben, welch weitreichende Maßnahmen sich die Menschen wohl gefallen lassen würde, bis sie endgültig aufbegehrte.

In *Was nicht alles* ist Dora, obwohl der Krieg bereits seit längerem gewonnen scheint, nach wie vor in Kraft. Dem übereifrigen Zensor im Ministerium fallen nicht nur Erwähnungen der Freiheit und des Friedens zum Opfer, sondern allein schon der Hinweis auf die Existenz der Zensur wird von ihm unterdrückt. Ein großer Teil der Presse verhält sich, wie schon zu Kriegszeiten, entsprechend loyal zur Regierung: Von der konservativen *Times* bis zu den unpolitischen Frauenzeitschriften befleißigen sich die einst unabhängigen Zeitungen, ihre jeweilige Leserschaft auf die Linie der Regierung einzuschwören. Gleichzeitig gibt es aber auch noch Organe, die die Regierung und den Minister für Verstand angreifen, tatsächlich sind es Doras Verbot von vier Zeitungen und die Enthüllungen eines Zeitungsherausgebers, über die Nicholas Chester am Ende strauchelt.

Die Zeit um die Jahrhundertwende war die Zeit der literarischen Utopien. Edward Bellamy entwarf in seinem Roman *Looking Backward 2000–1887* (1887) eine Zukunftsvision, in der Wirtschaft und Gesellschaft nach den Prinzipien der Vernunft und im Sinne des Wohlergehens aller Menschen organisiert sind: Die Produktionsmittel sind vergesellschaftet, dank arbeitssparender Erfindungen müssen die Menschen nur bis zum 45. Lebensjahr arbeiten und alle werden unabhängig von ihren Fähigkeiten entsprechend ihrer Bedürfnisse versorgt. Luftverschmutzung, Kriminalität und Armut gehören der Vergangenheit an, die Menschen arbeiten gerne und widmen sich in ihrer reichlich bemessenen Freizeit dem freien Gedankenaustausch, der Kunst und Kultur. Das Werk war so erfolgreich, dass sich in der Folge allein in den USA hunderte »Bellamy-Gesellschaften« gründeten, um auf das beschriebene Ziel hinzuarbeiten. Auch eine ganze Reihe von Autor*innen schufen, inspiriert von Bellamys Utopie und dem sozialistischen Zeitgeist, ihre eigenen mehr oder weniger originellen Entwürfe einer durch technischen Fortschritt verbesserten zukünftigen Welt. In den 25 Jahren nach *Looking Backward* erschienen allein in Großbritannien und den USA dutzende Werke, die sich, teilweise mit besonderem Schwerpunkt auf einzelnen Aspekten wie etwa Frauenemanzipation, Landwirtschaft oder Elektrifizierung, mit utopischen Zukunftsentwürfen befassten. Der technische Fortschritt und die erstarkende Arbeiter*innenbewegung schienen zu dieser Zeit für viele keinen anderen vernünftigen Schluss zuzulassen, als dass die Zukunft die Befreiung des Menschen von Arbeit und staatlicher Bevormundung bringen würde.

Mit dem Ersten Weltkrieg, als der technische Fortschritt sich gegen die Menschen zu wenden begann, die Arbeiter in den Schützengräben von den Errungenschaften der modernen Kriegsführung millionenfach verstümmelt und getötet wurden, die errungenen Bürgerrechte vom Autoritarismus der Kriegsregierungen einkassiert und die in jenen Jahren erstarkende Frauenbewegung auf Linie gebracht wurden, wurde deutlich, wie prekär die Entwicklung hin zur Emanzipation des Menschen doch ist. Es sollte jedoch noch einige Jahrzehnte dauern bis zu den großen Dystopien des 20. Jahrhunderts, die den totalitären Zugriff des Staates auf das Individuum zum literarischen Topos erheben sollten. Interessanterweise geht es bei vielen der späteren Dystopien, etwa bei Huxleys *Brave New World* (1932), Orwells *Nineteen Eighty-Four* (1948) oder Bradburys *Fahrenheit 451* (1953) oft darum, dass die Menschen im Sinne des totalitären Staates oder kollektivistischen Gemeinwesens in einem Zustand des Nicht-Wissens gehalten werden – während bei Macaulay genau das Gegenteil angestrebt wird. Insofern könnte *Was nicht alles* auch als symptomatisch für ein Werk der Zeit zwischen Utopie und Dystopie gelten: nämlich indem das utopische Projekt der Verbesserung des Menschen mit den dystopischen Mitteln des autoritären Staats zu erreichen versucht wird. Ob das Scheitern dieses Versuchs Anlass zur Erleichterung oder zur Enttäuschung gibt, lässt die Autorin offen.

Im Vorwort zur englischen Neuauflage von *What Not* 2019 weist Sarah Lonsdale auf mögliche Einflüsse auf Huxleys *Brave New World* hin angesichts auffallender Ähnlichkeiten zu Macaulays 14 Jahre früher erschienenem Werk. Auch wenn es keine Quellen gibt, die belegen, dass Huxley *Was nicht alles* gelesen hat, müssen sich Huxley und Macaulay über eine gemeinsame enge Freundin, mit der zusammen Macaulay einen literarischen Salon führte, in den 19020er Jahren gekannt haben. »Es ist also sehr wahrscheinlich, dass Huxley *What Not* gelesen oder zumindest mit Macaulay über dessen Inhalt gesprochen hat. Huxleys Kastensystem in *Brave New World*, das von Alpha Doppelplus bis Epsilon Minus reicht, scheint geradewegs von Macaulays Kategorisierung der Bevölkerung von A bis C3 abgeleitet zu sein. Huxleys Indoktrinationstechniken, die schon im Kleinkindalter die zukünftigen Bürger*innen auf ihre späteren Rollen vorbereiten sollen, erinnern an Macaulays Verstandsschulungen, die für alle verpflichtend sind, und zuletzt ähnelt die kleine Gruppe der regierenden ›Controller‹ bei Huxley Macaulays ›Vereinigtem Rat‹. Man könnte auch sagen, dass die Welt im Jahr A. F. 632 bei Huxley die Welt von *What Not* einige Jahrzehnte in der Zukunft ist.«[16]

Ähnlich wie seine utopischen Vorgänger und seine dystopischen Nachfolger erkundet *Was nicht alles* den Konflikt zwischen individuellem Egoismus (den das Individuum »Freiheit« nennt) und dem Wohl der Gemeinschaft. Hierbei kommen beide Seiten zur Sprache, die eine, die die Freiheit des Individuums beschneiden wollen, um eine (vermeintlich) bessere Gesellschaft zu schaffen, und die andere, nach deren Auffassung eine Gesellschaft, die die individuelle Freiheit einschränkt, keine bessere sein kann. Vernon Prideaux ist ein Verfechter der ersten Position, und seine Rede scheint heute aktueller denn je: »Was die meisten Menschen unter Freiheit verstehen, wäre ein abscheulicher Zustand; die Freiheit, sich wie Tiere oder Irre aufzuführen, sich gegenseitig und dem Staat zu schaden. Wo liegt der Sinn darin? Die Menschen sind zur Freiheit nicht in der Lage, so ist es nun einmal.« (S. 88)

[16] *Sarah Lonsdale: »Introduction«. In: Rose Macaulay: What Not. A Prophetic Comedy*. Bath, 2019, S. vii–xxvii, hier S. xiii [Übersetzung J.H.].

Anders verhält es sich mit dem Ableismus, der ja in Form der Verdammung und Verspottung der Dummheit und der sogenannten »Dummen« die Voraussetzung der gesamten Erzählung zu sein scheint und aus der außerdem der mit »eine prophetische Komödie« untertitelte Roman einen Großteil seines komödiantischen Potenzials schöpft. Und in der Tat wird mitunter fast schon schmerzhaft die Einfältigkeit der »ungebildeten« Bevölkerung vorgeführt und herablassend kommentiert. Auch im Ministerium, wo keine*r der Angestellten so richtig zu wissen scheint, was sie tun, grassiert das Übel: von der Sekretärin, die eigenmächtig Briefe kommentiert, über die Mitarbeiter*innen in der Registratur, die gleichgültig nicht zusammengehörende Akten zusammenheften, bis hin zum Zensor, der keine Ahnung von Literaturgeschichte hat. Auch wenn Humor auf Kosten der Bürokratie, wie die Protagonistin Kitty selbst ganz richtig bemerkt, billig zu haben ist, wird durch die aus der ringsum waltenden Unfähigkeit resultierenden komischen Momente die Ungeheuerlichkeit des eugenischen Vorhabens der Regierung nicht nur abgeschwächt, sondern dieses scheint dankenswerterweise ganz und gar undurchführbar – ein Teufelskreis, wenn man so will: Eine gemäß dem Vorhaben optimierte Bevölkerung hätte keine Schwierigkeiten, einen solchen Plan umzusetzen; sie hätte ihn aber auch nicht nötig. Die Gesellschaft, die ihn vermeintlich nötig hat, scheitert bei der Überwindung der Inkompetenz an ebendieser Inkompetenz.

Gleichzeitig können die hier als individuelle Schrullen und Irrtümer beschriebenen Fehler – oder in der Logik des Buches auch: Dummheiten –, die in ihrer Summe das System am Funktionieren hindern, auch als Affirmation des Menschlichen gelesen werden. Das angestrebte Ideal einer Gesellschaft der Intelligenten bleibt kalte und unbelebte Theorie, während die sogenannten einfachen Leute mit ihren unregulierten und unregulierbaren Leben überwiegend als durchaus liebenswert oder zumindest amüsant dargestellt werden. Angesichts massenhaft ausgesetzter Babys ist das einzige Kind in der gesamten Erzählung, das bewundert und geliebt wird, Cheeper, der unregulierte Nachwuchs von Kittys Bruder und Pansy Ponsonby, den es gemäß den Regularien ebenfalls nicht geben sollte.

So wird im Laufe der Handlung immer deutlicher, dass das der Ideologie zugrundegelegte Menschenbild nicht haltbar ist. Dass die Ärztin Dr. Cross bei ihrer Demonstration ein angeblich kluges Kind mit einem angeblich dummem verwechselt und Kittys jovialer Kollege unumwunden zugibt, dass das System der geistigen Kategorien voller Fehler steckt, sind erste Hinweise darauf, dass sich die Stigmatisierung der »dummen« Menschen auf einer äußerst fragwürdigen Grundlage vollzieht. Das System steht und fällt aber insbesondere mit der Figur des Ministers, der zu Beginn als mitreißender Idealist erscheint, der aus persönlicher Betroffenheit sich zum Ziel gemacht hat, der Menschheit (oder zumindest seinem Land) Frieden und Glück durch Intelligenz zu bringen, und sich am Ende als ebenso schwach herausstellt wie »die gewöhnliche Schar«. Wenn schon der beste und klügste Mann im Land seinen eigenen Ansprüchen nicht gerecht werden kann, wer sollte es dann können? Den angestrebten idealen Menschen, als dessen Prototyp Chester über weite Strecken aufgebaut wird, gibt es nicht. Die spektakuläre Zerschlagung des Minsteriumsgebäudes, von dem am Ende nur noch rauchende Trümmer bleiben, ist zugleich die lustvolle narrative Zerschlagung der dort ersonnenen Ideologie. Es ist einerseits ein fatalistischer Schluss, weil in der Logik der Erzählung nun der nächste Krieg unausweichlich kommt (und die Geschichte wird ihr Recht geben) und eine bessere Welt in unerreichbare Ferne rückt. Die Krokodilstränen, die die Erzählinstanz darüber vergießt, und die große Ernsthaftigkeit, mit der im Metatext der vorangestellten »Entschuldigung« der Roman als »Heilmittel für dieses uralte Übel [des Krieges]« vorgeschlagen wird, können nicht darüber hinwegtäuschen, dass das Scheitern von Anfang an vorprogrammiert ist, weil der Mensch sich durch Gewalt nicht verbessern lassen will noch kann.

Aus heutiger Sicht erscheint vor allem die Unbefangenheit, mit der das eugenische Programm der Regierung dargelegt und die Schlichtheit der solchermaßen zu verbessernden Menschen (von der unzuverlässigen Erzählinstanz) denunziert wird, stellenweise erschreckend. Allerdings muss dies im Kontext der Entstehungszeit gesehen werden: Der Klassensnobismus, der auch ein Bildungssnobismus war, war zu dieser Zeit noch stark ausgeprägt, die Sensibilität gegenüber geistig Behinderten, die oft unter menschenunwürdigen Bedingungen untergebracht wurden, hingegen nicht. Auf der Basis eines »in weiten Teilen der Gesellschaft vorherrschenden eugenischen Konsens« diskutierten um die Jahrhundertwende europäische Politiker*innen jeder Couleur über bevölkerungspoltische Maßnahmen zur Erreichung ihrer jeweils unterschiedlichen Ziele: von rechtskonservativen »Rassehygienikern« bis hin zu sozialistischen und feministischen Politiker*innen, die mittels Fortpflanzungsbeschränkungen einen »neuen Menschen« für den Klassenkampf und die künftige sozialistische Welt schaffen wollten.[17] Gleichzeitig war es überhaupt nur möglich, ein satirisches Werk über die Ausrottung bestimmter Menschengruppen und Heiratspolitik im nationalen Interesse zu verfassen, weil derartige Bestrebungen eben nur im Reich der Theorie denkbar waren. Der deutsche Nationalsozialismus, der mit dem »Lebensborn« und der systematischen Sterilisierung und Ermordung von sogenannten »Schwachsinnigen« die Fiktion in grausame Wirklichkeit verwandeln würde, lag noch in einer unausdenkbaren Zukunft.

»Wozu lebt man schließlich, wenn man nicht haben darf, was man will?«, fragt Kitty den Minister Nicky Chester, als die beiden gegen seine eigenen Gesetze rebellieren, und klug wie sie sind, müssen beide wissen, dass jeder Mensch das Recht hat, diese Frage zu stellen, und daher diese Gesetze für niemanden gelten dürfen.

Der Mensch, so könnte man das Fazit der Erzählung zusammenfassen, ist egoistisch, triebgesteuert, und ja, auch dumm. Diese Dummheit, die uns heutigen Leser*innen als Verspottung und Diskriminierung von geistig behinderten und ungebildeten Menschen erscheint, ist hier lediglich eine von mehreren bedauerlichen Eigenschaften des Menschen, die ihn aber wohlgemerkt erst zum Menschen machen.

[17] Birgit Lulay: »Für den gesunden Arbeiterstaat«. *Jungle World* (51) 2021.

Dem Roman ist eine Bemerkung vorangestellt, der zufolge die Erstausgabe kurz vor der Auslieferung noch einmal verändert werden musste, weshalb das Buch nicht wie geplant 1918, sondern erst im März 1919 erschien. Grund dafür waren Bedenken des Verlags wegen einer Passage, in der der Zeitungsverleger Jenkins versucht, Nicholas Chester zu erpressen. Da man befürchtete, sich ebenfalls eine Klage einzuhandeln, wurde Macaulay gebeten, die Stelle zu überarbeiten. Die vorliegende Ausgabe folgt dem Text der überarbeiteten Fassung von 1919. Den Herausgeberinnen der englischen Neuauflage von 2019 ist es jedoch gelungen, an ein Exemplar der nicht ausgelieferten Ausgabe zu gelangen. Die betreffende Passage wurde an der entsprechenden Stelle in einer Fußnote beigefügt.

Literatur

Alice R. Bensen: *Rose Macaulay*. New York, 1969.

Jane Emery: *Rose Macaulay. A Writer's Life*. London, 1991.

Sarah LeFanu: *Rose Macaulay*. London, 2003.

Sarah Lonsdale: »Introduction«. In: Rose Macaulay: *What Not. A Prophetic Comedy*. Bath, 2019, S. vii–xxvii.

Birgit Lulay: »Für den gesunden Arbeiterstaat«. *Jungle World* (51) 2021.

Rose Macaulay: *Non-Combatants and Others*. London, 1916.

Kate Macdonald: »Constructing a public persona. Rose Macaulay's non-fiction«. In: dies. (Hg.): *Rose Macaulay, Gender, and Modernity*. London/New York, 2018, S. 118–136.

Kate Macdonald: »Annotated bibliography of Rose Macaulay's works, and critical studies«. In: dies. (Hg.): *Rose Macaulay, Gender, and Modernity*. London/New York, 2018, S. 213-320.

Zur Autorin

Rose Macaulay wurde 1881 in Rugby als zweites von sieben Kindern geboren und verbrachte sieben Jahre mit ihrer Familie in Italien. Als Jugendliche kehrte sie nach Großbritannien zurück und besuchte die Schule und später die Universität in Oxford, wo sie Geschichte studierte. Danach begann sie, Gedichte und Romane zu veröffentlichen und gewann 1912 mit ihrem sechsten Roman einen hochdotierten Literaturpreis, was ihr finanzielle Unabhängigkeit verschaffte. 1913 zog sie nach London, wo sie 1916 *Non-Combatants and Others,* den ersten pazifistischen Roman in Großbritannien, veröffentlichte. Ab 1917 arbeitete sie in der Propagandaabteilung des Außenministeriums und zuletzt im Verteidigungsministerium. Insgesamt veröffentlichte sie über 30 Bücher, vorwiegend Romane, aber auch Biografien und Reiseliteratur. Obgleich sie bereits 1920 mit *Potterism* einen Bestseller landete, erschienen ihre beiden bekanntesten Romane, *The World My Wildernes* und *The Towers of Trebizond,* nach 1945. Rose Macaulay starb 1958 in London.

Zur Übersetzerin und Herausgeberin

Josefine Haubold ist 1978 geboren und hat in Dresden und Berlin Germanistik und Anglistik studiert. Seit 2012 arbeitet sie als Journalistin, freie Lektorin und Übersetzerin aus dem Englischen und übersetzte unter anderem Bücher von Amanda Leduc, Hayley Long und Tennessee Williams.

Im AvivA Verlag ist bereits der von ihr übersetzte und von Martin Wagner herausgegebene Reisebericht von Nellie Bly, *Around the World in 72 Days. Die schnellste Frau des 19. Jahrhunderts* erschienen.

Die Arbeit der Übersetzerin an dem vorliegenden Text wurde im Rahmen des Programms NEUSTART KULTUR aus Mitteln der Beauftragten für Kultur und Medien vom Deutschen Übersetzerfonds gefördert. Herzlichen Dank!

NEU START KULTUR

Die Beauftragte der Bundesregierung für Kultur und Medien

Deutscher Übersetzerfonds

Leseproben und weitere Informationen über unser Programm finden Sie unter www.aviva-verlag.de. Aktuelle Informationen gibt es auch über unseren E-Mail-Newsletter.

Grundlage für die Übersetzung ist *What Not. A Prophetic Comedy* von Rose Macaulay, Constable and Company Ltd., London 1918 (1919)

Umschlagmotiv: Ausschnitt aus »Restaurant Car«
von Leonard Campbell Taylor (um 1935)
© Science Museum Group
Satz und Gestaltung: Britta Jürgs
Lektorat: Julia Baudis
Korrektorat: Maria Röger
Druck: Finidr, s.r.o.
Printed in Europe

1. Auflage 2022

AvivA Britta Jürgs GmbH
Emdener Str. 33, 10551 Berlin
info@aviva-verlag.de
www.aviva-verlag.de

ISBN: 978-3-949302-07-7